掠殺

American Predator

The Hunt for the Most Meticulous Serial Killer of the 21st Century

Maureen Callahan
莫琳·卡拉漢——著

謹獻給已知及未知的受害者，還有他們的家人。

目錄

一旦你排除掉所有不可能的選項，

那麼剩下來的，無論可能性多低，都必然是事實。

——夏洛克·福爾摩斯

前言

連環謀殺是罕見的兇案類型，即便我們在《重返犯罪現場》、《破案神探》或是主導流行文化的電影和單元劇裡看了許多這樣的劇情，然而事實上，毫無原因的隨機殺人是極其少見的。

本書描寫的對象和過去聯邦調查局所遇到的兇手截然不同。他是全新的一種「怪物」——美國當代歷史上未破獲的重大連續失蹤及謀殺案，可能都是出自他。

但你可能在這之前聽都沒聽過他。

作者的話

這本書的取材基礎來自於與負責本案的探員們長達數百個小時的訪談。

書中描述當事人內心想法的段落，是依據他們當時提供的資訊所撰寫。

為求敘事清晰，聯邦調查局的審訊內容在某些段落經過刪減、編修。

第一部

消失的咖啡鋪少女

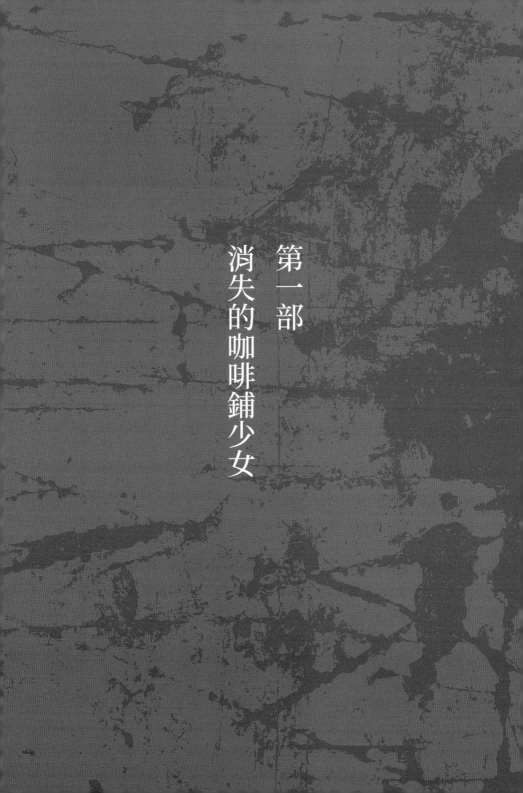

一

四線道的馬路邊，一間咖啡小鋪被五呎高的積雪給遮住，小攤子上鮮明的小水鴨圖樣，和灰色水泥的大型商場形成強烈對比。行經的駕駛們能越過雪堆窺見屋頂，那看似活力滿滿卻又孤寂的小棚屋。

前一晚，十八歲的莎曼莎．柯尼（Samantha Koenig）一個人在咖啡鋪顧店。

如今她消失了。

二〇一二年二月二號星期二，一早來咖啡鋪上班的咖啡師通報莎曼莎失蹤。因為他發覺情況有點不太對勁，莎曼莎通常很細心，打烊關店作業往往做的好好的，然而這天，不但東西沒有收拾好，前一天的營收也不翼而飛。

只是，報案後的短短一天內，安克拉治警局能蒐集到的資訊實在少之又少，幾乎沒有一個是立馬可以著手調查的線索。大概只知道：她是個受歡迎的高四生，跟每個人都處得來，偶爾會翹課，可能有使用過毒品，以及生活中有兩個重要的人：交往近一年的男友杜恩（Duane），還有她的單親爸爸詹姆士（James）。

那麼，如何解讀現在這個情況？沒錯，莎曼莎有可能被綁架了。

但對調查人員來說，看起來更像是她自己跑走的。警方並沒有找到任何掙扎的痕跡；咖啡鋪裡有警鈴，但莎曼莎沒按；她消失前使用過手機——她和杜恩吵架，傳簡訊要他讓她靜一靜，吵架的原因是由於她抓到對方劈腿。

但話說回來，她也有打給她爸爸，請他順道送晚餐來咖啡小鋪。如果她要出走，有什麼理由這麼做呢？

安克拉治警局的警長認為這是給新手實地演練的好機會。他決定把案子交給三十五歲、剛調來兇案組的莫妮克．多爾（Monique Doll）警探。

多爾出身警察世家第三代，曾在緝毒組待了十年，與美國緝毒局（DEA）合作進行了四次臥底任務，資歷十分耀眼。

多爾同時也算是安克拉治最有魅力的員警之一，一頭金髮，美麗動人。她嫁給了安克拉治警局裡另一位明日之星，賈斯汀．多爾（Justin Doll），兩人在當地頗令人稱羨。

警長告訴多爾：這個給妳負責。警長口中的「這個」，他稱之為「可疑的情況」。

城市的另一頭，聯邦調查局特別探員史帝夫．潘恩（Steve Payne）正要為一樁毒品案件結案時，接到了警局友人的來電。

在安克拉治這種管理模式與小鎮無異的大城市來說，這種事稀鬆平常。警察、聯邦探員、辯護律師、檢察官、法官等，大家都互相認識。身為阿拉斯加人的弔詭之處就是：整個州都是堅毅的個人主義者，卻也都曉得自己在寒冷無情的冬日裡，總有一天會需要他人的幫助。

對方告訴潘恩，有一名十八歲少女在前一天晚上失蹤，並且傳了幾則怒氣沖沖的訊息給男友。有個說法出現了，認為莎曼莎偷了咖啡鋪的營收，好讓自己能逍遙的過上一兩天，這種事在安克拉治是家常便飯。

但潘恩不是很篤定。讓自己消失不見，需要長期的規劃和縝密的心思。莎曼莎感覺是個身上沒多少錢的年輕女孩。潘恩很常光顧這種路邊的咖啡小鋪，這些擔任咖啡師的年輕女孩，薪水低到難以想像，而且不但大多是一個人顧店，在夏天時還可能被要求穿上比基尼。這份工作可不好做。

再說，在這又黑又冷的星期三夜晚，一個少女自己能跑去哪呢？天氣這麼糟，氣溫才略高於攝氏零度，地面都被雪覆蓋住。莎曼莎那天沒有開她的貨卡，車子被她男友杜恩開走了。安克拉治可不是一個便於步行的城市，莎曼莎沒道理就這樣隻身一人徒步溜走。照她昨夜傳給杜恩的訊息，她如果只是去朋友家，警方八成這時已經找到她了。

潘恩主動提出可以幫忙。

「我們人手是夠，但⋯⋯」對方回覆，「等等，我們搞清楚這是怎麼回事了。」對方掛上電話。

潘恩感覺不對勁。

他很清楚，任何調查的首要原則就是保持開放的心態。你不能將個人見解套在可能的犯罪上。

他聽說警方當天早上獲報莎曼莎失蹤時，甚至沒有封鎖店鋪，她的咖啡師同事接著就營業了一個下午。——咖啡鋪若真是犯罪現場，就早已破壞殆盡。

不可置信，潘恩心想。案發後的前幾個小時所做的調查最為關鍵，能夠給你第一手線索，以及資訊量最充足的證人訪談，這是最基本的知識。更重要的是，調查員自己會處在最富好奇並積極投入的狀態，去面對一個嶄新的謎團和嶄新的對手，這會決定接下來發生的一切。以失蹤案來說——特別是小孩的失蹤案，對潘恩來說莎曼莎還是個小孩——案件剛發生時的這幾個時機倘若處理得當，就有很大的機會在孩子還安全無恙時找到他們。

他不想越權插手，卻又忍不住。他打給安克拉治市警局，留了訊息，然後整個下午都在等待他們回應。

終於，晚上八點，潘恩的電話響起。是多爾警探。

「情況有變。」她說。

潘恩從聯邦調查局在安克拉治的辦公室，開了十二分鐘的車到警局。他比多爾大六歲，在調查局待了十六年，在安克拉治出生長大。這挺少見。這裡大部分的居民，像是多爾，都是從美國本土四十八州移居過來的。潘恩能夠理解他們對這座城市有何看法，他能理解當警察們看到安克拉治這些貧困不堪又麻煩不斷的邊緣人，會有什麼樣的偏見。——他不希望見到莎曼莎被輕易打發掉。

單從外表看不太出來潘恩實際的才能。沒人想像得到，他入行以來都在處理毒品和暴力犯罪。

小小的五官，瘦弱的身形，這個特別探員看起來就像個會計師，但潘恩天生就是當調查員的料，他笑稱自己有強迫症，對案件的投入甚至讓他的婚姻告吹，他是個完美主義者，總是堅守著凶案調查員的信條：「一步到位」、「你只會有一次機會」。

調查局同事總愛調侃他那幾句口頭禪——每當他找到線索或某種有用的資訊時，他會說「注意！警訊注意！警訊注意！」。而當某個快要偵破的案子被打回原點時，「莫非定律」就出現了。——對潘恩而言，莫非定律是他的夢魘。

多爾很快和潘恩摘要了一下他們目前所知的資訊。他們剛弄到八小時前的監視錄影帶。潘恩怕這樣的發展——高風險少年，排不上警方的重要順位。莎曼莎的父親打了一整晚的電話到莎曼莎的手機，沒有人接，接著隔天在他女兒下一次排班的時段，下午一點到晚上八點，站在店鋪外等著，希望她會回來。

「打開監視器影片讓我看看，」潘恩說。

莎曼莎出現在螢幕上，穿著萊姆綠上衣，棕色長髮披肩。她一派輕鬆，一邊泡著咖啡，一邊越過店鋪窗戶和客人閒聊。

看上去多麼可愛的女孩啊，潘恩心想。

外頭的人依舊在攝影機拍攝的範圍之外。莎曼莎輕鬆的工作著，接著在錄影帶兩分六秒的時間點，她突然把燈關掉。

沒有聲音。

莎曼莎舉起手。

店外唯一可見的只剩一個模糊人影，還有大概是穿過窗戶指向莎曼莎的手槍槍口。但瞄準位置很高，窗戶離地很近，所以對方無論是誰，想必都長得很高。莎曼莎小心翼翼地朝櫃台一動，背對外頭的人影。她雙膝跪地，坐立不安地維持這個姿勢大約一分多鐘，接著，三分半後，她起身，走向收銀機，抓出抽屜裡的錢。

影片的雜訊太多，很難看清楚她是把錢交出去，還是放下來。

她轉身回到跪姿，看起來很冷靜的樣子。接下來，肯定有人說了某句話，因為莎曼莎搖搖晃晃的來到窗前，停下來，轉身背向窗戶。

此時，在影片的五分十九秒處，一個巨大的男性身影前傾了半個身子。雖然很難看清楚，但他似乎是在把她的手臂綁在背後。

再兩分鐘過去。聽起來好像沒什麼，直到你意識到，這個持槍男子當時就在一家生意興隆的攤商外面，並在大型健身房的停車場和車流眾多的大馬路之間。在這個情況下，兩分鐘顯得無比漫長。

潘恩想著，不管這人是誰，他要嘛很清楚自己在做什麼，要嘛就是他認識莎曼莎。

鋪子小小的，約莫九乘五呎大，敞開的出餐口將這些年輕女子置於極其危險的處境。真奇怪，之前怎麼都沒人注意過這件事呢？

幾秒後，潘恩看著男子像獵豹一樣的撲上去，一個流暢的動作把自己推擠過窗戶，捲起腹部，張開雙臂，身子落在莎曼莎右側。

一切發生得突如其來。

現在看得清楚了：這名男子非常高。同時也非常冷靜。他往窗外望了望，把窗戶關上，然後和莎曼莎講話，兩人之間的互動看起來很正常。

他拿起某個東西，打開，秀給莎曼莎看。看起來像是她的錢包，裡面空無一物。

八分五十五秒，他跪下，寬大的背向著攝影機，右手臂緊抱住莎曼莎。他的黑色連帽衫背面露出了白色字樣，但無法辨識內容。他跟莎曼莎靠的很近。

莎曼莎和男子往後看了一下監視攝影器。他把莎曼莎往前推，走出店鋪的小門。室外的錄影顯示她和男子緩步離開，而他的手繞過她肩膀，一同穿過潔白的新雪。

潘恩不曉得要怎麼理解這支影片。他再次表示要提供聯邦調查局的支援，但多爾拒絕了，儘管管轄權在安克拉治市警局手上，而且這件案子還正由她主導指揮。

傑夫・貝爾（Jeff Bell）也是安克拉治警局派來的人，有年輕的外表，還擁有十七年的執法經驗：美國法警聯邦專案小組、特種部隊、資深巡警，並曾在聯邦調查局安全街道專案小組待了三年，讓他在局裡取得最高機密的情資層級。貝爾可說是小組中最天資優異的一位，具理性邏輯的思考方式，加上能和幫派成員、販毒者、冰毒成癮者、皮條客打成一片的人格魅力。

貝爾在警局和調查局裡都是出名的都會美型男。黑髮黑瞳，頂著軍事風的戰士寸頭，標準身材，總是穿搭有型。貝爾深受同事喜愛；他和一般的中西部人一樣，真誠坦率又和善。他追著大學時交的阿拉斯加女友到這裡來，並於此地成婚。貝爾很早就和本地絕大多數的人一樣，認定自己是阿拉斯加人，而非美國人；美國本土四十八州外其他地方、其他任何一個地方，都是「外面」。

貝爾對安克拉治熟悉的程度和潘恩不相上下。幾乎每個街角都承載了他的某種回憶：一樁搶案、一次逮捕、一具屍體。

然而就連貝爾都被這支影片搞得滿臉困惑。對，莎曼莎舉起雙手，而且沒錯，那個人影看起來像是個男的，但到底發生了什麼事？畫面太黑，很難看清楚。而且為什麼他們對話這麼久？貝爾記下影片中活動的時間碼，這名男子在咖啡鋪外待了至少七分鐘，加上在裡頭待了十多分鐘，總共有十七分鐘。他們到底是能聊什麼啊？貝爾心想。

這十七分鐘讓大家推導到局裡一開始的推測：莎曼莎很可能不是受害者。但他們並未打算將此事向媒體公開，更準確說的是，安克拉治警局根本無意將莎曼莎失蹤一事公諸於世。

一直到兩天過去，警局才在莎曼莎崩潰父親的逼迫之下公開情報。

二

星期五下午，詹姆士．柯尼站在「共通點」（Common Grounds）咖啡舖前。女兒已經失蹤了長達四十八小時。這種打擊只有為人父母才能明白，你完全無法相信自己的小孩突然之間、莫名其妙就不見蹤影。怎麼會有這種事？

詹姆士身材壯碩，藍色眼眸，大家都叫他桑尼（Sonny）。他是個卡車司機，對安克拉治的酒吧、脫衣舞俱樂部和飆車幫派等瞭若指掌，謠傳他也涉足毒品交易。對某些人來說，綽號桑尼的詹姆士．柯尼是個壞人，但他願意為莎曼莎付出一切。

莎曼莎剛出生時，因為擔心她會突然斷氣，幾乎一刻覺也沒睡。莎莎（Sam）是他唯一的小孩、是他最喜歡的人、也是他的全世界。如果他那天晚上有照她的請求送晚餐過去給她，或許莎莎就不會失蹤了，他為什麼沒有那樣做？為什麼？

詹姆士集中精神在目前他唯一能做的事情上：呼籲全安克拉治的人協尋他的女兒。他發送著印有莎曼莎照片的傳單，上頭印有紅色的「綁架」大字。

白雪輕輕飄落，自願協助的人一個接一個，他們擁抱詹姆士，拿了傳單。記者也來了。詹姆士認定莎曼莎被綁走了，「毫無疑問。」他說。

「我不斷打電話給她，直到手機沒電，簡訊和所有聯絡管道都試了，」他說。「就一直響到轉進語音信箱。然後到昨天中午，一打就直接進語音信箱了。」詹姆士深信這是莎曼莎遭人綁架的證據。他和莎曼莎一天會講好幾次電話，簡訊也傳了不少。但是警方不大買單——阿拉斯加一天到晚都有人搞失蹤，有時只不過是人們到處閒晃，有時則是在登山口迷路，或者是在雪堤因天冷失溫。——有時他們會被及時找到，有時則否。這些都不過是人生的事實。

阿拉斯加最大的魅力就在於它能讓人虛心敬畏。人類居住在這塊土地上超過一萬一千年的時間，一八六七年，這裡的開發程度依舊低落，被俄羅斯以每英畝兩分錢的售價賣給了美國。然而詹姆士·米契納（譯註：James Michener，1907-1997，美國作家，著有多部以美國各地大家族為主角的歷史小說，曾獲普立茲獎）稱它是片「神聖大陸」：我們僅存最接近史前時代的淨土，其自然景觀如此宏偉壯闊，令人難不為之震懾，乃至心生畏懼。探險家和孤鳥、浪漫主義者和亡命之徒、怪胎和尋死之人——此處的奢華，誘人和兇殘，呼喚著我們之中最狂野的部分。阿拉斯加，黑月與午夜豔陽之土。

夏天時的阿拉斯加州，特別是安克拉治，會化身為閃耀的明星，變成一座主題樂園，供眾多度假的家庭在二十二個小時純粹的陽光沐浴下，從事各種戶外活動。但當冬日來臨，觀光客離開後，面具也隨之褪下。安克拉治野蠻殘暴的本性便顯露出來。

黑夜與墮落，跟人們對陽光和生命的渴望互相較勁。

這個地方像是處在世界邊緣，足足六個月的時間，在塵世和某種未知現象的黑色裂縫中，幾乎沉入徹底的黑暗。單是這樣的隔絕就代表了一切都將消逝。

一個女人要單獨生活在這裡是非常艱苦的。

「必須從兩個面向來看阿拉斯加：絕美無比，卻也殘忍無情。」米契納在他一九八八年的小說《阿拉斯加》裡寫道。在他筆下，那些倖存者「會永遠成為某種很特別的人：充滿冒險精神、英雄氣慨，敢於對抗最頑強的風、最漫長的夜和最寒冷的冬日。」

這就像莎曼莎：一個特別的人。她很堅強，她曾為母親和毒品痛苦掙扎。她大可輟學，走入低薪工作和失去夢想的絕境，但她堅持到底。如今她在西安克拉治高中就讀，還有一年就要畢業，她想過之後應該會去照顧動物，或是當護理師，然後加入海軍。她很照顧流浪動物，還有被社會遺棄的邊緣人。看到有人在食堂獨自用餐，或是有人在大型活動時縮在一旁，她就會走上前，和對方小聊幾句，為人十分和善。

莎曼莎有一個她很疼愛的姪女，和兩隻愛犬。爭吵歸爭吵，她是真心愛著杜恩，他在八個月前搬來和她跟她父親同住。杜恩也為了更好的生活正努力在存錢，現在在知名海鮮餐館「100號套房」（Suite 100）當洗碗工。

莎莎失蹤那晚，他原本要去接她。他告訴警方，他到的時候她已經不見了。

而週六此時，安克拉治警局得做個樣子，和大家報告進度。沒錯，是為了尋找莎曼莎，但也是為了安撫大眾。

這則新聞上了全國版面。

出於無知或絕望，戴夫．帕克（Dave Parker）探長向媒體公開了過多的資訊。「我們曉得他們徒步離開，」他說。「但除此之外，她的失蹤完全是個謎。」

然而這只激化了社群大眾的憂慮。

莎曼莎的失蹤喚起一種特定的恐懼。凡是女兒還年輕，且夜間在人口稠密的的地區中獨自工作的，就讓家長們感到憂慮。——莎曼莎的遭遇有可能發生在任何人的小孩上。

群眾壓力逼得安克拉治警局釋出一部分監視錄影給媒體。但到目前為止，警察只說得出嫌犯身穿深色連帽衫，可能還有一頂棒球帽，且明顯比莎曼莎高許多（莎曼莎只有一百六十五公分高）。

「目前來說，所有人都有嫌疑。」一名警探說。

這當然包括了詹姆士和杜恩。

週四早上，莎曼莎失蹤後的幾小時內，多爾警探分別在警局審問過這兩人。多爾對詹姆士的評價是為人耿直。在她的警方報告裡，誠實的程度如果從一到十評分，她給了十分——非常誠實。

但詹姆士和杜恩說的話依舊令她困惑不已。

杜恩說他那天晚上八點半左右，開著他和莎曼莎共用的貨卡到咖啡鋪要來接她。他因為工作耽擱了一下，大概十分鐘。

杜恩說他停車時，看到鋪子裡面的燈關著，整間店一片漆黑。他走下車後，從其中一扇窗望進去。「莎曼莎不在那裡。」他告訴多爾警探，他注意到紙巾散落在地，毛巾擺在工作檯，在他看來很詭異，「莎曼莎可是有潔癖的。」

那麼杜恩為什麼沒走進去？

「我不想誤觸警鈴，被指控非法入侵，」他說。他說自己以為莎曼莎應該是搭了別人的車。多爾要杜恩提供證據，證明他的時間線，他一邊滑著訊息想證明自己的說法，但這下卻也讓多爾發現他跟莎曼莎相處上有很大的問題。

沒有，杜恩堅稱一切都很好，「是有過一些問題沒錯，但那老早就過去了。」

多爾不這麼認為。她叫他再往上滑一些，然後就發現了。

「好吧，」杜恩說。對，他跟其他女生搞曖昧，「莎莎知情，她氣炸了。」由於警探們有權將他的手機呈堂，他索性承認他在莎曼莎失蹤當晚打給她過，她當時在工作，說她沒辦法講話，他就說「隨便，」然後掛上。他不得不承認，是的，他在生她的氣。

多爾讀過杜恩在當晚十一點半收到莎曼莎傳來的訊息：「操你王八。我知道你做了什麼，我要去朋友那邊待幾天需要時間思考計畫行為詭異讓我爸知道。」莎曼莎顯然氣到連標點符號都懶得按了。

行為詭異？誰行為詭異？杜恩做了什麼？他是怎麼個行為詭異法？他背著莎曼莎偷吃嗎？他來接她時，對方有質疑過他嗎？他是否被她氣到昏頭，下手超乎預期？是不是出了什麼意外？

「沒有，」杜恩說。「不是我。」

「那接下來呢？」多爾問。

杜恩說他回詹姆士家等她，希望莎曼莎會回家。大約凌晨三點時，他突然有股衝動打開前門，走出去。

為什麼？多爾問。

杜恩解釋不來。但他見到一名蒙面男子，離他約六呎遠，正在他和莎曼莎的貨卡旁邊走來走去，還在那站了一會兒之後才離開。

然後杜恩做了什麼？

他說他回去告訴詹姆士。大概一小時後，杜恩去檢查卡車，發現莎曼莎一向塞在遮陽板下的駕照不見了。接著他回到屋內上床睡覺。睡得可甜了——杜恩一直到早上九點半才醒來。

多爾不太買帳。按照杜恩的說法，莎曼莎這時候已經失蹤七個小時了。她傳簡訊給他說她有多不爽他。這麼巧，幾個小時後就有一位蒙面男出現在他們家門口。而這人剛好知道莎曼莎住哪、哪台車是她的、還能在漆黑街上停的所有車子裡找到它，並且知道她放駕照的確切位置然後拿走，結果詹姆士和杜恩當下卻都沒有報警？或者是在該男子要離開時，想到要跟上去或沿街追他？

這是真的嗎？

如果杜恩和詹姆士擔心莎曼莎，那為什麼沒有打給警察？

為什麼他們沒有通報莎曼莎失蹤？

杜恩的回答很簡單：在莎曼莎失蹤二十四小時前，他不認為警方會有所作為。

有意思。就在剛剛的審問裡，詹姆士．柯尼給了多爾一模一樣的回答。

那天稍晚，多爾沒有事先通知便派了兩名武裝員警到詹姆士和杜恩家。多爾還有更多問題想問，但她真正的目的其實是想知道這兩人被突襲會做何反應。

員警們的發現反倒讓多爾更加狐疑。

員警回報詹姆士應門時，不讓他們進去。相反地，他身子擠過門框，站到外頭，門在身後緊緊關著。他們要求見杜恩時，詹姆士以同樣的方式進屋，接著杜恩也以相同的方式走出門。

這是焦急的父親和男友會有的行為嗎？堅稱女兒被綁架，卻不肯配合警方？

警方決定讓傑夫．貝爾全天候監視詹姆士．柯尼。

真的會是詹姆士下的手嗎？每位負責這起案子的調查員都覺得他很真誠，真心疼愛女兒，但他們還是不免起疑。

這不重要。詹姆士並不笨。他知道自己被列為頭號嫌疑犯。同時他也知道，他得讓警方轉移調查方向，他鼓勵莎曼莎的朋友和媒體聯繫。

「這樣一個漂亮的女孩，之前卻總不覺得自己有多美，」和她共事過一次的同事海瑟．卡特懷特（Heather Cartwright）對媒體表示。卡特懷特沒意識到自己用了過去式，她說她相信莎曼莎是被帶走的，因為莎曼莎「不會故意讓她父親這麼痛苦。」

案發後的下個週六，二月十一日，上百人聚集在廣場公園進行燭光守夜。小孩、警察、急救人員還有陌生人，個個把莎曼莎的小照片別在身上，繫著黃綠色絲帶——那是她最喜歡的顏色。詹姆士也在場，輕輕晃著他女兒六歲大的比特犬席巴（Sheeba），心口上別著莎曼莎的照片。

回到聯邦調查局駐地辦公室這頭，史帝夫．潘恩感到沮喪，儘管安克拉治市警局三天前就讓調查局加入調查，莎曼莎父親做的卻遠比整個警局加起來更多。他設了一個情報專線，還在咖啡鋪旁邊成立了志工站。他做了一個巨大看板，他女兒的臉掛在五呎高的地方，就架在路邊小棚屋上，上頭用巨大黑色字體寫著「綁架」。他向外國滑雪客求助，請他們沿著鐵道尋找他女兒。親友和陌生人用螢光綠噴漆在雪地寫下祈福的話。

至此，莎曼莎已是家喻戶曉。

一位阿拉斯加的失蹤少女，並沒有讓全國媒體的關注消減，反而是更感興趣。《南希．格雷斯》(Nancy Grace) 的製作人想要採訪詹姆士，ABC、NBC、CBS、CNN和福斯新聞台都播了這則新聞。臉書訊息從四處傳來，遠至紐西蘭。

與此同時，潘恩全心投入在追查事實上。他讓探員跟所有的航空公司聯繫，要找出莎曼莎出國的證據。

一無所獲。

小船、郵輪或貨船呢？有任何紀錄顯示她登船或短期受雇嗎？

一無所獲。

潘恩讓探員查了二十幾位和莎曼莎相貌相仿的熟人和朋友的相片跟姓名，以防她偽造或冒用其中某人的護照。

一無所獲。

莎曼莎的手機自她失蹤當晚起就沒使用過，依舊在關機狀態。她有可能搭車跑掉了嗎？安克拉治只有三條主要聯外高速公路，但都沒有配備真正的監視錄影器。

潘恩從沒見過這樣的案子：沒有半點物證，沒有跡象顯示莎曼莎被綁架。而這樣一位身無分文的十八歲女孩——就算她偷了收銀機的錢，最多大概也就兩百元——臉孔出現在所有新聞版面上，全城三十萬人在找她，也沒有她出城的證據。莎曼莎如果不是被綁架，也不是自己跑走，那實情是什麼？

他們漏掉了什麼？

貝爾也這麼想。他現在在調查局和安克拉治市警局兩邊跑，一邊協助多爾，一邊跟潘恩分享消息。貝爾同時扮演著調查和諮商的功能：潘恩不喜歡多爾，他覺得以一個菜鳥來說她太有自信了，而多爾大概也因為潘恩對她第一個案子指指點點，而恨他恨得牙癢癢。貝爾同他一樣，不像多爾那樣相信案情與詹姆士無關，但他也不像潘恩那樣確信莎曼莎是被綁走的。事實上，貝爾懷疑整件事都是莎曼莎設的局。

不過，單是媒體關注的程度，就不可能讓莎曼莎躲藏在安克拉治市內。唯一合理的解釋是，莎曼莎設局自己被綁架，而影片裡的男子正是她的共犯。

特別勤務組被找來、風化組被找來，警方一共約談了五十多人，大多為線人，問他們有沒有莎曼莎．柯尼的消息。

結果還不少。

警方得知俄羅斯黑幫因為詹姆士做的某件事要報復他，還有地獄天使（Hells Angels）幫派，也盯上詹姆士，有人說莎曼莎在販毒，還吹噓自己一直在「揩油」，偷藏貨源；還有其他人說她積欠毒品的錢，被綁架來勒索贖金。

一名女性出面宣稱，熟識莎曼莎的人都知道她冰毒成癮很嚴重。同一群人也聲稱莎曼莎在失蹤前一週，偷了詹姆士五千元。他們表示，這對父女的關係不如詹姆士宣稱的那般美滿，莎曼莎極度渴望父親的關注，為此不擇手段。

二月十五日，傳出了莎曼莎屍體被尋獲的消息。——那是假消息，但卻也顯示調查失控到什麼程度。

調查局和安克拉治市警局必須控制群眾的恐慌，並找到莎曼莎，但貝爾很清楚事實：這個單位很小，只有三百五十名員警，他們沒辦法永無止盡的加班。兩週後，所有人都會精疲力盡。案子一旦拖得越久，找到人的機會也就越渺茫。

而他們還得面對詹姆士．柯尼——他的懸賞獎金如今高達六萬美金，臉書頁面丟出一個又一個的線索，已讓調查員顏面盡失。

三

二月二十四日，晚上七點五十六分，杜恩收到一封來自莎曼莎電話號碼的簡訊。當時她已失蹤超過三週了。

愛犬公園艾伯特照片下面 她很辣吧

杜恩和詹姆士將消息分享給安克拉治市警局，接著衝往愛犬公園（Connors Bog Park），這條地方很受跑步者歡迎。他們比市警局早到了約莫十五分鐘。

就在那兒，佈告欄上一張名叫艾伯特（Albert）的犬隻協尋傳單下方，釘著一個保鮮袋，裡頭有一張潦草的勒索字條，和幾張莎曼莎的黑白拍立得照片。其中一張，她嘴巴和下巴似乎貼著銀色的封箱膠帶，眼睛有畫眼線，看鏡頭，頭髮綁辮子。在監視錄影帶裡，莎曼莎的頭髮是放下來的。

相片裡，莎曼莎的頭被一名男子抓著，但也就只能看到他的一隻手和粗壯的手臂。照片上半部有一張《安克拉治日報》（Anchorage Daily News）的日期剪報：二〇一二年，二月十三日。

生存確認。

印在白紙上的文字讓一切更加撲朔迷離。字條內容提及了同莎曼莎一起消失的杜恩的提款卡。

我在阿拉斯加大概不會去用這張卡，以免被發現。但我馬上就要離開了，到時候我就會大刷特刷。

字條暗示莎曼莎已經離開阿拉斯加，前往美國本土了。

她有兩次差點逃走。一次在圖鐸路（Tudor Road），一次在沙漠。我肯定是技不如前啦。

贖金：三萬美金，立刻匯進這張卡的戶頭裡。

字條接著寫說，要是他們配合交付這筆贖金和其它要求，莎曼莎就會在六個月後被釋放。

這起案件正式成為綁架案，聯邦層級罪名。

潘恩自莎曼莎失蹤以來，第一次鬆了口氣，這個案子將歸他，而非由市警局管了，「我不用再去說服（懇求）任何人讓我辦這件案子了。」他也忍不住立刻去跟詹姆士講些宛若電影台詞、卻一點也不誇張的話：「我能夠動用聯邦調查局的資源了！」潘恩說。

潘恩自認底下都是一流的人手：喬琳・高登（Jolene Goedon）調查員，有十多年兒少犯罪、人口販運、性犯罪和凶殺案的調查經驗，其中包括強暴犯和連環殺人犯，可說是見識過人類最陰暗醜陋的一面。不過她的精神信仰給予她力量與同情心，許多她處理過的加害者，本身在童年時期就有受虐經驗，高登很能將個人和罪行分別看待，卻也不曾將眼神自殘酷的事實上別開。潘恩心想，高登簡直就是這樁案件調查的完美人選。

還有凱特．尼爾森（Kat Nelson），年輕有活力、著迷於真相和數字的調查員。那些對絕大多數人來說無聊至極的事，都令她振奮：翻查數位足跡、手機通聯紀錄、信用卡明細、財產文件和退稅資料，把一大堆資料整理起來，理出一個說法。

潘恩、高登和尼爾森，加上多爾跟貝爾，這些人組成的小隊將迎擊這樁重大案件。

潘恩早已經追蹤了莎曼莎、詹姆士和杜恩的手機，尼爾森即時監控了勒索簡訊從莎曼莎的手機傳到杜恩手機的過程。這工程耗時三週，如今調查員、莎曼莎和任何有關涉案人之間終於有了一絲連結，儘管微乎其微。

潘恩讓每個調查員都專心在勒索字條上。他把正本寄到匡提科的調查局總部進行檢驗：纖維、指紋、DNA。潘恩想知道字條和照片的印製方式，是哪種打字機——如果真的是打字機而非印表機——哪種色帶、哪種墨水，所有的細節都很重要。

他不顧貝爾狐疑的態度，打給了調查局傳說中的行為分析小組（Behavioral Analysis Unit）。貝爾對行為分析小組的印象都是從電視和電影裡看來的——一群儀容端正的辦公人員，坐在離犯罪現場好幾千哩的總部裡，吹著舒適的空調，然後莫名其妙就寫出一個陌生嫌疑犯詳細而精準的側寫——貝爾跟其他許多調查員同僚一樣，認為這些側寫專家比靈媒好不了多少。他們對暴力加害者的預測幾乎永遠都一樣：你的嫌犯是一位年輕男子，可能是白人，做著水準低落的工作，難以維持感情關係，有嚴重的憤怒情緒問題，特別是針對女性。

這種結論還真是不意外。

然而，「拍立得照片裡的莎曼莎是死是活？」

多爾不確定。潘恩、高登和尼爾森都覺得她還活著。貝爾覺得她死了。「但莎曼莎沒有割傷或瘀青，」潘恩反駁說，「她臉上有化妝、她的腋下有除毛、她的頭髮是編起來的，皮膚看起來很健康，那樣抓著她的頭可能只是要做效果。」

行為分析小組找來了一位研究殺人色情片（譯註：snuff film，一種地下色情影片類型，非由演員扮演，而是拍攝被害者實際遭到虐待殺害的過程，以滿足觀看者性慾）真偽的專家。那位專家沒有半點頭緒。

勒索字條到處都是拼寫錯誤。是故意的嗎？肯定是。無論凶手是誰，他顯然很聰明。不過話說回來，為什麼要冒著被抓的風險，把字條留在大馬路和熱門的健行步道旁？為什麼只要求三萬美金？——所有人都知道懸賞獎金高達七萬了——詹姆士對此可沒在低調。

有件事在潘恩看來也不太對勁：這則字條沒有提及任何關於莎曼莎的具體資訊，就連那些小道傳言都沒有——沒有提到毒品或毒品欠款、沒有提到她任何一位過去或現在的朋友、沒有任何資訊指出此人認識莎曼莎——但潘恩提醒自己，綁架陌生人的發生率微乎其微。也許這是想誤導調查方向？

他們同意將其中一項細節保密：字條的執筆者承諾在六個月後放莎曼莎走。小隊上沒有人見過這樣的事情——沒有人相信。

如今他們得回覆那張字條。大家都同意讓詹姆士把錢匯進那個銀行帳戶裡。但他們該怎麼說呢？這是潘恩向行為分析小組尋求協助的另一件事——怎樣回應才最有機會引綁匪現身？

調查局特勤組有人建議停用杜恩和莎曼莎的提款卡，存入現金，然後讓詹姆士傳訊息到莎曼莎的手機要求碰面，用現金換莎曼莎。

潘恩僵住，這是他聽過最爛的想法，他一臉驚愕地聽著調查員討論起要怎麼進行。

「完全不應該這樣處理。提款卡和莎曼莎的手機是他們跟她僅有的連結。」潘恩心想，犯下這類罪行的人會把自己和犯罪現場的距離拉得很開。「凶手無論是誰，都不是業餘程度。」

潘恩努力讓自己保持鎮定。他得讓事情照他希望的方向走。他相信莎曼莎就算不在安克拉治，至少也還沒出州界。但每過一分鐘，找到她的機會就越低，他得反對這個狗屁方法——這只會讓莎曼莎的處境更加危險的狗屁方法。

潘恩知道他得謹慎處理，他得要冷靜、有說服力，還要有威嚴。「我們若切斷跟莎曼莎的這條聯繫，這將會是天大的錯誤。我不曉得我們能否彌補這項損失。」潘恩開口。他建議讓提款卡能持續運作。字條的執筆者顯然把事情都想好了。莎曼莎的十六位銀行帳戶碼都寫在字條上——足顯其誠意。很有可能錢一匯進去，對方就會提領出來。

「追蹤這張提款卡，」潘恩說，「我們就能追蹤綁架莎曼莎的人。」

隊上的其他成員，包括多爾在內，都同意，因為它已經被使用過——莎曼莎消失的那天晚上，還不止一次。

另外，調查局有打算調查詹姆士在莎曼莎失蹤二十四小時後，拒絕讓警方進屋的怪異行徑嗎？謠傳詹姆士有在販毒。多爾聽說詹姆士最近運了一批六萬美金的大麻，可能還偷了其中一半，多爾認為何必繼續玩這個猜謎遊戲？何不直接跟詹姆士碰面，看他會怎麼反應。

但就連貝爾都覺得多爾的論點太牽強了。他覺得多爾應該是受臥底工作所害，長年在緝毒局工作，讓她把注意力都預設在毒品上。潘恩不想停卡，並且相信把錢匯進帳戶的直覺才是對的。

潘恩贏了，大夥決定追蹤提款卡。

但這個小興奮沒有維持多久。因為他們發現，詹姆士．柯尼不想匯錢。

四天過去，調查員還在試圖說服詹姆士，他說他不確定這張字條是不是真的，他爭論那些照片可能是假的。詹姆士說，這件事可能是個大騙局，只是要騙他的賞金。

多爾不敢相信，她的疑慮成真了嗎？

為什麼詹姆士現在不急了？為什麼詹姆士依舊在臉書上求大家捐款給他？他怎麼有辦法在莎曼莎失蹤後不到四十八小時，上臉書發這樣的文章：

若您有意捐款到援救莎曼莎．特斯拉．柯尼的懸賞基金，您可以前往任何一間德納立聯邦信用合作社，匯到帳戶 #135006，或者我也有開設 PAYPAL 帳戶前往 PAYPAL.COM (http://paypal.com/) 輸入我的電子信箱地址，全部小寫……

所有收益將投入救援工作及獎賞任何將她平安送回家的人。

多爾曉得詹姆士把賞金花在自己身上——全市都在講這件事，《安克拉治日報》甚至問過詹姆士這些傳聞，他也沒否認。「我得拿一部分的基金來維持家計，」他說。

這件事同樣讓多爾覺得很可疑。就在調查員拜訪詹姆士家、看到他怪異的表現後不久，多爾申請到他住處的搜索票。她並不意外在裡面發現種植大麻的行為，並且，任何像樣的調查員都曉得，在室內種植大麻，種到這種規模，都肯定是為了非法目的。

然後還有柯尼家族的一位友人打給市警局的這通電話。她說她在莎曼莎失蹤後這幾天經常跟詹姆士相處，而他對金錢無比執著，特別是這筆賞金。他有時候會一天上網好幾次，就為了確認捐款狀況。

「拜託追查一下，」她說。「因為實在不太對勁。」

四

二月二十九日，發現勒索字條的五天後，詹姆士．柯尼致電安克拉治市警局，時間是下午四點五十五分。

詹姆士告知警方，他想要先將五千元的贖金匯進莎曼莎戶頭裡。他說調查局的人要他別一次把三萬塊錢全部匯過去。重點是讓勒索者按捺不住，逼對方碰面。

市警局這頭，喬瑟夫．巴特（Joseph Barth）警探奉命追蹤杜恩和莎曼莎共用的銀行帳戶。提款卡第一次使用紀錄是在凌晨三點，就在她失蹤之後。沒有提款。莎曼莎和杜恩戶頭裡不到五美元。

此刻，巴特警探在桌邊監看詹姆士將五千元匯入莎曼莎跟杜恩的戶頭。

監視了四小時以後，驚訝發現真的有人試圖在安克拉治的提款機提款。

貝爾不得不承認他漸漸認同多爾的說法。只有詹姆士和杜恩曉得這個計畫，但怎麼這麼巧，莎曼莎的卡立刻就有人使用了？不只如此：對方試圖提領六百元美金？——大部分的提款機都把每日提款額度設在五百元——表示無論這個人是誰，都不曾在提款機提款過，是那種都用現金交易的人，不過……

高登、尼爾森、甚至潘恩都得接受多爾可能是對的，因為第一次嘗試提款後不到兩小時，馬上就又出現了一次提款活動。這次是成功的：從德納立聯邦信用合作社（Denali Federal Credit Union）的一台提款機領了五百美元，距離第一次提款失敗的位置只有六分鐘車程遠。

一次又一次的提款活動，就在午夜前四分鐘。

半個小時後又有一次提款。這次位置在城市另一頭，德巴路（Debarr Road）上的一台提款機。用這張卡的人不管是誰，對安克拉治都很熟門熟路，學得也快。如今，他在午夜前後提款，不到一小時就到手了一千元。

這個帳戶動態並不令人意外。勒索字條寫了要錢，現在錢來了。德納立的提款機有監視攝影器運作，雖然至少要到隔天才能看到。但調查局和市警局並不急著從鄰近店家那裡取得影片。

詹姆士成了頭號嫌疑犯。多爾證明了自己是對的。

翌日，三月一號，潘恩和他的小隊在《安克拉治日報》上看到一篇有趣的報導，該報近日持續在報導莎曼莎失蹤的新聞。帕克探長又對報章媒體作了一番相當不妥的發言，說調查活動「每天都持續有進度」，而且莎曼莎事實上還活著。

這真是個天大的、自找的錯誤。

帕克沒有莎曼莎還活著的證據。沒有人有。調查行動又一次遭到損害，潘恩氣死了。市警局麻煩大了，怎麼會有個經驗老道的警察犯下這等錯誤？老天爺啊，要是莎曼莎已經死了，綁架她的人就會知道調查員掌握到的情資有多少。如果帕克說錯了，然後莎曼莎的屍體被發現，整個警局跟調查局都會把自己搞得像白癡一樣。

還有詹姆士跟杜恩、以及莎曼莎其他的親朋好友呢？這種承諾只會給他們虛假的希望。

潘恩、貝爾、高登和尼爾森每天都工作二十小時，已經操到精疲力竭。沒人停下來過。他們回到家還是都會打開電腦、搜尋線索——儘管他們有權限登入最高機密的資料庫，大多時間都還是要仰賴Google——他們也不是沒意識到自己調查的方式，無異於那些鍵盤辦案的平民。

莎曼莎至今失蹤已滿二十九天。

他們多花了兩天才成功把德納立提款機的監視畫面，送到匡提科的調查局總部。影像最後送到一位年輕的影像分析師克里斯．伊伯（Chris Iber）手上。

伊伯是局裡唯六位會做刑事鑑定影像分析的人之一，他也有錄影方面的跨領域訓練經驗，他是潘恩所能找到最好的人選。

伊伯從沒跟潘恩這樣的探員說過，但他學到一個慘痛的事實：影像到他手上，通常品質就已經爛到不行，不管網路上的鍵盤偵探和《重返犯罪現場》的幾百萬觀眾怎麼想，他都沒辦法無中生有。

潘恩希望伊伯能判斷出，提款機監視影片裡的男子穿著什麼樣的衣服。這項任務很耗時。首先，伊伯得確定影像的真偽，檢查影片是否被動過手腳。他得在不使影像失真的前提下，試著提升畫質。他得使用攝影測量法，以畫面裡其他物件作量尺，估算出男子的身高。最後，辨識出男子夾克上的標誌和字體，伊伯得再把它和幾千種字體比對分析。

伊伯工作到深夜；他從跟潘恩的對話感覺得出對方有多焦慮。潘恩感覺不太篤定，在各種理論間來回擺盪。

好多資訊都指向詹姆士，但一部分的他依舊難以置信。對貝爾來說，每過去一天都是莎曼莎身亡的證明，潘恩則不得不相信她還活著。他不信任自己能看清事情全貌，卻也不曉得能找誰聊：他女友不行，她已經不爽他一頭栽進這個案子裡了，他的團隊夥伴也不行，就連貝爾都不行。他經不起在他面前損及自己身為領導人的尊嚴。

於是潘恩打給他局裡最好的朋友兼前同事。他們共事了十二年，對潘恩來說，他是他認識的調查員裡數一數二優秀的。

「我是整個搞錯了嗎？」潘恩問他。「我是怎麼了？」

潘恩曉得自己的極限在哪。他以秩序和邏輯見長。他拿的數學學位在這種案子上派不上用場，調查局在此處理的只有百分之一是事實，剩下的全都模稜兩可。

「我們知道的是這樣，」潘恩說。「我們有一張勒索字條、一張相片，她的膚色、姿勢看起來還活著——但我無法證實——這是我自己一廂情願、讓自己的想法主導了案子嗎？——我試著誠實面對證據，但我們其實沒有多少證據——我的判斷是對的嗎？我問的問題是對的嗎？我追的是對的線索嗎？」

「沒有，」潘恩的夥伴說，「你沒在亂做假設。你做的沒錯。」

隔天早上，克里斯．伊伯跟潘恩分享了好消息。雖然衣服很寬大，他還是成功判斷出他身形壯碩。他的深色夾克應該是連帽的。他左胸上看起來有某種淺色顏料噴濺在上面，後方的字似乎是「CORPS」。潘恩把影像寄給貝爾，貝爾說他覺得嫌犯應該是海軍軍人，或是曾在海軍服役。伊伯還有更多資訊，男子戴著透明或淺色眼鏡、灰色面罩、灰色手套、黑色長褲，和淺色或白色的鞋子。

伊伯致歉說希望自己還能看出更多，潘恩深受感動，不只是伊伯找出的資訊，還包括他願意工作到這麼晚，協助一個遠在天邊、素不相識的調查局探員，找尋全美每天兩千三百失蹤人口中的滄海一粟。這提醒了他，雖然案子的希望隨時間流逝，世上還是有好人存在。

然而，恐懼和怒火在安克拉治沸騰。

貝爾感覺得到，民眾的情緒其來有自，他們覺得市警局並沒有好好處理這項案件。貝爾心想——要是他們真知道警方是怎麼處理的，反應絕對會更加激烈。——一直到二月二十號，莎曼莎失蹤三周後，市警局才想到要跟莎曼莎工作的咖啡鋪對面的家得寶五金行（Home Depot）拿監視錄影帶。過了兩天，也就是勒索字條貼出來的那天，他們才實際拿到影片，調查員也由此才看見了故事的起點。

二月一號晚間七點四十五分，一台白色貨卡駛進家得寶的停車場。畫質很模糊，但貝爾從卡車背面的數字看出來是一台雪佛蘭——美國只有這家汽車製造商有這麼長的名字。

沒有車牌。

駕駛坐了十分鐘，接著下車，穿過圖鐸路，消失在視野外。將近二十分鐘後，他再次出現在對街，同一個路口，帶著莎曼莎。

他的手臂繞過她肩膀。其他人經過，沒人感覺有異。

但當紅綠燈切換，他們開始過街，莎曼莎脫身逃跑。她的手腕被綁在一起，被人強行綁架的她看來陷入恐慌。她有尖叫嗎？難以判斷。

男人只花了幾秒鐘就立刻壓制住莎曼莎，讓她站起來。他似乎朝她悄悄說了什麼，接著帶她走向白色的兩用貨卡車。一群陌生人經過他們旁邊那台車時，他和她等了一會兒。

喔，不，潘恩想：妳的機會來了，快大喊救命或失火啊！別讓這男人帶妳去別的地方啊！但潘恩知道事情會怎麼發展。不管男子在她第一次試圖逃跑時說了什麼，都讓莎曼莎放棄脫逃了。她沒有反抗的站著，等到那群人走遠。男子打開車門，讓莎曼莎坐進副駕駛座，沉穩地繞到駕駛座那頭，上車，駛出停車場。

潘恩感到心力交瘁。他們漏掉了什麼？

如今，浪費了這麼多時間，他們只找到一台白色雪佛蘭的貨卡。——好極了，潘恩調侃自己，因為這款剛好就是阿拉斯加最受歡迎的卡車車種。

五

出人意料的是，再一次出現的提款動態不是在阿拉斯加，而是在美國內陸。

潘恩在三月七日晚間十點半收到通知。十分鐘前，莎曼莎的提款卡在亞利桑那州的威爾科克斯（Willcox）被提領了四百美元，就在十號州際公路下來的一個小鎮。

莎曼莎失蹤至今已超過一個月。

潘恩振奮不已。已經六天沒有任何提款機動態了——雖然潘恩和他的團隊幾乎遠在四千哩外——但這下他們已緊追在後了。

他掛上和調查局鳳凰城駐地辦公室的電話。他們有一位探員認識這家銀行的老闆，一個小時內就抵達現場調閱錄影帶，檢驗現場的毛髮、纖維、指紋、輪胎痕跡。

潘恩本來就猜想這家西部銀行規模太小，不會有可供調閱影片和金融紀錄的中央資料庫。監視錄影帶隔夜送來安克拉治到潘恩手上要花一天時間，然後再花一天送到匡提科的實驗室。莎曼莎的綁匪可能也曉得這些。他比他們想得還聰明。

儘管如此，當地一位調查局探員還是翻拍了幾張威爾科克斯提款機影片的照片，截圖寄給潘恩。

不甚理想，但足以辨識人影。

潘恩覺得他看起來和安克拉治拍到的男子很像。他很高，大概六呎，身穿寬鬆衣物來遮掩身形。他拉起衣服帽子，戴著太陽眼鏡和看起來像面罩的東西。他穿著牛仔褲和白色的網球鞋。就在一個小時後，莎曼莎的提款卡又有新的動態。

潘恩引頸期盼。他通知團隊，衝去駐地辦公室。

第二則通知是在新墨西哥州的洛茲堡（Lordsbur），離威爾科克斯一小時車程。他們的嫌犯沿著十號州際公路往東行，又犯了一次試圖超額提領的錯誤，地點同樣在西部銀行。潘恩猜想這人應該是在阿拉斯加待久了，被複雜的地域時差擺了一道：北美山區時區比北美中部時區慢一小時；阿拉斯加時區又比太平洋時區慢一小時。新墨西哥現在是凌晨兩點三十四分，安克拉治是晚間十一點三十四分。莎曼莎的提款卡是按照阿拉斯加時間。潘恩和貝爾查看地圖後，預測無論持卡者是誰，都會繼續沿十號州際公路往東。這是最合理的選項。

就算他們不曉得嫌犯車輛的廠牌或型號，他們也知道他開的不是白色雪佛蘭。他大概租了車。潘恩對加州、聖地牙哥、鳳凰城、阿布奎基（Albuquerque）和厄爾巴索（El Paso）發布了通緝，或者說「全境通緝」。

凌晨兩點三十五分，卡片在同一處提款機又有一次活動。這次是查詢餘額，顯示戶頭尚餘三千五百九十八元九十一分。一分鐘後，嫌犯提領了八十美元，快領到每日五百美元的限額了。

貝爾跟潘恩一樣興奮，他曉得提款卡會是破案關鍵——大家都這麼認為。但他同時提醒自己，調查局不可能把這些小鎮裡為數不多的警察挖起床，讓他們去十號州際公路巡邏。等到他們願意，嫌犯都不知道跑哪兒去了。其中一些小鎮一共也才有二十名警力，等他們把未值勤的員警都叫齊，人力集中到州界時，嫌犯大概正以時速八十、一百英里開在空蕩的高速公路上，逃之夭夭。

於是潘恩和他的小隊決定待在會議室裡。

午夜將至，眾人盯著牆面，等待西南方出現新的提款機動態。

然而，現實感來襲——這個方法的風險很高，得靠其他探員不要壞事，也得靠嫌犯持續使用著提款卡。

六

三月十二日星期五，早上六點半，史帝夫·雷伯恩（Steven Rayburn）第一次看到潘恩發布的通緝令。當時他正在自己家裡喝著晨起的第一杯咖啡，檢查黑莓機上的郵件。那條通緝令讀起來很老派。

轉寄：疑犯

莎曼莎·柯尼。

男。身分不明。

穿著淺色連帽運動衫。駕新款淺色客車。

依提款機紀錄，往東，正朝厄爾巴索方向移動。

附件有三張相片。第一張是從臉書上抓的，莎曼莎的照片。真漂亮的女孩，他心想。那是一張莎曼莎笑臉的特寫，頭上綁著綠色頭巾。第二張照片是一台小型白色客車，窗戶似乎是透明的。第三張是身穿連帽汗衫、藍色牛仔褲和運動鞋的嫌犯，面容模糊不清。

雷伯恩當了三年的德州騎警。在那之前，他在拉夫金（Lufkin）當了八年警察、十年州警。

他對五十九號美國國道這條長達六百英里、連接拉夫金和休士頓的主要幹道無比熟悉。他感覺應該是這條路。

上午十點五十八分，雷伯恩的直屬上司凱文．伯藍（Kevin Pullen）寄來一封電子郵件。伯藍信中寫說，調查局跟他聯繫請求支援。兩天前，有人在德州的漢布爾（Humble）使用過該張提款卡，已經有三名探員在周邊待命。伯藍在信中附上一張「有請協尋」的傳單。雷伯恩打開文件。

轉寄：來自阿拉斯加州安克拉治的綁架嫌疑犯。

嫌犯二次使用提款卡，一次在德州的漢布爾，一次在德州的夏普德（Shepherd）。

請將本傳單連同近期提款資訊傳到所有車載電腦上。拉夫金的史帝夫．雷伯恩騎警將以首席騎警身分協助調查局處理此案。

這是雷伯恩第一次得知這項新任務。他很緊張。他從來沒和調查局合作處理過跨州綁架案。伯藍的傳單另外附有一張相片。是嫌犯的臉部特寫。他的口鼻看起來被淺色面罩遮蔽，還戴著眼鏡，但相片模糊到不行。

雷伯恩惶恐不已。這就是我們手中的全部資訊？他認識伯藍很久了，從二〇〇九年調至騎兵隊起就在他手下做事。對雷伯恩而言，德州騎警這個身分一直令他引以為傲：既是亡命之徒，也是正義的執法人員。「對付一場暴亂，只消一名騎警」是他們的座右銘。他們抓到了約翰．衛斯理．哈丁（譯註：John Wesley Hardin，1853-1895，美國老西部的傳奇匪徒，自稱曾殺害四十二人），還有鴛鴦大盜邦妮與克萊德。獨行俠（譯註：Lone Ranger，西部冒險主題的電影、電視劇、廣播劇及漫畫都曾改編描繪的英雄人物）就是走上歹路的德州騎警。曾於一八五年代擔任騎警隊長的新聞記者約翰．薩爾蒙．福特（John Salmon Ford），就這麼描述過騎警們：

「大多數人都……未婚。其中有些人會喝烈酒。但依舊是一群清醒、英勇的男子。他們明白自己的使命，也能實際執行。他們不會在城裡張揚自誇。不會在街上奔馳、開槍、吼叫。他們懷有道德自律，並發展出道德勇氣。他們行俠仗義，因為這是對的事情。」

雷伯恩努力成為那樣的騎警。

此刻，這些通告湧入德州各大執法機關，他感覺應該再草擬一份印有騎警徽章的版本。所有警察和州警都曉得騎警將徽章印在告示上意謂著：首要任務。

雷伯恩致電調查局在康羅附近的駐地辦公室，得知漢布爾有名員警回報目擊一台白色的福特Focus，在凌晨兩點二十三分那次提款活動前後，出現在一台提款機旁。有兩台監視器拍到車身，雖然畫質很差，但匡提科的克里斯．伊伯仍舊成功判斷出廠牌和車型。結果發現，白色的福特Focus是全美最常見的租用車款。先是白色雪佛蘭貨卡，現在又搞這齣。他們的嫌犯顯然很會藏匿行蹤。

雷伯恩坐在他的桌子，心繫他的騎警同僚，自己寫了一份更詳細的通告，附上那台白色福特Focus的照片。

二〇一二年二月一日，山區標準時間約凌晨兩點，被害人在阿拉斯加州的工作地點遭到綁架。其家人和男友的嫌疑已被排除。

二〇一二年三月七日，被害人男友杜恩・托多藍尼（Duane Tortolani）名下的提款卡，在亞利桑那州的威爾科克斯出現使用紀錄，時約上午十點十五分。卡片在上午十一點三十分左右，再次於新墨西哥州的洛茲堡出現使用紀錄。卡片最後一次使用是在二〇一二年三月十二日，凌晨兩點四十七分左右，地點在德州的夏普德。夏普德位於五十九號國道。警方應巡查公路休息站、卡車休息站和汽車旅館。警方應嚴查乘車人符合嫌犯或被害人特徵之車輛。嫌犯持有杜恩・托多藍尼遭竊的提款卡。

雷伯恩有預感嫌犯會經過拉夫金，也就是下五十九號國道的位置。此地有許多條高速公路交集匯流，整個路線在地圖上就好像馬車車輪。拉夫金是漢布爾再過去最近的城市，往北一個半小時的車程，也唯有那裡有像樣的旅館。嫌犯有可能經由四十五號州際公路前往拉夫金，但那樣要開比較久，將近兩個半小時。

在這種時候，雷伯恩總會把調查工作想成釣魚或打獵。你得往目標最可能去的地方下手。雷伯恩也不覺得那台福特Focus掛的會是德州車牌。嫌犯八成是從阿拉斯加出發，也已經開車通過其他兩個州了。但雷伯恩沒在通告中提及此事；那只是他的猜測，不是事實。

他再讀過一次草稿，並在下午一點十八分時，線上發布給德州東南部的執法機關，外加路易斯安那州和阿肯色州。

接著，彩色列印了一疊厚厚的通告傳單，走到拉夫金警局拿給州警。科技在這類案件中算是雙面刃；車載電腦和廣播上的訊息太多，就算是最優秀的員警和州警都受資訊過載所苦。雷伯恩發現這種傳統做法更有效：我親自拿這個東西給你，並且跟你說話，代表這很重要。

雷伯恩走到公共安全局辦公室，拿了一份通告給布萊恩．亨利（Bryan Henry）下士，他也是德州高速公路巡警。亨利有二十年的高速公路巡邏經驗，跟州警共事了二十二年。家裡世代都在德州執法機構服務。

「我需要你的幫忙，」雷伯恩和亨利說。「這是我們追捕中的嫌犯車輛。新型福特Focus，車體沒有貼圖，窗戶沒有貼染色玻璃。不確定是自家車還是租來的。」

亨利仔細檢視相片。「你們怎麼知道這是白色福特Focus?」他問。

「調查局告訴我們的，」雷伯恩說。「我和調查局在康羅（Conroe）的辦公室聯繫過。」

亨利不太相信。拿了傳單，向當地的福特經銷處詢問。結果發現克里斯．伊伯用擋風玻璃去辨認車型是Focus是對的。

回到阿拉斯加這頭，原先興高采烈的潘恩和團隊成員，如今沮喪不已。對潘恩來說，伊伯研判出他們要找的是全美最常見的出租車種，真是又一起莫非定律作祟的案例。

進展看起來非常有限。他們知道有一名男子，知道他的年齡、種族，體重未知，從頭遮到腳，開著毫不起眼的車輛，行經主要高速公路，挑選了小城鎮的小銀行，還有奇怪的時間點，很清楚自己被逮住的機會微乎其微。他好像對攝影機有極高的意識，經常把車子停在景框之外。

他們真有可能抓到他嗎？

凱特．尼爾森比較樂觀一些。她試圖鼓舞潘恩。這傢伙在德州領了兩次錢，一次在漢布爾，一次在夏普德。當然，德州比亞利桑那州和新墨西哥州大多了，但這幾次提款活動位置之間的距離越來越近。尼爾森說，嫌犯非常有可能會停下來安頓幾天，「回巢休息。」她這麼說。

然而，尼爾森無技可施。她卡在阿拉斯加，哪也去不了，只能仰賴德州騎警的協助。

喬琳．高登也有同感。她和尼爾森及潘恩一樣，在絕望和興奮間擺盪，但隨著提款頻率上升，她說服自己相信，逮到人只是時間早晚的問題。

傑夫．貝爾比較沒把握。這不過就是全美每天數千則通緝令中的滄海一粟。他們的通緝令甚至不曉得嫌犯的目的地和動機，貝爾曉得，大部分的人都會心想，「這破不了的。我連試都懶得試。」

史帝夫．潘恩同意。事到如今，他們只能碰運氣了。但就在此時，他收到了調查啟動以來，最令人喪氣的消息之一。

三月十二日黎明之前，德州又出現一次提款活動，他立即打電話給漢布爾當地的銀行經理，請她過去確認監視錄影帶。

「不要」，她說。

他整個呆住，努力哀求。一名年輕女孩命在旦夕啊，潘恩告訴她。

「抱歉」，她答道。「我不會去銀行，也不會派任何員工過去」。她說潘恩和他的團隊只能等九點銀行開始營業。

結果後來影片雖沒有任何線索，但整個過程都讓潘恩無助到不行。一天過去，沒有任何新線索，也沒有新的提款活動，潘恩開始擔心他的嫌犯會不會就這樣永遠消失在美國本土。

對雷伯恩來說，這還只是第二天，他的焦慮忍不住轉為謹慎的樂觀。他提早到辦公室，著手製作另一份通緝令；儘管沒有新資訊，發佈新的一份資料還是會提醒所有人保持警覺。

正當他苦惱的斟酌用字時，電話響起。

電話另一頭的聲音是黛比．甘納威（Deb Gannaway）探員，過去三十三年，幾乎都在休士頓為調查局工作。甘納威說凱文・伯藍打給她，問她是否聽說「這位阿拉斯加來的失蹤少女和這張簽帳卡。」嫌犯似乎正從休士頓往上走，接近甘納威負責的範圍。方便她過去一趟嗎？

「當然，」雷伯恩說。現在是上午十點半。幾分鐘後，甘納威就出現在他的辦公室。

他們能討論的不多——雷伯恩所知的資訊和甘納威一樣——僅能辦案的程序。甘納威對於調查局僅靠細微的設計特徵就辨認出車種，讚嘆不已，雷伯恩誇耀了亨利是如何把照片拿去福特經銷商，拿著相片跟實際的福特Focus比對。對德州騎警來說，所有任務都同等重要。

雷伯恩的手機響起。

快十一點了，是亨利打來的。他剛剛在巡視當地各家旅館的停車場，然後發現一輛白色福特Focus。車子停在南一街（South First Street）的「優質旅館（Quality Inn）」前面，「而且你猜怎麼著？它就在下五十九號國道的地方。」

亨利本要去吃午餐休息，但他決定在那等雷伯恩過來。

甘納威拿起她的外套。謹守騎警儀容守則的雷伯恩拿下牛仔帽和領巾，他想盡可能看起來不像個騎警，但還是保留他的長袖正裝襯衫、乾淨整齊的藍牛仔褲和牛仔靴。甘納威和雷伯恩馬上跳上車子，開往「優質旅館」。

他們找到了停在一一五號房前面的福特Focus。也許就是這台了。

雷伯恩打給友人麥奇・哈德諾（Mickey Hadnot）探長，他倆自一九九〇年代初期一同在街上巡邏起就認識至今，哈德諾目前負責管轄毒品活動的臥底探員。「我想要盯著這輛車，」雷伯恩告訴哈德諾，「你能派個臥底過來嗎？」

哈德諾跟雷伯恩說他這就來，他親自來處理。

同一時間，亨利和雷伯恩不吃午餐了。情況愈發緊張刺激。他等著，緊盯一一五號房和上面的二一五號房。

甘納威在停車場上繞著那台福特Focus走，記下後車窗上的條碼。這是台出租車，後座還有小女孩的衣服，雷伯恩用系統查了一下，車牌是德州的。

哈德諾和亨利繼續盯哨。雷伯恩跟甘納威走進旅館大廳找經理，他提供他們入住名單，但沒有一位房客跟那台福特Focus有任何關聯。優質旅館和鄰近的假期旅館（Holiday Inn）、康福特套房酒店（Comfort Suites），全部加起來有幾百間房。任何人都有可能把車停在任何一個停車場。

亨利打給雷伯恩，「我剛剛看見樓上有個男的，在往下看我盯的這台車，」他說。

接著哈德諾的聲音從對講器傳來。現在是十一點三十分。「一名成年白人男子從二一五號房出來，」哈德諾說。「他把東西放進福特Focus。他正準備離開。」

「亨利，」雷伯恩說。「我需要你在五十九號國道埋伏。那輛車一走，你得設法把他攔下。別讓它跑了。」亨利旋即發動車子，往五十九號國道中段開去，他在那兒能清楚看到旅館的出入口。

不到幾分鐘，亨利看見白色福特Focus緩緩向左開上五十九號國道，往北駛去。亨利跟上，跟那台福特保持兩台車的距離。

駕駛沒有任何違法行為。時間一點一滴過去。一旦離開五十九號國道住宅區的區段，就沒有交通號誌讓駕駛停下車了。很快地，路段時速上限也會變高。雷伯恩想知道現場情況。

「找個藉口！」他重複說著「找個藉口！」

那台福特在交通號誌前停了下來，已經從優質旅館那裡開了七分鐘。亨利聚精會神地盯著車載雷達螢幕。等綠燈亮起，福特Focus加速至時速五十七英里，高過限速兩英里時，亨利便打開警示燈，狐疑地看著司機從容減速，在棉花田餐館（Cotton Patch Cafe）的停車場停下。

亨利朝那台車走去。駕駛是白人男性，三十五歲上下，單獨一人，戴著黑色的運動用太陽眼鏡。

「德州高速公路巡邏隊，」亨利和他說。「您從哪裡來？」

「阿拉斯加。」男子說。

亨利攔車盤查了二十二年，從沒遇過阿拉斯加來的人。

「先生，我需要看一下您的駕照，」亨利說。「麻煩您下車。」

男子取出錢包，將駕照遞給亨利並下車。

一個阿拉斯加人跑來德州，這可真夠遠的。亨利看了看駕照，然後看向男子。亨利不發一語。

「我是來參加我妹妹的婚禮，」男子說。「婚禮在威爾斯（Wells），離這裡十五分鐘遠。」

亨利再看了他的駕照一眼。姓名：以瑟烈．凱斯（Israel Keyes）。一九七八年一月七日生，住在安克拉治。亨利看到男子牛仔褲正面和後面的口袋各塞了一把刀。

「把刀放在卡車上。」

亨利很緊張，他張望著找跟在後面的哈德諾，亨利揮手示意要他過來，接著進巡邏車裡查駕照（駕駛人）資訊。什麼都沒有，沒有犯罪紀錄、搜捕紀錄，就連超速罰單都沒有。

哈德諾打給雷伯恩和甘納威。

在他們抵達前幾分鐘，亨利再次上前和司機對話。

「這是怎麼回事？」凱斯問。

「我們正在調查一起綁架案，」亨利說。「阿拉斯加的。」

「我最近都待在威爾斯，」凱斯說。「但我昨晚和我弟待在旅館。我有兩個弟弟過來參加婚禮，他們都是從緬因州來的。」

都還沒問就自己提供這麼多資訊。亨利的經驗告訴他：這個人在撒謊。

亨利還注意到凱斯滿身大汗，以這個天氣來說他的汗流得有點太多了。那天是德州春季的典型好天氣，攝氏二十九度，沒有濕氣。男子身穿藥妝店賣的那種一包三件的灰色無袖薄背心，上頭有一片片的汗水印痕。

「您來德州多久了?」亨利問。

凱斯頓了一下，好像在思考。

「上週四，」凱斯說。「下大雨那天。」

這倒沒錯。那天晚上狂風暴雨，夾帶著如葡萄大小的冰雹，還將鳥兒從樹上打下來。

「您是開車還是搭飛機來的?」亨利問。

「我在安克拉治只買得到飛拉斯維加斯的機票，」凱斯說。「所以我飛到維加斯，然後開車來德州。然後我得再飛去維加斯，好帶我女兒去看大峽谷。」

這故事變得越來越複雜了。

「您的女兒現在在哪?」亨利問。

「和我弟弟在城裡，威爾斯，」凱斯說。「她十歲大。」

雷伯恩和甘納威停下車，很高興看到所有人都在場。他走向亨利，亨利一邊向他簡報，一邊取下身上的麥克風給雷伯恩。雷伯恩小心走上「表演舞台」——巡邏車儀表板的攝影機視線內——走向凱斯。

凱斯先開口。

「請問這跟昨晚開車經過我停車場的員警有關嗎？」他問。

雷伯恩對此毫不知情，他無視這個問題。

「您昨晚住在優質旅館？」雷伯恩問凱斯。

凱斯看向甘納威，她正靜靜地在那台出租車周圍走動，然後他看回雷伯恩。

「對，和我兄弟。房間是用他的名字訂的。我過去兩天出入那裡不少次。」雷伯恩上下打量凱斯，然後往駕駛座裡面望。他看見座位底下有一雙白色運動鞋。

「您何時租這台車的？」

「幾天前，」凱斯說。「我飛到拉斯維加斯的隔天。上週四。」

凱斯開始伸展四肢，又一次露出馬腳：這傢伙在不安，可能準備要跑了。

甘納威走了過來。

「我是聯邦調查局特別探員黛比．甘納威，」她說。「所以您沿途在幾個州停過？」

「這個嘛，」凱斯說，「我開四十號州際公路，在胡佛水壩（Hoover Dam）停過。但我沒有真的停在哪個州，因為我每晚只睡一個半小時。剩下時間都在開車。」

「都沒有停車加油？」甘納威問。

「喔，有啊，當然。有幾次。」

「您怎麼付錢的？」

凱斯停了一下。

「我不知道，」他說。「應該是付現吧。」

甘納威完全被挑起興趣了。

「我再問一次：您怎麼付油錢的？」

「應該是付現吧，」凱斯說。他開始煩躁起來了。

雷伯恩介入進來，「聽著，」他說。「要證實你的說法很簡單。我們能檢查您的皮夾嗎？」

「你們什麼也別想檢查，」凱斯說。「我是被逮捕了嗎？」

史帝夫．潘恩坐在他車內，直瞪著前方，在蜜糖小屋咖啡鋪（Sugar Shack）排隊。現在時間是上午八點半多一點，太陽終於露臉。

他累極了。昨晚他因為收到嫌犯提款活動通知，在凌晨兩點、兩點半和兩點四十七分分別接了三次電話，接著，又和德州的駐地團隊通電話講到五點。但要再回去睡回頭覺實在是太難了——他感覺精疲力竭，但如果睡著就沒辦法工作了，要是出了什麼事怎麼辦呢？不過如果不睡，也沒辦法好好思考——兩難。

他坐著等待點餐，跟平常一樣，二十盎司的低卡鮮奶油薄荷抹茶。潘恩老是因此遭人說笑，但他很愛這種被他稱為「娘砲」咖啡的飲品，他會另外再喝一壺由辦公室咖啡機泡製的廉價咖啡來補充咖啡因，好讓他面對漫長的一天。

楓糖小屋離調查局辦公室只有幾分鐘遠，潘恩看著年輕的咖啡師——現在是兩位，自從莎曼莎消失的事件發生後，就再也不見女性獨自在咖啡鋪裡工作了。天色漸亮，她們在冷空氣中呼出一團白霧；她們戴著破舊的露指手套在店鋪窗口進進出出，在尖峰時間趕忙泡咖啡，拿著杯子、現金、信用卡。這些女孩早上四點半就要抵擋睡意，離開溫暖的被窩，面對酷寒起床開店。

這些咖啡師潘恩大多都曉得名字，他的護士女友也是。有些人是要存錢上大學，有些正在攻讀醫學學位。潘恩女友總是鼓勵他們堅持下去。她們都是好女孩，潘恩心想，那些每天早上調製低卡鮮奶油薄荷抹茶的女孩們。她們任何一位都可能遇上和莎曼莎相同的遭遇，而莎曼莎仍然命運未卜。

他手機響起。潘恩不認得號碼，但還是接起來。

「我是德州拉夫金駐地辦公室的調查專員黛比．甘納威。我們以超速罪名攔下一位您的案件嫌疑犯。」

潘恩整個人瞬間清醒。

「我們有他的駕照。他來自阿拉斯加。名叫以瑟烈．凱斯。」

這名字對潘恩沒有任何意義。不過，來自阿拉斯加——那就很耐人尋味了。但他還是提醒自己：莫非定律。

「了解，」潘恩說。「發生了什麼事？」

「我們問他要去哪、為什麼在這裡，」甘納威答道。「他說他在拉斯維加斯租車，開下來這裡參加他妹妹的婚禮。」

「還有呢？」他問。

「還有，從外面看起來，他的駕駛坐底下有一雙白色運動鞋。我還在副駕車門的置物槽看到一捆用橡皮筋綁住的現金。上頭有染到紅色的痕跡。副駕駛座上有一些標記過的地圖。」

潘恩感覺事有蹊蹺。鞋子跟提款的嫌犯相同——不是罕見的款式，但依舊相符。現金上有銀行防盜用的墨水。甚且，現在都有衛星定位地圖了，他卻還在用紙本地圖？

「他不太配合，」甘納威說，「他很焦躁，一直問為什麼例行交通盤查需要問這些問題。你希望我們怎麼做？」

潘恩感覺自己的腎上腺素直往上衝。他得迅速但審慎地思考這件事。他們有足夠的合理根據來搜索凱斯的車子嗎？甘納威提供的資訊還挺薄弱的。

「我不大確定，」潘恩說。「地圖和球鞋……證據太少了。」

「我同意，」甘納威說。

「但話說回來，你們攔到了阿拉斯加的車牌，他又講了這麼扯的一番話，」潘恩說，「有任何合理根據嗎？」

甘納威思索片刻。

「我不想壞了你的事，」她說。「你該知道，在德州，我們有合理根據的例外情況。如果你有充分的理由認為一輛汽車被用於違法目的，即可進行搜索。」

潘恩的決定必須毫無破綻。他剛得知的少少資訊就夠讓凱斯自動成為嫌犯。但若事後認定他們沒有充足的合理根據，他們查到的東西都不會被法庭採納——所謂的毒樹毒果原則。

潘恩忍了下來。從來沒有其他案子帶給他類似這樣的感受，比起因此失去證據，他更在意找到人。

凱斯突然大喊。「我可以走了嗎？」他問。「或至少讓我打給我弟？」

甘納威轉頭，手機貼在耳邊。

「可以，」她和凱斯說。「您可以打給他。」

潘恩做出了決定。

「在搜索這傢伙的車子以前，我不想放他走，」他告訴甘納威。「我不在乎妳用什麼手段辦到。」

潘恩掛上電話。他差點哭出來。他拿了咖啡，把車子停在餐館後面。他好想好想跟甘納威維持通話，但他的訓練不讓他這麼做。他曉得她和她的團隊需要集中注意力。他思考著需不需要去一趟調查局？但此刻，他只想坐在車上，安靜地喝他的咖啡，然後好好的想一想。

真有可能是這傢伙嗎？潘恩意識到自己有多渴望事情如他所願，又很擔心自己的希望是烏鴉嘴。他拋下恐懼。你是個探員，用探員的方式來思考，他告訴自己。你所知道的事實透露了什麼？我們找到一個來自阿拉斯加，一路南下到德州的人。兩地相隔這麼遠。這傢伙解釋不出，他為何選了這麼奇怪的路線去參加他妹妹的婚禮。車種相符。染色的現鈔。地圖、鞋子。可疑的行徑。

應該就是這個人，潘恩想。他直覺這麼告訴他。他放任自己再更大膽一些：就是這個人。他就知道。他再次燃起一股希望，希望莎曼莎還活著。

潘恩看了看時間，十分鐘過去了，但感覺好像過了一小時。

此刻，他處於一種超現實般的孤獨之中。這個主導青少女綁架案的調查局探員，就這樣坐在停車場，手拿著一下子就冷掉的咖啡，天氣涼爽舒適，天空顯現的陽光就像是個好預兆——全阿拉斯加只有他曉得，他們也許抓到莎曼莎的綁架犯了，也只有他曉得接下來幾分鐘的後果。

等待的過程如此折磨。要是這幾個調查員搞砸了怎麼辦？要是這傢伙比他們想像中的還聰明呢？誰會載著這等罪證開車亂晃啊？更別提他如果真的是在帶他女兒旅行呢？要是他們別無他法，只能放他走？那怎麼辦？

二十分鐘過去。他們搞砸了嗎？

他的手機響起。是甘納威。

「抓到他了，」她說。「就是這傢伙。」

潘恩難以置信。

「妳有哪些證據？」他問。

「夠多了，」甘納威說。

潘恩一次又一次地向她道謝。他們要帶莎曼莎回家了。

七

遠在德州這頭的路邊，五名員警環繞在站立的嫌犯旁邊。

雷伯恩走回他的車，抓起他的尼康相機，遞給現場的一位警長。

「找到什麼全都拍下來，」雷伯恩說。

時間是中午十二點二十六分，凱斯被攔下來快一個小時。雷伯恩和甘納威開始進行搜索。他們從車內清點前座的所有物品。除了副駕駛座上被劃記過的加州、亞利桑那州和新墨西哥州地圖外，他們還找到了：

- 一罐打開的能量飲
- 某個小孩的一組學生照
- 一雙運動鞋，白色的
- 一張提款明細表，放在駕駛座地墊下，上頭印著「提款失敗」
- 索尼數位相機，內有兩百多張婚禮相片
- 一件全新未剪標的灰襯衫，外包裝的牌子是溫徹斯特（Winchester）
- 琥珀色太陽眼鏡，無包裝
- 一件T恤，一邊袖子被剪下

- 深灰色哥倫比亞羊毛外套
- 若干個沃爾瑪超市塑膠袋
- 好幾綑面值五元和十元美金的紙鈔

他們在後座發現了：

- 一張沃爾瑪的收據，上頭印著「拉夫金，德州，上午四點十分，二〇一二年三月十二日」
- 一份三明治
- 一瓶能量飲
- 一只黑色太陽眼鏡
- 半加侖的水
- 衣物去汗劑
- 一個粉紅色背包

後車箱裡面有：

- 一個綠色背包
- 一個灰色光碟盒，裝著一名黑人女子的色情影像

- 跨性別成人影片的色情光碟
- 以瑟烈．凱斯與他的女兒在阿拉斯加航空的航班的航班確認文件，二〇一二年三月六日自安克拉治起飛，上午五點五十四分抵達華盛頓州西雅圖，下午三點半離開西雅圖，傍晚五點五十六分抵達拉斯維加斯
- 幾瓶還很冰的酒，裝在沃爾瑪的袋子裡
- 灰色羊毛外套
- 灰色連帽運動衫，琥珀色射擊眼鏡，前側口袋有一個灰色布面罩，另一個口袋裡有手套
- 一台筆記型電腦
- 一台三星掀蓋式手機，電池和SIM卡都被取出了
- 盥洗包
- 一支手槍
- 一組雙筒望遠鏡
- 一個黑色的滑雪面罩
- 一個頭燈

雷伯恩想讓最初攔下車子的亨利體驗這榮耀的一刻。「把他銬起來，」雷伯恩說。

如今他們逮捕了凱斯，雷伯恩得以檢查他的皮夾。莎曼莎．柯尼的駕照就在裡面。

八

潘恩開了五分鐘的車到調查局，途中還打給安克拉治市警局。貝爾和多爾立刻開始搜索以瑟烈．凱斯的犯罪紀錄資料。空空如也。

這不太尋常。大部分遭逮的重案嫌犯都有紀錄。

他們接著查他的駕照，找出他家地址：斯帕巷（Spurr Lane）2456號，位於安克拉治的騰爾根（Turnagain）一帶。這也不太尋常。很多律師、檢察官和法官都住在那一區。

大伙都在想：莎曼莎會不會在那棟房子裡？她會不會一直都還活著，被人綁在安克拉治的地下室呢？

多爾著手寫搜索票。

貝爾隨同特別勤務組和特種部隊趕到房子那兒。

潘恩打給凱特．尼爾森，請她自己獨立調查一次。她同樣從犯罪紀錄下手，並對結果同感訝異。這麼奇特的名字，在這樣的小社區裡，卻一點紀錄都沒有？

她和潘恩一樣懷疑起自己。「我想的方向錯了嗎？」她想。

尼爾森再查了一次以瑟烈．凱斯的名字。這次是用調查局內部的資料庫。如果凱斯曾在美國任何警方文件裡被提及，他的名字就會出現。

什麼都沒有。

絕望之餘，尼爾森只好直接用Google搜尋他。她想找出他的親朋好友——就是執法人員術語說的「相識關係人」——及過往住址、狩獵及捕魚執照，還有他是否曾註冊擁有槍枝。

他有租過倉庫嗎？他有認識誰有地方能讓他藏匿莎曼莎？

尼爾森找到幾個線索。凱斯過往的其中一個住處位於華盛頓州的路易斯堡。這代表他大概當過兵。她記下來要跟軍方聯繫。

尼爾森發現，斯帕巷那間房子的所有人是金伯莉．安德森（Kimberly Anderson），一名阿拉斯加地區醫院的護士。尼爾森在調查局和公開資料庫上搜尋安德森的資料，發現她是在二〇〇九年購屋的。她名下有一台日產Xterra，稍早幾段安克拉治提款機錄影中都有出現這台車。

這樣一位聰明的職業女性跟凱斯怎麼會搭在一塊？她是共犯嗎？尼爾森以調查局的身分打電話去醫院。「請問金伯莉．安德森今天有上班嗎？」她問。

「有。」對方答。

「請拖住她，」尼爾森說。「在我回電前都別讓她離開。」

阿拉斯加，上午九點半。貝爾和特別勤務組的成員在屋外就定位。一棟看似被修繕過的藍色小房子，就位在一條死巷的盡頭。右側有兩個小棚屋和一台拖車，正門停了一台白色的雪佛蘭貨卡。貝爾的心一沉。這台卡車、這個地址，在莎曼莎失蹤後馬上就被市警局判定與本案無關而排除掉了。

警方敲了敲正門。沒有回應。他們看向右側，發現雪地上有很新的輪胎痕。有人剛開車離開。貝爾還沒找到法官簽搜索票——這代表他們沒辦法進屋內，或是小棚屋，或是拖車——即使莎曼莎可能就在其中一處。他們頂多只能敲敲正門和後門，或從窗戶窺探。

貝爾往卡車走去。他記下車牌號碼，FTC990，還有駕駛座車門上寫在「凱斯營造」幾個字底下的電話號碼。他用他的手機把所有東西都拍下來。

卡車後方的置物架上有一個木材架。貝爾仔細觀察後發現，固定木材架的螺絲是全新的，但是墊圈卻已生鏽。監視錄影帶裡的貨卡沒有木材架。肯定是在莎曼莎被帶走前移開，然後馬上又裝回去。

貝爾得想辦法進屋子裡。

潘恩打給多爾。多爾告訴他稍晚要跟貝爾一同飛往德州審問凱斯，她邀他同行。潘恩跟多爾說：「我超級無敵想下去和這傢伙講話，非常非常想。但我們必須起訴他，否則就會讓他跑了。」潘恩想要寫一份宣示陳述，但得先確保證據足夠，讓他將凱斯從德州引渡到阿拉斯加。

他掛斷跟多爾的通話，想起第一次搜索車輛時，那些令人困惑的東西。為什麼有這麼多小面額的現金？大部分的提款機都有提供二十元紙鈔。還有為什麼凱斯要帶著一支拆開Sim卡的手機跑來跑去？電池為什麼不見了？潘恩從沒見過這種事。

金伯莉．安德森被安克拉治市警局從阿拉斯加地區醫院接走，帶到局裡，坐在多爾對面。安德森聽說警方準備搜索她、凱斯及其女兒同居的屋子時，整個嚇壞了。她態度很堅定：她男友跟莎曼莎的失蹤一點關係都沒有。莎曼莎消失那晚，他們三人待在家裡，安德森這麼說。他當晚進了她房間好幾次。

她房間？那平常凱斯睡哪？

安德森接著說，凱斯來確認他女兒的狀況，然後早上五點起來叫醒她。他們兩人那天早上要搭飛機，她也親眼看他們一起搭計程車去機場。他跟他女兒從安克拉治搭機離開，幾天後安德森和他們會合，一起去紐奧良搭船遊覽。

「他不可能有時間犯案，」她說。

遠在德州這頭，凱斯被載到拉夫金警局的路上，雷伯恩和甘納威在Subway停了一下。他們買了幾個六吋潛艇堡搭洋芋片，討論怎樣處理凱斯最好。

「我覺得應該由你主導，」甘納威說。「我們不清楚他的脾氣。」她的意思是：我們不清楚他對女性主導會做何反應。「看他會怎麼應對德州騎警。」她說。

他們到警局後，雷伯恩和甘納威再看了一次凱斯的錢包，攔檢時他好像很怕交出來。裡頭有幾張信用卡、凱斯的提款卡、名片，還有一張夾在背後隔層的綠色簽帳卡，持卡人是莎曼莎的男友，上頭的PIN碼被劃掉了。

雷伯恩和甘納威互看對方，不發一語。

凱斯坐在狹小的審問室裡等他們，錄音錄影設備都已就位。布萊恩．亨利和其他騎警站在雙向鏡後方，迫不及待想聽嫌犯要說什麼。凱斯看起來頗為冷靜。

三點三十分，雷伯恩和甘納威帶著午餐和幾瓶水走進來，坐在凱斯對面。他們剛接獲線報表示莎曼莎可能還活著，人在德州的威爾斯，就是凱斯剛去過的地方，所以逮捕一事不得太張揚。莎曼莎好像有一位阿姨住在那裡。

他們接到叮囑，要謹慎行事。

「你想吃三明治嗎？」甘納威問。「我們幫你帶了一個。」

「不用，」凱斯說。

「好吧，」她說。「如果你改變心意的話，我把三明治放在桌上。」

他們試著表示友好，但進行得不大順利。

「你知道自己為什麼被捕嗎？」雷伯恩問。

凱斯面無表情地望著他。「我不知道，」他說。

「我們在你的錢包裡找到莎曼莎男友的提款卡，」雷伯恩說。

凱斯沒有退縮的意思。「我沒什麼好說的，」他說。

還有機會，雷伯恩心想，凱斯並沒有要找律師；雷伯恩試圖再往前試探一些。

「調查局有照片顯示你的卡車出現在犯罪現場，」雷伯恩說。

「若真如此，」凱斯說，「他們早就來問我話了。」

凱斯說的沒錯，這讓甘納威很不爽。他舉手投足都沾沾自喜、高高在上。他的想法整個寫在臉上：他們以為自己是誰啊，這樣打亂他一天的行程？他們抓到他持有莎曼莎的駕照和杜恩的提款卡，他卻一點也不在乎。

「安克拉治警方會要你付出代價的，」甘納威告訴他。

凱斯沒有說話。

整段對話差不多就卡在這個地方。最終，雷伯恩和甘納威打算將凱斯轉到聯邦監獄。雷伯恩將凱斯的手銬在前方，然後跟腹部的鏈子扣在一起，只留幾吋的空隙，凱斯連抬手都有困難。雷伯恩接著把凱斯的雙腳銬上同樣緊繃的腳銬，讓他坐上他涉案的福特貨卡副駕駛座，繫上安全帶後把座椅推到最前面，將凱斯緊壓在儀表板上。

甘納威就坐在凱斯正後方，沒有鐵欄隔在中間。現在傍晚六點，雷伯恩和甘納威都好久沒這麼長時間工作了。他們動身，開了兩個小時的車前往博蒙特（Beaumont），凱斯會被關在那兒的聯邦監獄，等候明天的審訊，或是後天。理想上是希望安克拉治在聽證會前，派他們的警探來德州，免得凱斯被法庭指派律師。——一旦他有律師，凱斯就不大可能開口了。

貝爾和多爾出發得很倉促，甚至沒時間回家打包。他們在沃爾瑪暫停了一下，買了幾件保暖衣物，接著趕到機場搭紅眼班機。但因為安克拉治沒有直飛休士頓的航班，他們得先花三個半小時飛到西雅圖，再轉搭去休士頓——又是四個半小時，更別提下飛機後還要租車，在過度亢奮和時差的夾攻下，開近百哩的車程到法院。

他們回想了一下他們和史帝夫．潘恩、喬琳．高登、兩位美國聯邦檢察官辦公室成員——法蘭克．盧索（Frank Russo）及凱文．費迪斯（Kevin Feldis）開的緊急會議。眾人一同針對凱斯的審問進行沙盤推演。

貝爾跟多爾該透露多少訊息給凱斯？該給他看多少？他們有莎曼莎失蹤當晚，凱斯的卡車出現在家得寶停車場的照片，但也稱不上什麼證據。咖啡鋪的監視器影像一點用也沒有。一個戴面罩的男子，影像的雜訊一堆，只會讓凱斯知道他們要指認他的身分有多困難。

這些都不用想了。

那勒索字條呢？很可能根本不是凱斯寫的。不過話說回來，凱斯如果有共犯，他也該對此知情才是。

如果他們處理得當，字條也許能問出一些線索。

凱斯被捕之後，潘恩打電話請詹姆士．柯尼過來調查局辦公室一趟。潘恩偏好在這裡，一部分是因為環境就在他們的掌控中，但也是想讓詹姆士看看他們有多認真在辦案。枯燥呆板的調查局辦公室——米色牆面、米色地毯、米色辦公家具——能給家屬一種整齊有序且能幹專業的印象，凸顯這些都是一等一的調查員。

潘恩告訴詹姆士，他們在德州羈押了一個人，同時他們合理相信此人涉嫌參與莎曼莎的綁架案。詹姆士想知道是誰。

「一名叫以瑟烈．凱斯的男子，」潘恩說。「我們正在努力找出所有關於此人的資訊。」

詹姆士嚇傻了。他從沒聽過以瑟烈．凱斯這個名字。他想不出此人和他女兒之間任何可能的關聯。完全想不到。

「你得小心不要說溜嘴，」潘恩說。「請別告訴任何人。別在臉書上貼出他的名字。這是整個調查最敏感的部分，我們要找到你女兒就靠這個了。」

三月十四日清早，貝爾和多爾抵達休士頓，就在凱斯被捕的隔日。氣溫攝氏二十二點八度，晴朗無雲。他們在機場租車，出發前往博蒙特。

十一點後不久，貝爾接到雷伯恩的電話。「你們一定不會相信，」雷伯恩說，「但我剛剛接到一通電話——法院台階上發生大規模槍擊。不是凱斯，但你們得避開那裡。」

這個案子才剛開始，就沒有一個環節是正常的。

貝爾努力保持腦袋清醒。他和多爾往東北方十號州際公路的方向開，就是凱斯開過的同一條公路。到了博蒙特，他們至少能站在法院的封鎖線外，沐浴在陽光下，讓焦慮同汗水一同流出。

兩小時候，雷伯恩在法院台階上迎接貝爾和多爾。貝爾看到雷伯恩的造型很興奮——牛仔靴、藍牛仔褲、白色德州牛仔帽，還有繫在臀邊的槍——就像電視上會出現的那種德州騎警。雷伯恩寬大的臉，看起來比他聲音給人的感覺還年輕。

進法院的路上，貝爾跟多爾很快再討論了一下。多爾想要負責主導；雷伯恩昨天一無所獲。也許凱斯會對遠從阿拉斯加飛過來、專程來跟他說話的金髮美女警探比較有反應。

所有團隊成員一致同意：只給凱斯看勒索字條。

貝爾首先進到審訊室。他看著凱斯，覺得自己頸部的寒毛豎起。就是他幹的，貝爾心想。

多爾緊跟在後，也有同樣的感受。她把勒索字條推到桌子對面。凱斯靜靜地讀過。

「不管是誰寫的，」多爾說，「不管是誰幹的，都禽獸不如。我不認為你是禽獸。」

多爾照著他們在阿拉斯加說好的劇本走，使用傳統審問技巧：試著建立情感連結。她沒有說「我不認為是你做的。」事實上，多爾讓凱斯知道她能理解，她明白凱斯帶走莎曼莎是有原因的。她在對他展現同理。

凱斯沒有說話。多爾和貝爾希望那張字條至少能讓凱斯說點什麼，就算是否認也好，讓他們有地方著手。

「我愛莫能助，」凱斯說。但是看樣子，他對多爾這個人很感興趣。

「那麼，」多爾接下去，「你皮夾裡怎麼會有她男友的提款卡？」

「喔，」凱斯說。他的語氣軟化。「我終於知道這跟我有什麼關係了。」

好戲開始。

凱斯表示，幾個星期前，有人留了一個夾鏈袋在他的車子前座。袋子裡有一支手機和那張PIN碼被刮掉的提款卡。凱斯說他把駕駛座的窗戶留了一點空隙，因為他會抽菸，這點他們應該從出租車上的雪茄就看得出來。他以為那是某個尚未付清款項的營造工作案主留給他當酬勞的。

「老實說，這故事也太瞎了。」多爾說，「我們知道是你幹的。我們知道是你綁走了莎曼莎。」

「我不曉得妳在說什麼。」凱斯說。

貝爾和多爾跟凱斯談不到一個小時便挫敗離場。

凱斯沒有透漏任何資訊顯示他涉及莎曼莎的失蹤案。他充滿自信。凱斯若認定他們能起訴的罪名只有提款卡詐欺，他也沒想錯。貝爾和多爾知道，凱斯如果夠聰明，一定也清楚自己可以躲過綁架莎曼莎的罪名。

貝爾發現有一位年長女性，在凱斯被傳訊後，站在法庭外面。她身材高挑纖細，沒有化妝，白色的髮辮落在背上。她身上穿的樸素棉裙從脖子延伸到腳踝，看起來是自製的。貝爾認為她應該是艾米許人（編按：基督新教中追隨雅各．阿曼的教徒）。

那是海蒂．凱斯（Heidi Keyes），甘納威告訴阿拉斯加的警探們，是以瑟烈．凱斯的母親。

貝爾上前自我介紹。

「有一位十八歲少女失蹤了，我們認為令郎知道她人在哪，」貝爾說。「但他不肯提供我們任何資訊。您能幫助我們嗎？請您以母親的身分去問他，拜託了，讓他告訴您？」

「我幫不上忙。」海蒂回答。和她兒子一模一樣。

貝爾震驚不已。「拜託，」貝爾說。「我求求您。有個女孩流落在外，她的父親瀕臨崩潰。她已經失蹤超過一個月了。」

「這個嘛，」海蒂說，「上帝若希望她被找到，她就會被找到。」

然後她便轉身離開。

第二部

馬塔那斯卡湖的湖底

九

將以瑟烈．凱斯從德州引渡到阿拉斯加，需要兩周的時間，與此同時，調查員得想盡辦法摸清楚這個人。

凱特．尼爾森找到他的公司「凱斯營造」的網站，上面有一段簡介。凱斯在一九九五年至九七年間住在華盛頓州的科爾維爾（Colville），是個承包工人，在一個名叫凱立．哈利斯（Kelly Harris）的人手下工作。尼爾森讀過科爾維爾的維基百科頁面，那是個面積不到三平方英里的小鎮，總人口不超過五千人。

凱斯的駕照在被捕時已過期一個月，駕照上載明他出生於一九七八年一月七日。推算下來，以瑟烈．凱斯待在科爾維爾時，年紀約在十七歲到十九歲之間。

下一段寫著，凱斯在一九九八到二〇〇〇年間從軍，駐紮於華盛頓州路易斯堡（Fort Lewis）、德州胡德堡（Fort Hood）和埃及西奈半島。他以傑出成績通過軍方的準遊騎兵訓練，這項嚴酷的訓練為期六十一天，通常在第一週就會刷下大半過度樂觀的參與者。

除了網站上的公開資訊，尼爾森還找到一份美國護照申請文件，上頭的生日和他駕照的相符。出生地寫的是猶他州。然而在「您過去是否曾獲發護照？」這題上，他寫「忘了。」

誰會不記得自己有沒有領過護照啊？

凱斯在二〇〇一年搬到華盛頓州一處名為尼亞灣（Neah Bay）的偏遠地帶，在公園休憩委員會工作了六年。

尼爾森在維基百科找到一張該地區的縮圖。尼亞灣坐落於華盛頓州最西邊，此處原先是設定作原住民馬卡族保留地。當地居民只有八百六十五人。這裡和科爾維爾一樣，佔地不到三平方英里，年家戶所得不到三萬美元。

這樣一位年輕人——健壯、聰明、訓練有素且深具冒險精神——怎麼會到太平洋西北地區這般窮苦偏僻又與世隔絕的地方來？而且怎麼突然又搬到安克拉治？原因是為什麼？是為了金伯莉嗎？——這兩人的關係也是另一團謎。金伯莉自拘捕起便拒絕合作。她堅持凱斯是無辜的，而她自己與此事亦毫無關係。

金伯莉的房子在以瑟烈．凱斯被拘留於德州的期間，遭到搜索，令她備感侮辱。如今她又有什麼理由要幫他們？

凱斯的簡介停在二〇〇七年，他搬到阿拉斯加創立凱斯營造公司。「所有客戶一致盛讚！」凱斯寫道。

尼爾森把網站的個人簡介資訊分享給團隊。高登現在和潘恩一同辦案，她知道等金伯莉的驚愕與憤怒退去後，接下來她得處理金伯莉。但高登也慢慢發現，金伯莉並不是以瑟烈．凱斯生命中唯一重要的女性。事實上，還有兩個人跟他關係匪淺，一是凱斯的母親海蒂，另一個是小孩的母親譚米——儘管未曾成婚，但凱斯稱呼譚米是他的前妻。

凱斯被捕後不到幾個小時，黛比．甘納威就抵達海蒂家門口，她成功設法說服她進行訪談。

海蒂五十九歲，面容秀麗而充滿自信。她家位在威爾斯這個小鎮，房子不大，樣式樸素，讓人聯想到《大草原上的小木屋》（Little House on the Prairie）。

甘納威的第一印象是，這位女子態度嚴肅，和金伯莉不同，海蒂的反應是難過，但卻一點不意外。「這很有意思。」甘納威認為。

以瑟烈．凱斯的母親，不掩飾的默認：沒錯，她兒子有可能綁架了一位少女，甚至犯下更嚴重的罪行。海蒂是如何接受這般事實的？以瑟烈．凱斯從小是什麼樣的人？安克拉治的團隊沒查到他有任何犯罪紀錄，但那不代表他沒有犯罪過；那只表示他沒被逮到。

甘納威和高登及尼爾森一樣，都很想盡可能瞭解凱斯的家庭。更要緊的是，甘納威需要趁海蒂忘記前，問出凱斯此趟德州行的全部行程。

「這個我可以說，」海蒂表示。

海蒂在德州住多久了？凱斯經常來訪嗎？

「我最近才剛和我四個女兒搬來這裡，」海蒂說。「她們之前都住在印第安納州的印第安納波利斯，」在那兒遇上兩名海蒂稱為「街頭傳教士」的男子，充滿群眾魅力的福音教派人士，不知怎地說服凱斯家的女人們搬到南邊近九百英里遠的地方，加入他們的教會。她們得先搬到達拉斯，再到威爾斯。海蒂其中一個女兒才剛在他人安排下，和一位教友成婚。這就是凱斯來德州的原因。海蒂講述的方式好似一切正常無比，甘納威則持續面無表情。

「凱斯是他們教會的成員嗎？」甘納威問。

「不是，」海蒂說，「凱斯不信神。」

「有發生過任何奇怪的事嗎？」甘納威接著問。

「其實有，有幾次，」海蒂說。她聽說，凱斯至少一位妹妹跑去求他信神，通常他對這種話題都不屑一顧，但他那一次突然變得很激動。他哭出來，海蒂說。他告訴他妹妹，「妳不曉得我都做了些什麼。」

海蒂聽過莎曼莎．柯尼這個名字嗎？

「沒有，」海蒂說。「我從沒聽過這個人。」

不過，還有一件事甘納威或許會想知道。一週前，三月八號星期四晚上，以瑟烈．凱斯和他女兒在晚上十點左右到海蒂家。凱斯說他們從安克拉治飛到西雅圖，再到拉斯維加斯，並在那裡租車開來德州。路邊攔檢時，就是這個路線讓潘恩和甘納威感覺事有蹊蹺。甘納威問海蒂是否也覺得奇怪，凱斯怎麼會選這麼複雜的交通方式，特別是還讓他女兒跟著他這樣跑？

「還好，」海蒂說。「他妹妹的婚禮辦得很倉促，凱斯說那是他能找到最便宜的機票。」

甘納威還想知道更多關於凱斯二月來訪德州的事情，那時莎曼莎才剛失蹤幾個小時。海蒂對那次的印象也很清楚。

海蒂說，凱斯和他女兒從安克拉治飛往西雅圖，再到休士頓租車開到紐奧良。他們在那和金伯莉會合，開始五天的遊艇行程，航向墨西哥。

又一個拐彎抹角的路線。

遊艇旅遊結束後，以瑟烈．凱斯租了台車，和女兒到達拉斯，金伯莉則自己離開，和朋友去公路旅行。

「那次來訪算是最詭異的一次，」海蒂說。凱斯明顯整個人很不對勁，他到海蒂家後，不時會在早上偷溜出門，「好像青少年一樣。」那天是二月十三日，他跟女兒預計要飛回安克拉治的前一天。他在床上留下一張字條。

「我去修窗戶和找地方藏我的槍」他寫著。

「這很不尋常，」海蒂說。「窗戶」指的是租來的車子。另外，凱斯一直都有槍，從年紀還小的時候就有。「我們全家都有槍。」

甘納威平靜地問道：凱斯離開之後呢？他何時回來？

「問題就在這，」海蒂說，「他沒有回來。」她給甘納威看那天早上他們家的群組對話，時間是他們找到凱斯的字條後兩小時。

上午八點五分：「凱斯，我們可以幫你把你的槍拿去註銷，沒問題的。」

整天都無聲無息。當天稍晚，凱斯回了訊息。他說他被困在某個鳥不生蛋的地方，卡在泥濘裡。

晚上八點三十四分：「你要是知道你人在哪的話，我們想去接你。」

沒有回應。

晚上八點五十二分：「我們開了四人座車，你知道自己在哪的話，我們就過去接你。」

隔天，二月十四日，凱斯傳訊息說他停在一小時路程外的克列本（Cleburne），一家大型購物中心附近。他的家人開車去接他，但他們人到了，卻不見凱斯的蹤影，於是他們窩在貨車上，在停車場睡了一夜，等他再傳訊息過來。

甘納威沒有問出疑惑：為何不直接回家，洗個澡，睡一覺？或者，他們若是這麼擔心，何不報警？但她不想挑起海蒂的戒心。甘納威讓她繼續說下去。

十五日早上，終於有一通來電。凱斯說他在商場另一側。他們在那裡找到他，衣衫不整且語無倫次。他租來的藍色小型車Kia Soul滿是泥濘。凱斯解釋了一大串，他說他車子沒油了、他的信用卡被凍結了、他沒有現金，還有，他已經兩天沒有吃飯和睡覺了。

海蒂及凱斯的手足都對這樣的他感到陌生。他們印象中的凱斯沉穩、體面而足智多謀，他有辦法建造和修理任何東西。他可以在樹林中待上好幾個小時，完全不會迷失方向。他就像超人一樣。然而，凱斯居然會在大白天的德州郊外迷路？聽來就不可思議。

但沒人問他去了哪裡，或是做了什麼。

隔天十六日，海蒂幫凱斯多訂了兩張飛往安克拉治的機票。再一次地，凱斯一出門就是大半天，終於在隔日返家，拿了九百美元的現金還海蒂機票的費用。凱斯和他女兒十八號搭機離開。關於這兩次來訪，海蒂記得的就是這樣了。

根據海蒂的描述，事情實在很不對勁。先是凱斯的過激情緒，再來，他好像喝了很多酒，喝到令海蒂擔心到要請教會的長者來開導他。海蒂說自己並不曉得他們實際對話的內容，「但光是凱斯肯跟他們講話就夠奇怪了。他一定是真的很憂慮，才肯和那些實際上比他年輕、卻自詡為長者的人坐下來講話。」

海蒂不知內情的那些事，實際上對甘納威提供了莫大的幫助，包括凱斯不尋常的旅行路徑，還有凱斯這一家人的張力關係。看來凱斯的心理狀態在莎曼莎失蹤後立刻就崩壞了。

縱使凱斯種種行為再怎麼古怪，但這一家人卻沒有人敢說什麼。不過，對高登、貝爾、潘恩和尼爾森來說，凱斯在德州消失兩天並不奇怪。——他得去處理某些事情。

三月三十日星期五，史帝夫．潘恩收到凱斯的訊息，他剛被美國法警移送到安克拉治——中途在奧克拉荷馬市暫停，原因不明——他說他想談談。

「終於，」潘恩心想：他要自白了。

然而，潘恩的好心情瞬間被破壞了。首先，凱斯要求不處死刑。再來，只能向媒體公開極少量的資訊。他知道他在德州被捕後，名字就出現在新聞報導上，但他告訴他們的任何資訊都不得公開，凱斯並不想讓他的小孩知道這些事。

潘恩跟他的團隊只有短短幾小時可以準備。然而首次審訊裡所發生的一切細微，將會為接下來的發展定調，何其重要。潘恩清楚，必須要讓凱斯感覺調查局掌握很多線索，必須要讓他感覺到自己被調查局實際上還沒取得的證據給輾壓，而且不單只是擔憂，還要讓他驚慌失措。

反之，若凱斯不肯講，他們就只能控告他盜用提款卡，沒別的。就算是聯邦罪，他最多也只要坐半年到一年的牢。不過，由於他沒有犯罪紀錄，可能會處易科罰金或緩刑。這下，莎曼莎可能一輩子都下落不明，凱斯很可能成功脫身。而犯過此等嚴重的罪刑後，凱斯肯定會再犯，或者更變本加厲。

「一步到位。」潘恩告訴自己，「你只有一次機會。」

潘恩打給貝爾、高登和尼爾森，把他們叫到調查局裡的一間會議室。多爾不在現場，對於無法參與凱斯的首次審訊讓她扼腕不已，但她還是會透過電話旁聽。

潘恩決定和凱斯的首次交手，就由他和貝爾來進行審訊。地點按協議選在調查局辦公室。安克拉治沒有其他的機構配有足夠的設備，可以應付這樣一個可能極具危險性的嫌犯，調查局有安檢，每扇窗邊的暗處都還配有制服員警，確保沒人能看到裡面。

審訊室有錄音錄影設備。高登和尼爾森，同其他聯邦檢察官，都能在另一個房間用電腦觀看、聆聽，及時確認或拆穿凱斯做出的任何發言。匡提科行為分析小組的探員將會跟他們連線，以文字訊息的形式直接做提問。

綜合他們目前掌握的全部資訊，團隊成員確信凱斯知道莎曼莎的下落。

那天早上潘恩很焦慮，他打給一位行為分析小組的熟人，得到的建議是：讓你的嫌犯一直講下去，頭腦聰明的一般都很愛講。

現在換潘恩及其團隊要決定該讓凱斯知道多少了；哪些該避開、哪些該說、還有該怎麼說。開場的下馬威很關鍵。潘恩老愛把嫌犯的初次審訊比喻成和一個作家講他自己寫的故事。而當然，只有作家自己曉得故事的結局。

他們要如何靠手上這點資訊，套出他的自白？更別說全阿拉斯加最優秀的公設辯護人之一，里奇．科特納（Rich Curtner），還被法院指派為凱斯辯護。

「我們來設想一下最糟的情況，」潘恩跟團隊們分析，「如果拿掉死刑，接下來就沒有多少談判籌碼了。」

「我們不該把我們的陳述搞得太複雜，」貝爾說。

他們爭論是否要採取倒敘，從在德州發現凱斯租來的車裡的物證講起，但他們最終決定要將各項證據按照時間順序呈現。維持嚴謹的說法是明智之舉，這會讓凱斯折服於他們掌握的資訊之多，也會讓他擔心他們還保留了什麼。他們全都同意，要避開他們所知情報中最大的漏洞：凱斯和莎曼莎的連結。

他們編了一部強而有力的劇本來面對凱斯，但還需要有個適合的人來演繹。潘恩要求貝爾接下重任——他有一種低調不張揚的自信，能夠在表現權威的同時與人建立關係。

貝爾同意了，他會和潘恩一起進入審訊室，並打算如此開場：

「聽著，」然後稍微停頓——讓凱斯知道貝爾是掌控全局的領導者，「我們不會把手上所有的證據拿給你看，因為坦白說我們真的沒那個時間。就算時間允許，程序也不是這樣運作的。但我們會拿出點誠意。我們不會唬弄你。」然後他們會拿出照片——潘恩最愛照片了，因為照片讓嫌疑犯無法說謊脫身。這次，他們把照片縮減到四張，這是另一個他們希望能反敗為勝的施力點。

「這是你的車，在莎曼莎失蹤的那晚出現在她工作的咖啡鋪對面，」貝爾會說，「噢，我們有更多錄影畫面，現在都正在匡提科調查局總部的專家手上做處理。等他們大功告成，我就會有八乘十吋的照片可以掛在牆上了。」

他們會把這句話拋出來盤旋個一會兒，看凱斯有沒有什麼要說。

如果沒有，他們就會拿出更多照片——這個部分才是讓潘恩真心感到興奮的。有些探員喜歡帶一大堆道具進審訊室，拿著成疊的紙箱和資料夾說，「這是我們查到的東西。」但潘恩認為，少就是多。貝爾給凱斯看過卡車的照片之後，潘恩就要打岔了。

「這是你那幾次在提款機領錢時穿戴的面罩、墨鏡和連帽衫，」潘恩會這樣說，「這是杜恩的提款卡，放在你的皮夾裡。這是莎曼莎．柯尼的手機，拆解開來藏在你租來的車子後車箱。」

他們會再停頓一下。如果凱斯還是一語不發，潘恩會繼續說。

「我們還沒有掌握到你所有的罪證。」

雖然聽來違反直覺，但這句示弱的話反而是自信的象徵。

「但在這之前，我們不會停下腳步。我們會有更多證據，而且每天都有新的發現。」他們會告訴凱斯，他們查到了他的女友和女兒，以及他住在華盛頓州的前妻。還有，他們知道他和父母以及德州那個古怪教團的關係並不穩定，他們會藉此暗示他們知道他生命中那些不光彩的細節、他跟母親的問題——不過他們不是來讓他難為情的，完全不是。

比起其他策略，這是最有可能讓他鬆口的一步棋。

最後一項證據，是他們從他住宅查扣的電腦。誠然，他們沒有找到凱斯和莎曼莎的任何聯絡紀錄，但他的硬碟裡有一些令人不安的內容。其中最首要的是若干關於莎曼莎的新聞連結、調查進度的即時報導，還有不只一則讀者回覆，發文者名叫凱斯。

「你的電腦都在我們手上，」貝爾會說，「我再說一次，我們不會唬弄你。電腦要花一段時間才能檢查完，但我們會分析每一筆快取資料、每一段對話、每一樣你以為自己已經刪除或銷毀的東西。這種事呢，我們做起來非常、非常拿手。」

大部分的嫌疑犯都會相信，因為大部分嫌疑犯的本事都是看《CSI：犯罪現場》學來的。

潘恩、貝爾、高登和尼爾森都覺得這是個出奇致勝的策略。

然後他們接到一通電話。令他們驚駭的是，阿拉斯加的首席聯邦檢察官有別的想法。

凱文．費迪斯從一九九九年起就在聯邦檢察官辦公室任職，並且從一九九七年就住在阿拉斯加。費迪斯身材瘦長、處於中年，褐髮逐漸稀疏。他畢業於耶魯大學和芝加哥大學法學院，從來沒有接觸過街頭犯罪，遑論凶殺案。他專門處理白領犯罪，但如今他卻跑來這裡，告訴潘恩這場大戲現在要由他接手。

費迪斯說，以瑟烈．凱斯要在聯邦檢察官辦公室、而非調查局接受審訊，而且他本人不但會陪同進入審訊室，還要與他的副手法蘭克．盧索一起主導訊問。聯邦探員只是他的後援。

潘恩大驚，這不但是個爛透了的壞主意——更屬於檢方不當行為。但是安克拉治的所有探員和警察都想站在費迪斯那一邊，因為他們全要靠他才能把嫌犯送進大牢。從來沒有人違抗過凱文．費迪斯——這是安克拉治這地方的狹隘性最極致的展現；不管換成在哪裡，這個位階的探員都大可致電上級，要求中止這個行動。如果要求未果，他可以威脅要洩密給媒體，期望公眾對於濫權行動的譴責會讓費迪斯退讓。如果這招也不行，他可以當真選擇洩密。

但在這裡不是這樣的。潘恩只得另尋他法。

有許多理由不能讓費迪斯待在審訊室裡，更別提主導調查。首先，聯邦檢察官辦公室沒有設備來進行審訊過程中的錄音和錄影。建築物本身也沒有適當的保全措施。在那裡，凱斯不管心理或生理上都不會像在調查局那樣備受威嚇。這些都是非常實際的考量。

費迪斯不在乎。

那麼談談這個法律上的責任問題吧？根據法律，警察和聯邦探員可以用謊言誘使嫌犯自白，檢察官卻不能。調察人員可以用與檢方協商的可能來引誘嫌犯。如果檢察官本人就坐在那裡，讓嫌疑犯可以轉頭問他「你會答應我的要求嗎？」，那麼這份籌碼就沒有用武之地，無法讓可能想要達成協商的罪犯分心不安。

還有，他們需要讓凱斯在物理上感覺自己像是被關了起來。審訊室設計得狹小無窗，是有原因的，這是為了讓被訊問的對象確確實實感覺到四面牆正朝他們逼近。一次只由兩位警察或探員來進行審訊，也有其原因：為了讓對話聚焦、單純，有建立關係的空間，也讓經典的「好警察壞警察」策略有得發揮。如果在會議桌上由六個（或更多）人審訊嫌疑犯，只會讓凱斯覺得自己舉足輕重、手握大權，一點也不會感到渺小或脆弱。

這會是調查局在自家地盤、在罪案發生的地點和凱斯進行的第一次訊問。這會是小組第一次有機會摸清以瑟烈・凱斯是什麼樣的人，也是凱斯認識他們的機會。這個小組裡沒有人比傑夫・貝爾更擅長審訊；潘恩的性格還算健康，不吝承認自己的自我中心。如果凱斯感覺到費迪斯的緊張或退縮，或是費迪斯洩露了他們實際所知多麼有限，他們就會失去找到莎曼莎的最後機會和最大希望。

費迪斯真是莫非定律的化身。

這真是窮極過份的行為。如果這個案子上了法庭——現在看起來是大有可能——檢方從頭開始的每一步行動都會成為公開紀錄，因為證明被告有罪的責任在於檢方。這樣的公開性必須儘可能說服所有人，正義已經伸張。如果費迪斯主導了這次審訊，那麼他既會是檢察官，也會是凱斯的辯護團隊可以傳喚的證人。

如果檢方的不當行為在任何一個時間點被人發現，哪怕只是發生在像訊問這麼初期的階段，這個案子就完蛋了。即使是已定罪的重刑犯都會得到釋放，並且不得再因同一宗罪行被起訴。在這個階段，檢方完全不能經手任何實際證據，否則會破壞證物保管鏈。任何有點程度的辯護律師都可以向法官說，「政府不應該有權起訴，」而且任何有點程度的法官也都會同意。

簡而言之，這樣做會帶來毀滅性的後果。

但費迪斯打死不退。

繼二〇〇七年登上頭條的連環殺手喬書亞．韋德（Joshua Wade）之後，凱斯是阿拉斯加州最大條的案子，甚至可能比韋德更大。莎曼莎．柯尼的失蹤案已經是全國皆知的新聞。他們的知名度還可能再提升，特別是在美國本土，這個案子簡直就是《日界線》（Dateline）、《四十八小時》（48 Hours）或任何一個真實罪案紀錄節目的素材，更對參與調查人員的仕途有著決定性的影響。

當然，潘恩和貝爾可以幫費迪斯惡補一堂「調查技巧入門課」。這能有多難呢？

傑夫．貝爾也同感震驚。他在安克拉治看過不少政治運作的亂相，但還沒看過這種的。所有人都想擠進第一場審訊——這是當然——但你以為，這些人還知道要把立案的正當性和找回一個十八歲女孩的機會放在第一位嗎？

貝爾和潘恩談過。雖然他們非常警戒，兩人仍然同意他們只有一個選擇：儘可能把費迪斯訓練好。他的聲音又細又弱，跟潘恩粗啞的菸酒嗓以及貝爾大器的中西部熱絡腔調形成強烈對比，這是個致命的缺點，費迪斯從不曾坐在冷血無情的罪犯對面，而且還是個確信自己聰明過人的罪犯。這又是一個他們需要對費迪斯解釋的重點。

至少他們已經編好劇本了，潘恩心想，他還是會待在審訊室裡，如果情況失控，他可以重新主導訊問，他用這個念頭安慰自己。此外，法蘭克．盧索也會在場。潘恩和貝爾都喜歡盧索這個人，他是個見過大風大浪的中年紐約客，曾經處理曼哈頓的幫派和暴力犯罪。

潘恩和貝爾開了五分鐘的車到安克拉治矯正中心，在移監之前跟凱斯會面。對潘恩而言，這是他第一次和擄走莎曼莎的人面對面。但兩位探員有著相同的疑惑：他們現在收押的是個什麼樣的人？是個什麼樣的罪犯？這是一起衝動犯罪嗎？還是見機行事？背後有什麼他們還未能指認的動機嗎？凱斯的人格特質是什麼？他會給他們線索，讓他們找到最好的切入方式嗎？或甚至讓他們套出自白？

他們抵達時，潘恩覺得凱斯看來很像監視錄影中的人影：高大、寬肩、健壯。要跳到三呎半的高度、穿過窗戶跳上莎曼莎工作的店鋪，需要靈敏的身手和上半身的肌力，凱斯似乎兩者兼備。他也能輕鬆無礙地聽從指示，這個人並未受到精神疾患或認知障礙所苦，凱斯的神智完全正常。

有一件事，所有參與這個案子的人都曉得，但卻無法公開談論，那就是安克拉治矯正中心對凱斯這樣的罪犯來說安全性不夠。儘管安克拉治暴力犯罪頻傳，卻沒有聯邦級的矯治機構。

高登和尼爾森人已經到了聯邦助理檢察官辦公室，正在一間會議室外面架好筆電。貝爾和潘恩沒有多少時間幫費迪斯惡補打破嫌犯心防的方法。這些技巧是經警察學校的多年訓練而養成，由最優秀的高手教授給探員和警察們，即使是經驗最豐富的調查人員也會一再回訓，更新瞬息萬變的知識和技巧。

在每一場審訊中，探員和警察所召喚出的總體資訊都好比博大精深的資料庫——最接近的比喻是肌肉記憶——沒有演算法能幫你套取嫌犯自白。一個優秀的審訊人員工作時會帶著經驗所賦予的信心，但又有足夠的智慧，能夠虛心接受每一個新的嫌疑犯帶來的每一場新挑戰。

這一行裡的佼佼者在心理上和智能上都無比靈敏。他們必須有能力捕捉到最微小的破綻、讓嫌疑犯露出馬腳的微表情：一抹細微的邪笑、移動位置的腳、在照片上停留得比正常時間多一拍的目光。他們的自信必須足夠強大，讓他們完全不會去想自己在嫌疑犯眼中是什麼樣子。最優秀的審訊人員能夠抽離自身，完全專注於面前的訊問對象，憑著堅定的基礎隨機應變，用言語逼使人性中最醜惡的一面現形。

這是一門藝術。

「你確定你想這麼做嗎？」他們問費迪斯，「就算你拒絕，也沒有人會看輕你。」

費迪斯堅持。這個案子現在是他的了。

仍然不敢置信的潘恩和貝爾，只能給忠告。

他們告訴他，要保持聲音低沉穩定，不要害怕沉默。讓沉默旋盪，不要急著說話，沉默會讓人感到不自在，讓你想要訊問對象說得越多越好。「找出他要的是什麼，我們就會找到莎曼莎。」

十

三月三十日星期五，下午五點四十八分，小隊成員和凱斯一起坐在聯邦檢察官辦公室裡。實際到場的人員之中，只有貝爾嘗試過和凱斯進行面對面審訊，看到他的神態舉止毫無起伏，警探一點也不覺意外。凱斯面無表情地坐著，說話的時候語氣冷靜平穩，彷彿只是在處理一個小麻煩。貝爾可以感受到凱斯對於自己落網的憤恨和失望，尤其是當凱斯說他現在只是為了讓自己和家人少受點苦才配合對話。未來，凱斯說，他可能會有其他的要求，他期望這些要求也能達成。

貝爾將他的小型錄音機放在會議桌上，按下紅色按鈕，祈禱一切順利。

終於，故事開始了。

二〇一二年二月一日，晚上七點過後不久，以瑟烈．凱斯將他的白色雪佛蘭貨卡開出家用車道，駛向車程約十五分鐘、位於圖鐸路上的家得寶賣場。那個星期裡，他有好幾天都在同一個時間開往同樣的路線，他對「共通點」咖啡鋪充滿好奇。

經過幾天晚上的觀察，凱斯決定搶劫這家店鋪。

雖然店鋪坐落在車流繁忙的主要道路旁邊，但當時下著大雪，使得小鋪被掩蓋在五呎高的雪堆後，不容易看清楚。那一晚很冷，而且天色特別黑。他要等到打烊時間，那時候大概不會有其他的顧客了。

凱斯先在卡爾斯雜貨店門口停下，他在雜貨店買了士力架巧克力和Wild’n Mild雪茄。然後，他前往家得寶賣場，在停車場裡把車停在靠近IHOP餐廳的位置。他拿了咖啡杯、一對塑膠束帶、頭燈和一把點二二金牛座左輪手槍。耳朵則戴上了微型的警用無線電。

凱斯走下卡車，過馬路，走向小鋪。

他在停車場裡遊蕩了幾分鐘。並沒有其他人。

調查人員打斷他。問他第一次見到莎曼莎．柯尼是什麼時候？他們之間是什麼關係？

「沒見過她，」凱斯說，「我先前從來沒有看過她。」

潘恩和他的組員沒有預期到凱斯的回答。他們並不相信。

那麼，為什麼在那天晚上、那個時間點去共通點咖啡鋪呢？

「因為，」凱斯說，「他們開到很晚。」

會議室裡氣氛緊繃。凱斯繼續說話之前，想要先知道警方有什麼證據。

這就是潘恩害怕的。

費迪斯：好吧。你想從哪裡開始？

凱斯：呃，有你們搜查我家的照片嗎？
費迪斯：我——有一些，不多。
凱斯：那麼是？
費迪斯：……沖印出來的不多。
潘恩已經開始焦慮了。缺乏證據時不能這樣談判。這種時候應該要說，你手上的照片太多，還來不及整理，調查局總部正在提高所有照片的畫質，而且執法機關並不會把握有的資訊全部拿給嫌疑犯看。
審訊開始才不到一分鐘，凱斯就已快要發現他們知道的資訊僅有這麼少，如果凱斯殺了莎曼莎——由於凱斯的語氣絲毫不顯急切，潘恩也接受了這個可能——他們也沒有任何物證。他們必須曉得還有誰涉案。他們需要嫌犯自白。
費迪斯問凱斯，他是否想把故事從尾到頭講一遍。
凱斯：好，我們可以，呃——好，我們可以開始了。
盧索：你想告訴我們，她發生了什麼事嗎？
凱斯停下來。他深深呼出一口氣。

凱斯：我不知道我是不是要，比方說，原原本本的講完整件事。

費迪斯：是的。

凱斯：嗯，那麼就——我們就——我們就從結局開始，一路往回講，那麼，你們把帕爾默（Palmer）那邊的地圖叫出來。

會議桌上放了一台筆電，Google Earth上安克拉治的地圖跳了出來。凱斯叫他們在馬塔那斯卡湖州立公園（Matanuska Lakes State Park）放大，然後放大湖泊本身。他說他二月底的時候有三天在那座湖上冰釣，說他們可能已經在他的釣棚裡找到證據了。他的棚屋就是蓋在那裡。

現在是什麼走向？

費迪斯得要好好表現。

凱斯：呃……我的冰釣棚的碎片，我是說——我不知道你們是不是已經從屋子裡把東西找出來了。

費迪斯：那就是你的屋子？

凱斯：對……你們可能還沒有找到全部的碎片，呃，我有一些藏在棚屋後面。

潘恩的莫非定律噩夢來了。他們沒有找到小屋的任何碎片，因為他們在當時發現的棚屋裡什麼也沒找到。老天爺，難道還有另一座小屋嗎？費迪斯要怎麼閃過這一關？

費迪斯：我——我——我不知道——我不知道他們從你的小屋找出什麼，凱斯，所以我才要問你，因為我還沒有看到他們找出來的所有東西，嗯……

要正確地回應這段話，只有一種方法，潘恩和貝爾都心知肚明：跟他說他沒有權利知道。跟他說調查局已經請了專家一一拆解那些東西，就等他們大功告成。

凱斯：他們把所有東西都拿出來了嗎？

費迪斯：我不知道他們是不是全拿了，但你何不告訴我——告訴我他們應該在小屋裡找什麼？

凱斯：呃，裡面有一架雪橇。

費迪斯：好。

凱斯：和一個大托特包。我想那是——我不知道，雪橇裡的包包容量大概是三、四十加侖……所以我才想說你們一拿到我家的搜索票，可能就會——可能就會找到些什麼。

冰釣的第一天，凱斯說，他開車到馬塔那斯卡湖，停在高速公路邊，把他的雪橇沿著冰面上拖行。他把他的釣棚搭在冰湖中央。進到棚子裡，他就在冰面上鑿了一個八呎見方的洞，用木板蓋住，然後離開。

凱斯：我開了卡車來。不能——不能把車停在湖邊……我一次只能用雪橇搬個……我不知道，大概一百五十磅，所以我得要走四趟，而且要用上五個不同的袋子。

費迪斯：你可以告訴我們，你每一趟搬的是什麼東西嗎？

凱斯：呃，第一天是頭、腿、和手臂。

費迪斯：是莎曼莎．柯尼的嗎？

凱斯：對。

就這樣。潘恩大受打擊。詹姆士．柯尼還不知道，他的希望只剩這幾個小時了。春季將至，正是阿拉斯加最美的時節，充滿瑞雪和白光，而詹姆士將再也無法懷著如同以往的心情看待這片景色。

費迪斯叫出一張Google Earth街景，是凱斯和金柏莉以及他的女兒同住的房子。凱斯不禁注目。「哇，這可真是——這是很新的照片吧？」他笑道。

凱斯指引費迪斯到屋子後方，告訴他要去哪裡找他用來拉雪橇的灰色管子、蓋冰上釣棚的木頭、鑿開結冰湖面的鐵棒、黃色把手的鋸齒萬用刀、地板上的血跡，還有棚屋的其中一面牆，現在放在他的車道上。

果然有另一間棚屋。負責尋找證物的專家怎麼會在一個小小的院子裡找不到它？

費迪斯並不知情，所以他繼續進攻，拿出調查局從他們查扣的小屋裡找到的物品照片。不是正確的那間小屋。

費迪斯：我們要給你看幾張照片……

凱斯：不。

費迪斯：我想他們已經沖印出來了。

凱斯：不，這些都不是。

費迪斯：好吧，但這些——這些是在同一間小屋裡拍的，對嗎？

凱斯：不。

費迪斯：這不是同一個地點？

凱斯：不，那是後院的那一間。

費迪斯：好吧，看樣子我們找錯間了。好吧。

凱斯：我剛才告訴你們的這些事是都白講了嗎？

對。對，正是如此。如果要潘恩老實講，這是調查局的錯，現在只有運氣能夠拯救這場審訊。

如果這場對話的順序不是這樣——如果他們一開始就談到搞錯的棚屋——凱斯就沒有理由繼續說。他就會知道：調查局沒有任何線索能將他跟莎曼莎的屍體牽上關係。

在那一刻，凱斯還沒有意識到自己的失誤有多麼重大。

「我是開玩笑的，」凱斯說，「我知道你們已經找到了，或是一定會找到。我的電腦就是底牌——我只印了那座湖的照片……我確定只要時間足夠，你們應該就會找到她。」

才不呢。潘恩清楚得很。

會議桌上的手機如蜂鳴般響了起來。匡提科總部打來了。

十一

只有潘恩和貝爾兩人能夠奪回這場審訊的主控權。顯然，他們最大的挑戰不是以瑟烈·凱斯，而是費迪斯。

針對凱斯提到調查局能夠搜查他電腦裡的所有內容，費迪斯的回應是：「他們——他們需要蒐集到所有的資料，呃，所以我們必須——我們必須聽你說明一切，呃，因為他們會——就像你說的，他們會……」

「不，」凱斯說，「所有的東西都在裡面了，白色那座小屋。後院那座小屋裡的東西都不是你們需要的。」

凱斯現在有一種逐漸睥睨全場的感覺，而他掌握的權力越大，會議室裡其他調查人員的氣勢就越弱。對潘恩來說，這股緊繃的張力令人痛苦不堪。費迪斯甚至根本沒意識到權力的轉移。

潘恩和貝爾嘗試把凱斯拉回來重建時間線。他們要專注在事實層面——日期、時間、地點——如此一來，他們就能引導凱斯回到他先前不願談論的話題。他們需要聽他說明莎曼莎是如何從店鋪移動了四十英里去到那座湖，途中完全沒有人看見異狀。他們需要能夠查核的細節，以確認他們手上的人就是作案者。還有，既然他們已經證實凱斯和他十歲的女兒在隔天清晨五點出門前往機場，他們必須知道還有什麼人涉案。

凱斯滔滔不絕，彷彿陷入出神狀態。

他在「共通點」咖啡鋪附近走來走去。他看不到店裡當班的人是誰，但他猜想應該是個年輕女生。不管是誰，她應該都沒開車：沒有車子停在附近。

在這種店鋪工作的幾乎全都是年輕女生，所以也許隨時有男友來探班。

再五分鐘就八點，凱斯走到正要打烊的店鋪前，站在敞開的大窗口前面，他知道這窗戶沒有防彈玻璃，甚至沒有窗板。他擱下空的保溫杯，跟咖啡師點了一杯美式咖啡。現在他看了個清楚：她年輕、嬌小，只有一個人。

莎曼莎·柯尼。

當她在約莫三呎寬的小空間裡，從窗口來回移動到濃縮咖啡機旁，凱斯靜靜地開始安排他的計畫。現在有個麻煩：附近突然有個人坐在車上看著他，引擎怠速。這讓他想做的事變得更有挑戰性了。

莎曼莎將美式咖啡遞給凱斯。

他拔出槍。「這是搶劫，」他說。

莎曼莎將雙手舉到空中。他看得出她嚇壞了。

「把燈關掉，」凱斯說。

莎曼莎移動到店鋪後方，關了燈，然後回到窗口。她沒有尖叫。如果店鋪裡有警鈴、而她偷偷按了，凱斯就會透過警用無線電聽到。

「把收銀機裡全部的現金給我，」凱斯說。

莎曼莎僵硬地移動到窗口右邊，收銀機放在那裡，藏在顧客看不到的地方。她倒空抽屜，把錢交出去。

「跪在地上，」他說。她照做了。

凱斯還在店鋪外面。

此時，他打斷自己的回憶，對著費迪斯說話。

「當時我有點所向無敵的感覺，」他說。

「為什麼？」費迪斯問。

「因為她很害怕，」凱斯說，「而且我說什麼她都照做，我猜我腎上腺素飆高了吧。我只是決定去做，看看會發生什麼事。然後，這個嘛，你們拿到錄影了，所以你們知道發生什麼事。」

費迪斯這部分演對了，「是，」他說，「但我想從你的觀點來看。」

凱斯用了片刻的時間回到他的出神狀態裡。

他叫莎曼莎關掉電燈和「營業中」的告示。她照做了。

他一面看著莎曼莎，一面掃視停車場。隔著一段距離，他看見人群從旁邊的健身房「阿拉斯加俱樂部」進進出出。

那台怠速的車子終於起步開走了。現在很安靜，只聽得見圖鐸路上車流來往的微弱咻咻聲。

凱斯叫莎曼莎跪下，轉身背對窗口。她照做。他彎下身子用束帶把她的手腕綁在背後。

他叫莎曼莎讓開，跳進鋪子裡。他把頭燈轉向櫃台，發現一串鑰匙。

「你的車在哪？」凱斯問道。

「我沒有車，」莎曼莎說，「但我爸再半個小時就要來接我了。我是說——他隨時可能會到。」

凱斯猶豫了。他無法判斷這是不是實話。「你有按警鈴嗎？」凱斯問，「別騙我。我耳朵裡戴了警用無線電。我會知道。」

「沒有，」她說。

「如果我聽到有警察被派來這裡，」他說，「我就殺了你。」

「我沒有，」莎曼莎說，「我發誓。」

調查人員點頭，示意凱斯繼續說。而凱斯的語調越來越低沉，越來越小聲。他的語速慢下來，聲音開始顫抖。這真是再詭異不過了：凱斯聽起來既羞恥又興奮。

他說，他問她叫什麼名字，然後把窗戶關上並堵死，拿了些餐巾紙塞進她嘴裡。然後告訴她，他們要去散散步。

目前為止，這個故事都和監視錄影的內容一致。除了餐巾紙這個細節。先前沒有人看到。現在潘恩知道莎曼莎在那一晚為什麼沒有尖叫求救了：她叫不出來。

費迪斯：你當時在想什麼？

凱斯：什麼，把她帶走的時候嗎？

費迪斯：對。

凱斯：我喜歡她。

盧索：你隔天計畫要去郊遊。

凱斯：對，再過幾個小時。那也算是計畫的一部分。

凱斯帶著莎曼莎穿過停車場的途中，在地上發現一台新的佳能相機。「應該價值三百美元左右吧，我想。我是把它當成好兆頭，」凱斯說。

他彎腰去撿。莎曼莎感覺到他分心了，便掙脫跑走。

「你怎麼做？」費迪斯問。

「制伏她。」凱斯說。他在這裡停下來，幫自己倒了點水，「四處都有人。」

這是真的嗎？這件安克拉治最受矚目的罪案，其實有目擊者？又或者這只是凱斯的自吹自擂？如果有目擊者的話，難道不早該就有人出面嗎？

凱斯說他很快就重新控制住莎曼莎，將他的點二二手槍抵著她的肋骨。那把槍很小、很輕、很容易隱藏，但最重要的是，它很安靜。在繁忙的街上對人開槍，而旁人完全不會聽到槍響。凱斯意識清楚，知道自己在做什麼。

他威脅她，如果再嘗試逃跑，就要殺了她。

莎曼莎點頭。凱斯叫她做出腳步不穩的樣子，靠在他身上，像是她喝醉了。他帶她過了圖鐸路，穿過家得寶的停車場，然後來到他停在ＩＨＯＰ餐廳的卡車旁。

凱斯說，有幾個人逗留在他卡車正前方停的一輛雪佛蘭Suburban周圍。他靠著莎曼莎的恐懼讓她動彈不得。他將莎曼莎移到副駕座的門邊，然後彎下身在她耳邊悄聲說話，「我不想傷害你，」他說，「可是這把點二二裝了無聲彈匣，它會要了你的命，別逼我動手。」

凱斯打開車門，開始清空堆放雜物的副駕座——他原本沒有計劃要用自己的車犯案，莎曼莎靜靜看著那些離她只有幾呎之遙的陌生人，蹣跚爬進那台雪佛蘭。

費迪斯：所以，我們在錄影中看到，你讓她坐上副駕駛座，然後你繞到駕駛座，停了幾秒才開走？

如果受檢察官權限約束的費迪斯真的看了那段影片，那會造成本案在法庭上的另一個漏洞。那段影片是證物。

雪上加霜的是，很顯然，不論是調查局或安克拉治市警局都沒有想到要調出店鋪附近所有商家的監視錄影畫面。他們對IHOP餐廳的目擊證人一無所知。

回到卡車上，凱斯正在對莎曼莎說話。

凱斯：我在告訴她，這件事會怎麼進行。

費德斯：你——你是——跟她怎麼說的？

凱斯：我問了她很多問題。我把她送上車的時候，她的手還被綁著，我幫助她上車，幫她繫上安全帶，然後告訴她說我們要開車去某個地方。

潘恩和貝爾知道這會怎麼發展。凱斯使用的語彙已經開始美化他自己的行為：莎曼莎的手「被」綁在背後，而不是遭到強制拘束；凱斯「幫助」她上車，而不是推她上車；「幫她」繫上安全帶，而不是把她綁住；「開車去某個地方」，而不是綁架她。費迪斯沒有注意到這些細微的語彙線索，但潘恩和貝爾由此知道他們面對的是一位非常狡詐的嫌疑犯。

凱斯繼續說。他解釋他在拿掉莎曼莎嘴裡的餐巾紙之後跟她說了什麼。他要利用她勒索贖金，她會平安無事。

凱斯：她一直說「我的家人根本沒有錢。」我說，「噢，但照道理他們會弄到錢，所以你不用擔心。我會搞定這些事，但是你要聽我的話。之後，感覺好像我越跟她說話，她就越安靜——我的意思是，我當時並沒有要嚇她。我在試著——你懂的——表現得像個正常人。

正常人？不對勁！他之前可能也幹過這種事，傑夫·貝爾心想。但費迪斯絕對沒有發現。

凱斯把車開出停車場。

他發現莎曼莎的安全帶綁不緊。他的卡車已經老舊，車門沒有電子鎖，所以如果她扭身掙脫、跳出副駕座的車門，他也束手無策。

過了幾分鐘，他停下來等紅燈的時候，一輛警車停在莎曼莎旁邊，車裡有兩個警察。

這機率有多高？凱斯在這天晚上選了安克拉治的這個區域作案，是因為市區另一端在舉辦一場大型嘉年華。他從無線電得知幾乎所有的警力都派駐在那裡。

凱斯看著莎曼莎靜靜評估她的下一步反應。

如果她開始尖叫、或是用頭撞玻璃，或甚至扭動掙脫，但警察還沒看到她就把車開走，那麼這男人會殺了她。她相信綁匪只想要贖金，得手之後就會放她走。她旁邊的警車窗戶緊閉，無線電裡不斷傳來簽派訊息——她的綁匪也能即時聽到一樣的訊息——也許她應該順著他的意。

凱斯同樣也在評估他的風險。無線電告訴他，這兩個警察沒有在尋找失蹤少女。如果莎曼莎嘗試行動——說真的，他心想，這個時候她應該要行動了——，而警察把他攔下來，這樣的話，他有槍。但是如果他保持冷靜，坐著等紅燈，如果他能夠不發一語地控制住莎曼莎，那麼今晚就肯定能依照計畫進行。

號誌變成綠燈。

警車開走了，莎曼莎目送它的紅色尾燈在黑暗中閃爍。

凱斯：她什麼也沒做，然後我左轉繼續開……這整段期間我的手機都是關著的，電池拿出來，然後我開到——我不知道那個公園叫什麼。那個離我家沒多遠的公園。

貝爾：琳．艾里（Lynn Ary）公園？

凱斯：對，琳．艾里公園。有人跟你說的嗎？

貝爾需要片刻時間來估量他的答案。這對凱斯來說重要嗎？重複他的問題，換取一點時間吧。

貝爾：你問是有人跟我說的嗎？

凱斯：對啊。

貝爾發現，重要的是，如果他說謊，會被凱斯抓到。那樣他就失去了所有的優勢。

貝爾：不是，我……

凱斯：我只是在想有沒有人看到我們在那裡，因為我在那裡待了一段時間，在琳．艾里公園的後面。

貝爾：在棒球場那邊？

凱斯：對。

在公園裡，凱斯注意到幾個背著滑雪裝備的人影。他們朝著他的卡車這邊走來。這又是一個可能讓莎曼莎脫逃的機會，但經過那個和警察擦身的片刻，凱斯感覺比較有自信了。

莎曼莎靜靜地坐著。

越野滑雪客將裝備放上車，開車走了。等了幾分鐘、確定他們不會回頭之後，凱斯下了貨卡。他打開後車門，清出堆在後座的所有工具，放到卡車的貨斗。他用蓋布罩住座椅，仔細蓋緊。

他整理後座的同時，眼睛盯著莎曼莎。他注意到她在發抖。

「你冷嗎？」凱斯問。

她說是。

凱斯走到她身邊。他迅速用幾條束帶圈成環接在一起，像小孩用色紙環串成鏈，做了一條比較長的拘束繩，將莎曼莎的手腕跟安全帶固定在一起。他叫她躺在後座，然後用蓋布罩住她。

凱斯回到駕駛座，思考接下來該做什麼。他的女兒應該已經睡了，但金柏莉是夜貓子。時間已經快要十一點了。

「我就是在那個時候發現，我有很多事要做，時間卻不多，」凱斯說。

他需要一支用來索取贖金的電話。凱斯決定開車到沃爾瑪超市買一支拋棄式手機，他想這種手機應該無法追蹤到訊號。

但一開進停車場，他就猶豫了。晚上這個時間，超市外面停的車子多得驚人。到處都有監視器。凱斯想起來，沃爾瑪的監視器是全國數一數二好的。

貝爾得到另一條線索：凱斯不但知道自己在做什麼，他可能還是這方面的專家。

凱斯發現，回到咖啡鋪拿莎曼莎的手機可能會是個更好的選擇。而且，他忘記把店鋪的門鎖上，如果他回去鎖好，可能會讓他有更順利的開始：別人看來會以為莎曼莎是鎖了門之後自行離開的。

凱斯開了十分鐘的車回到圖鐸路，把車子停在阿拉斯加俱樂部後面。舉目所見，無車無人。

「我很確定她在那個時間點就要跑了，雖然我把她綁得很牢，」凱斯說，「我說，『我只去個兩三分鐘……如果我回來的時候看到你想搞鬼，你懂的，情況就不——不會——太愉快了。』」

潘恩和貝爾辨認出凱斯的威脅屬於犯罪老手使用的心理控制方法。潘恩在匡提科時學到這個，也在數不清的自白中聽過這種方法的各式變化。

「你會後悔的」、「我會傷害你」。

他們不會說：「我會殺掉你」，因此給了受害者一線希望。最高明的罪犯總是留著這一扇窗，因為這樣要操縱和控制對方就更簡單了。

很不幸地，受害者通常都相信自己會被釋放。

凱斯從車上下來。咖啡鋪還是跟他抓走莎曼莎時一樣暗。他打開門，找到她的手機，然後發現店鋪地板上散落著束帶。他仍然戴著手套，把束帶撿起來，挪動幾樣東西，讓店鋪看起來像是她整理過後才離開的。

走了幾呎之後，他想起來：莎曼莎的車鑰匙還在店鋪裡，他待會也許用得上。這些都是小錯誤，但是會一一加乘起來，他得清理好，不然就要冒上被逮捕的風險。

他拿了鑰匙，這是他第三次、也是最後一次從店鋪離開。

這又是個致命的疏漏。如果市警局或調查局有認真把監視錄影從頭到尾看過，他們早就會發現莎曼莎．柯尼被綁架了。凱斯不只一次回到那裡，而是兩次，且身邊沒有莎曼莎隨同，這會讓莎曼莎自導自演綁架案的說法站不住腳。事實上，如果逐格檢查市警局最後公布的監視錄影，在凱斯和莎曼莎離去的最後那幾個片刻中，莎曼莎的臉完全清晰可見，她的眼中閃著淚光，驚駭地用手摀住嘴。

凱斯回頭看著莎曼莎，她在蓋布底下一動也不動。他檢查了她的掀蓋式手機。她說家裡沒錢，說的是實話。

他開著車。

一會兒之後，莎曼莎說話了，她說她要上廁所。

凱斯覺得這可能是她的計謀，但他又擔心，一旦有任何差池，她的DNA可能會沾得到處都是。

凱斯將車子停在地震公園（Earthquake Park）的停車場。那裡廣大又空蕩，雖然距離咖啡鋪只有十五分鐘的路程，但位處城市邊緣。凱斯從貨斗拿了繩子綁在莎曼莎的脖子上，然後割斷她和安全帶之間的束帶。他帶她走到草坪上，那裡沒有樹木或任何種類的灌木叢，沒有供她躲藏的地方。繩子的長度只容她低下身子解手。

凱斯：我放她出來，然後過不久，你知道，我們就一起抽起雪茄什麼的。

費德斯：誰在抽雪茄？

凱斯：我們兩個都有。我的意思是，我們一起分享。

分享。潘恩和貝爾的腦袋再度高速運轉。被綁住的莎曼莎如果要抽菸，唯一的方式就是凱斯幫她拿著雪茄。而在深夜被五花大綁、得不到路人注意、被一個大塊頭的陌生人拿著點了火的雪茄在你面前揮舞，這是多麼可怕的事？如果這個人綁架了你、拿你勒索贖金、把你綁起來，還讓你像動物那樣隨地排泄，那有什麼不可能的他直接一把火就燒了你？

勇敢的女孩，貝爾心想，她正嘗試跟對方對話。

費迪斯：那是什麼時候的事？

凱斯：這個，應該是在去琳．艾里公園之後。我是說，我——我——她一直想跟我講話，你懂的，所以我叫她閉嘴了幾次，但是因為——我還是想表現得好心一點……所以，去過地震公園之後——我們在那裡待了幾分鐘。有其他人在那裡。

其他人？這是第六次凱斯提到可能有證人了。有起了疑心的駕駛停車在咖啡鋪附近、凱斯帶莎曼莎穿過圖鐸路去停車場時在旁的行人、他停在IHOP餐廳旁的貨卡前有圍著雪佛蘭Suburban的那群人、等紅燈時的警察、琳．艾里公園的滑雪客，還有現在這個。

膽大包天四個字也不足以形容這傢伙，潘恩心想。

在同時，他的車子沒油了。

凱斯：我發現我的車——亮了油量警示燈……我心裡想，老天，太讚了。在荒郊野外搞這種事的時候沒油。所以——對，我就直接開進特索羅（Tesoro）加油站，我衣服已經換了——我一直在換外套。我有一件深色外套，還有另外一件……以備不時之需。

接下來，凱斯傳了簡訊給不斷打電話給莎曼莎的人：一則給她的男友，一則給她的老闆。他用莎曼莎非常不爽時的語氣寫訊息。

凱斯：那之後，我就把手機電池拔掉。

貝爾：那有什麼效果？你為什麼那樣做？

凱斯：就我所知，那樣你就沒辦法追蹤手機了。

貝爾：為什麼不關機就好？

凱斯：我就是神經兮兮。

比大多數人聰明，貝爾心想。凱斯認為「拋棄式手機無法追蹤」是個錯誤的想法——這一點他是對的。

最後，凱斯開車回到家，停在私人車道上。當時已經接近午夜，天寒地凍，但外頭還是有人、有蹓狗的鄰居。凱斯得再等等。

「我想我是這麼告訴她，『別想坐起來，什麼話都別說，只要乖乖安靜待在後頭，我過一會兒就會跟你說話，我有些事要處理。』」他下了車，關上門。車子裡一片漆黑。

莎曼莎渾然不知自己身在何處。就算她聽得見狗吠聲，她也無從得知離她幾呎之外的地方就有人。卡車震動搖晃的時候，她仍然保持安靜，凱斯把他稍早拆下的一個大型貨架和工具架重新裝上。

沒有任何一個鄰居跟凱斯說上隻字片語。他們以前曾經跟他說過幾次話，當他在深夜裡用重型工具工作的時候，但除此之外他們不太理他。這裡是阿拉斯加。如果凱斯想在半夜幹些粗活——儘管那些粗活也沒理由要急著做——那麼，上帝寬恕你，你就去幹吧，不干別人的事。

凱斯：貨架很重。我想大概有一百二十到一百五十磅之間。我在上面用螺絲鎖了幾塊木板，讓我可以把它舉起來放到車上。我不知道當時是幾點。很晚了。金柏莉還醒著。

貝爾：她真的沒有——沒有聽見你在外面弄貨架和工具箱的聲音嗎？

凱斯：沒，她很——她對我做的事不太放在心上。

費迪斯：那麼你裝完貨架之後做了什麼？那麼晚了。

凱斯：這個嘛，我……

他停頓了一下。凱斯說，這是他從來不曾說過的事。

十二

凱斯願意透露的細節只有這麼多，但他接下來所說的話卻遠超過潘恩和小隊成員的預期。事實上，他說的話代表了一切。直到另一個失誤讓凱斯打住。

凱斯：我在想什麼？因為棚屋已經搭好了。我在屋裡有兩台暖氣機，還有一張很大的篷布鋪在地上，有九乘以十二呎那麼大，還有一台收音機和其他的東西。所以，對，我猜那時候大概是（凌晨）一點到兩點之間，我讓她從車裡出來，把她帶過去——我把她眼睛矇住了，原因你懂的，我這樣跟她說，「別試著想看什麼東西，因為我們要來處理好這件事。」

莎曼莎現在人在小屋裡了。

凱斯：我告訴她……「我會讓妳舒服點。妳就坐這……但我還是戴著無線電，所以如果我聽到消息說這區有尖叫聲什麼的，任何風吹草動，我都會在警察趕到以前就回來。」

莎曼莎完全有理由相信他。他把收音機開得很大聲，重金屬音樂淹沒她能夠發出的任何聲音。

凱斯：她非常合作。她看起來沒有要耍什麼把戲……我給她一個五加侖的水桶讓她尿尿，然後倒在拖車外面，我再把桶子在小屋裡倒扣過來，讓她有地方坐，也拿了一條繩子綁在她脖子上，兩端釘在牆上，我想我把她改變了。

我們並不清楚法庭記者是否不慎把「鏈住」（chained）誤寫成「改變」（changed），或者凱斯是否改變了莎曼莎的穿著。到此為止都謹慎行事的凱斯或許想通了，大雪會洗掉莎曼莎在他的拖車裡到處遺留的DNA。

凱斯：我——我將她的手移到前面，讓她可以抽菸和做其他事情。還有，對，我叫她冷靜。接著，他叫莎曼莎告訴他她家的地址，還有她跟杜恩共有的貨卡的停放位置和外觀。莎曼莎告訴凱斯，他們共同帳戶的提款卡在車上，不是在置物箱裡，就是塞在遮陽板下。

凱斯回到屋子裡，用MapQuest查詢莎曼莎的地址。他探了探金柏莉的狀況，她睡了。當時大約是凌晨兩點半。在兩個半小時內，凱斯和他女兒就必須動身離開了。

凱斯：我開了金柏莉的車……停在離（莎曼莎的）貨卡三、四個街區遠的地方，再走過去，拿鑰匙開門。車就在她說的位置。我把車鎖起來的時候有個人走過來。

是杜恩。這和他告訴多爾警探莎曼莎的車附近有可疑人影的說法完全符合。據凱斯所說，莎曼莎在這三個小時之間被拖著經過整個安克拉治，至少有二十個人看到她，其中可能包括兩個警察。她大有機會逃脫。

現在凱斯跟她的男友對上了眼。

他們都在原地站了一會兒，杜恩是呆住，凱斯則在等著看杜恩會怎麼做。凱斯身上帶著一把刀；他會用刀。突然之間，杜恩轉身跑回房子裡。是因為恐懼嗎？杜恩是否莫名地感覺到了威脅？

凱斯拿到了提款卡，沿街狂奔並躲在一堆積雪後面。房子裡沒有人出來。他跳上金柏莉的車揚長而去。

至於金柏莉，他仍然堅稱她對此毫不知情。一無所知。

凱斯正要去提款機測試那張卡，這時他發現自己又犯了一個錯誤。他沒有把莎曼莎告訴他的密碼寫下來，所以他現在得回去小屋，拿到密碼，讓莎曼莎保持冷靜，在同一天晚上第十三次冒著行跡敗露的風險。

咖啡鋪。圖鐸路上的脫逃嘗試。IHOP餐廳。巡邏車上的警察。琳．艾里公園。滑雪客。加油站。兩度回到咖啡鋪。地震公園。在他家車道上放莎曼莎下車進到小屋。杜恩。再加上現在這個。

凱斯說，在時間急速流失之下，這是又一次的驚險。

「我得回去我的房子，跟她說話……」他說得像是他把東西忘在雜貨店裡一樣輕鬆。

而且到頭來，那個帳戶裡只有九十四分錢。

凱斯：那不是問題。我不是——那時候我的目標並不是那張卡。

費迪斯：你的目標是什麼？

凱斯：那只是附加紅利。

費迪斯：什麼的附加紅利？

凱斯：整件事情。如果我最後可以用提款卡弄到一點錢，計畫就是這樣。

費迪斯：聽起來這個故事還有些內情。

凱斯：喔，沒錯。這個故事的內情還不少。

費迪斯：是的。

凱斯：但是，我不知道我今天會不會把整個故事講完。

費迪斯：好吧。這個嘛，你郊遊完之後，叫了計程車——我們知道你是什麼時候叫車的。

凱斯在凌晨五點整叫了車。在那之前，他已經測試了提款卡，在凌晨三點左右回到棚屋過。在他淋浴更衣、叫醒女兒、餵她早餐、確認她收好兩週旅行的行李、把貌似毫不知情的女友留在家、前往機場之前的那一個小時，他到底對莎曼莎做了什麼？他的舉動沒有留下任何證據。

「什麼都沒做？」

凱斯：對啊，我快要遲到了（笑聲）。

費迪斯：你——你搭計程車離開的時候，莎曼莎在哪裡？

凱斯：她在棚屋裡。

費迪斯：她還活著嗎？

凱斯：嗯，這個部分，我要留到之後再講。

潘恩和貝爾已經為這種時刻擬定好策略。費迪斯算是做對了一半——他把話題轉移到搭配著莎曼莎照片的勒贖字條，還有做為生存確認的《安克拉治日報》，報上的日期是二〇一二年二月十三日。

費迪斯：照片裡的她還活著嗎？

凱斯：不。

費迪斯：（二月）十八號早上你旅行回來時，她還活著嗎？

凱斯：不。

費迪斯：你離開的時候她還活著嗎？

凱斯：這問題的答案很明顯吧。

費迪斯：她——她那時還活著嗎？

噢，老天爺啊。在那一刻，史帝夫．潘恩非常確定：這場審訊應該由貝爾來主導的。那張勒贖字條一出現，貝爾就宣告：莎曼莎已經死了。貝爾會用堅定不移的態度給凱斯迎頭重擊，而且絕對、絕對不會對於自己無法確定的問題假想答案。但費迪斯不肯收手。

費迪斯：所以她——她還活著？

凱斯：啊？

費迪斯：她還活著？

凱斯：在我離開的時候嗎？不。

費迪斯：好吧。但你對她做了什麼？

這一番交流雖然看似枝微末節，卻產生毀滅性的效果。凱斯更加桀驁不馴了。不管在現在或未來，他都可以主控全場。潘恩和貝爾曉得，這段自白在帳面上看似是勝利，但終極來說可能會拖累他們。誰知道後果會是什麼？就連法蘭克．盧索也感覺到了，他試圖伸出援手。

凱斯：我會說出整個故事，但也許不是現在。

盧索：有什麼原因讓你現在不想說嗎？

凱斯：嗯。

盧索：你可以告訴我們是什麼原因嗎？

凱斯：我已經知道我想跟誰說這個故事了。

費迪斯：是誰？

凱斯：她叫什麼來著——米奇？那個領頭的警探。

貝爾：為什麼你想——為什麼你特別想跟她說？

凱斯：因為我就只想跟她說。

費迪斯還是不願承認權力關係已經倒轉了。甚至他可能根本自己都沒有意識到。每次費迪斯故作隨意地用第一人稱來提問，潘恩和貝爾就不禁捏把冷汗。「告訴我這個」、「我需要知道那個」這種語彙，暗示著費迪斯覺得他本人的地位比整樁調查更高，他的需求和欲望凌駕於凱斯，他是全場最重要的人。

然而事實正好相反。以瑟烈．凱斯才是全場最重要的人。費迪斯洩露了他自己有多麼重視「可以審訊凱斯」的這個事件裡。

費迪斯：沒關係。我們了解，你不會告訴我們全部，但是今天我離開之前，我需要知道一件事，就是你是怎麼殺死她的。

凱斯：為什麼？

費迪斯：嗯，那是我們——那是我們的共識之一……對吧？

這不是個好理由，潘恩很清楚。

凱斯：不。我——我是指，事情到底是怎麼發生的並不重要。我要說的是，沒錯，該負責的人是我。還有，對，沒錯，我要告訴你們她在哪裡了。

費迪斯：好吧。你該負責的是什麼事？我需要你告訴我。

凱斯：造成她現在已經不在人世，對。

費迪斯：所以，你殺死了她？

凱斯：對。

貝爾：所以——所以你想和米奇，也就是多爾警探說。

凱斯：我會告訴她其它細節，如果你們想知道的話——如果你們全都想知道。

貝爾：換句話說，就是除了殺死她之外，你還對她做出的其它事情？

凱斯：你們想知道什麼，我全都說。我會一五一十地講，如果你們想要這樣。

費迪斯：嗯，那你能不能讓我們稍微了解一下，你要跟她說什麼？

凱斯：為什麼？不要。

盧索：你要不要告訴我們她的死亡方式，但不用透露太多細節？

凱斯：不要。

凱斯還有其它要求。他不想要他女友的房子又被搜得天翻地覆。調查人員要搜索之前，必須來徵得他的同意。而且他也不想他們找金柏莉談話，他說她跟這件事無關。

凱斯：我不想再聽到你們問她話。就像我說的——你們當然沒有理由要相信我，但我現在就可以告訴你們，沒有人了解我，沒有人了解過，沒有人對真正的我有半點認識……基本上我就是個雙面人。只有一個人知道我跟你們說的這些事、知道我告訴你們的這一切，那就是我。

盧索：你當了多久的雙面人？

凱斯：很久。十四年。

十三

四月一日星期天，米奇．多爾回到安克拉治。她在三個星期內第二次和以瑟烈．凱斯面對面。對史帝夫．潘恩而言，這是一股意外的助力。儘管他曾經和多爾槓上，但她在現場表現出的沉著氣勢，會讓執法單位在審訊中勝券在握。她可以調和掉費迪斯的影響，甚至讓他自慚形穢。更重要的是，她能夠問出案情細節。米奇．多爾知道這遊戲怎麼玩。

費迪斯向凱斯宣讀他的權利做為開場白，但接下來他沒有把主導權交給多爾，直接開始提問。

費迪斯：你有沒有想從哪邊開始講，或者……

凱斯：這個，嗯，你現在只能聽到刪減版了。

費迪斯：好吧，這話是什麼意思？

凱斯：有些東西會保留不講。

費迪斯：這是為什麼？

凱斯：這裡有太多——這裡有太多人了，所以囉。

費迪斯：好吧，所以怎樣？

凱斯：太多人會怎樣？

費迪斯：嗯哼。

凱斯：嗯，有些事情對我來說是，呃，非常私人的。

費迪斯：當然，我了解。

凱斯：而且，嗯，對——難以形容，但要跟一大群人講這個，我不太自在，所以這取決——取決於你。

想也不用想，潘恩忖道。留凱斯跟多爾、柯特納、也許還有貝爾一起，如果可以的話。不管這傢伙是想跟年輕美麗的警探講故事來滿足性幻想，或是他真的需要某種形式的隱私，潘恩都不在乎。他們需要的是細節。

費迪斯：這個，我們何不這樣做呢。既然我們不知道我們的對話會往哪發展——我不知道會往哪發展，凱斯，只有你知道，對吧？那我們就起個頭，看看結果會如何，好嗎？

費迪斯就是不肯乖乖退場。

多爾利用這一刻乘虛而入。這不是電視上那種剛正硬派的審訊。她會適切地裝出低姿態。她會為打斷對話而道歉，表現出疏離的尊重。她可能將要聽見一個人對另一個人所能做出最可怕的暴行，但只用「懂了」來回應。如果她訊問的對象笑了，她也會跟著笑，不管她的反感有多強烈。

一開始，多爾首先告訴凱斯，雖然她在電話中旁聽了昨天的訊問，但當時連線品質很不好。大部分的聲音聽起來都像「查理．布朗的老師」（譯註：《花生漫畫》中史努比的主人查理．布朗有一位老師，講課時發出的是令人無法理解的嘰哩呱啦聲）。她沒有跟上進度，需要他幫點忙。

多爾：我不確定你希望我問你問題，還是……

凱斯：如果你有問題想問，可以啊。

多爾建立了一種新的權力平衡，宛如《沉默的羔羊》（The Silence of the Lambs）裡克萊麗絲．史特林（Clarice Starling）與漢尼拔．萊克特（Hannibal Lecter）的關係重現。這不是意外。兩個星期前，在金柏莉和凱斯住家的搜索中，發現了大量關於連環殺手的書籍，小說和非虛構皆有。凱斯在德州行蹤不明的那幾天，現在引起了更深入的關注，而他們一旦了解莎曼莎的綁架案，就能明顯看出凱斯以前也做過這種事，莎曼莎不是他下手的第一個被害人。那麼會是最後一個嗎？他說他當了十四年的「雙面人」，他有很多事得交代。小隊的成員正在思索凱斯是個連環殺手的可能性。若真如此，他可能會幻想自己被捧上神壇，值得一個宛如電影明星的美女來審訊他。

多爾具備這個條件。

她的第一個問題針對的不是莎曼莎，而是凱斯的女兒，目前跟他母親待在德州。潘恩和他的組員知道那孩子是凱斯的軟肋。

多爾：我們在德州談話的時候——我說的有可能大錯特錯，如果我講得太離譜了，請告訴我——我有個特別的印象，就是你不希望她被交給你媽媽撫養。

凱斯：觀察得真敏銳。

多爾：你在擔心這件事嗎？

凱斯：已經不擔心了。

多爾：好吧。我就別再浪費時間談這個了。就像我說的——

「就像我說的。」巧妙。完美。多爾顯然仔細聽過他的自白，因為她注意到、並且模仿了凱斯的其中一句口頭禪：「就像我說的。」她在跟對方建立連結。

多爾：——我不太曉得你們上次講到哪裡，還有為什麼有些事你只想要跟我說。嗯，所以我不知道該問什麼問題。

凱斯：你不用問——嗯，就像我說的，我會詳細地描述每一件事。如果你想聽一五一十的敘述，我不會那樣說——你知道的，比如說我當時在想什麼、或是我跟她之間的對話——那些東西我會保留著，除非房間裡的人少一點。

盧索：你希望多少人——

多爾：至少你的律師必須留下。

費迪斯：好吧，那現在我們——我們——我們從刪減版的故事開始，再往下進行吧。

費迪斯用發白的指尖抓著會議桌。現在情況很明確，辦案探員一開始就應該窮盡一切手段，不讓他進到這個房間。

凱斯對費迪斯說話的方式，和他面對多爾時有顯著的不同。她是他想要幫助的人。他提到他們在德州的初次會面。「妳抓到妳的怪物了，」他說。他聽來簡直像是以她為傲。

而費迪斯，則是他想要羞辱的對象。

凱斯：這個，在我開始講之前……有些細節，不管我告訴你們的是哪個版本，會非常殘忍逼真。我不想要看到那些出現在媒體上……我也無法想像你們會想要那些東西出現在媒體上。所以，你知道的，我姑且假設這段錄影只是供你們事後回顧，或是讓其他人回顧。

費迪斯：這點你要跟我談，因為我是這個案子的檢察官。繼續吧。

這就是凱斯不該跟費迪斯談的原因，但凱斯並不知道。

調查人員向凱斯保證，他們會保護所有細節不被媒體知悉，包括莎曼莎被囚禁時的狀況，還有她遺骸所在的地點。對凱斯而言，更重要的是，他們會不遺餘力地將他女兒的姓名和所在地保密。

目前，記者只知道一個叫做以瑟烈．凱斯的安克拉治本地男性，因為涉及莎曼莎的失蹤案而被逮捕。潘恩、貝爾和多爾無法不注意到這層強烈的諷刺：他們知道的也不比這些資訊多上多少。

行為分析小組的分析員強調過控制這個概念，認為在場的每個人都應該讓凱斯覺得自己掌握的比他們多。實際上，他們什麼都不用特別做。凱斯的確掌握了一切。

他回到棚屋裡。

凱斯：地上有一塊防水布，和一張泡棉墊，還有一個睡——不是真正的睡袋，但算是某種刷毛睡袋吧。

多爾：防水布是鋪來接住血跡的嗎？

凱斯：不。只是為了避免她身上的任何物質遺留在棚屋裡。

多爾：了解。

凱斯說他在幾天前就把棚屋準備好。他說他心中沒有明確的計畫或人選，但他一直在觀察赫夫曼區（Huffman），因為那裡位處偏僻，有很多營業到很晚的咖啡攤鋪，店員多是年輕少女，而且幾乎全部都是單獨一個人在顧店。

那天晚上，他遇上了莎曼莎。他喜歡她的長相，便開始行動。「我猜甚至可以說，我那時是不顧理性判斷。」他想過要等到接她下班的人——是她男友，他猜對了——出現，再把他們一起帶走，但最後決定不要冒這個險。

他侵入莎曼莎的車，偷走提款卡，在附近的提款機測試密碼之後，就回到家去。他去廚房裡幫自己倒了一杯酒，也幫莎曼莎倒了一杯水。

然後他回到棚屋裡。

莎曼莎的表現格外鎮定。她問他是否一切順利。

「你有聯絡到我爸嗎?」她問。

有，凱斯告訴她，「很順利。」

他蹲下身，將繩子從牆上解下。他割斷綁住她的束帶。他知道自己在做什麼：激發她最後一絲希望，讓她覺得他會拿到贖金，在鬆綁的時候讓她認為事情到這裡就結束了，然後實現他整晚的承諾：放她走。

他並不會。

凱斯再度綑綁住莎曼莎，這次用繩索。

他再度離開棚屋，去查看金柏莉的狀況。「她醒著，」他說。

這和凱斯昨天說的不同。在昨天的版本裡，他一直等到金柏莉去睡。現在是怎麼了?凱斯真的是單獨作案的嗎?他所堅稱的事件順序，潘恩和組員們並不相信。

凱斯再一次回到棚屋裡。電暖器使屋裡的溫度升高到三十二度。震耳欲聾的重金屬音樂撼動著牆壁。香菸、尿液、汗水的氣味到處瀰漫。

凱斯說他強暴了莎曼莎兩次。據他說，時間大概「有一陣子……相當於（收音機裡的）兩到三首歌左右」。完事後，他赤裸著，居高臨下般地站在她的上方。莎曼莎問他是不是要殺了他。他無動於衷。

凱斯：然後，呃，我戴上我的皮手套。

多爾：為什麼戴皮手套，而不是橡膠手套？

凱斯：因為把人勒死可不是輕鬆的工作。我在——我在她走出咖啡鋪的那一刻就知道了，她不會——不會活下來。她一點聲音都沒有。

多爾：她過了多久才死？

凱斯：過了——這——很難講過了多久，嗯，一下子吧。我記得我當時在想，我還得去沖澡。這個部分我不會全講，嗯……

多爾：為什麼？

凱斯：我捅了她一刀，就在她背後右肩胛骨下面的地方。捅得不是很深。我不想細談，但總之呢，我不是真的要刺她好讓她死得快一點什麼的。是別的原因，但是，嗯，我用……

多爾：你捅她那刀，是因為你還是被她吸引嗎？

凱斯：不，我不想多講……我喝完酒穿上褲子，回到房子洗了個澡。

然後他把女兒叫醒。她準備就緒之後，凱斯又回到小屋。屋裡的電暖器還開著，用以減緩屍僵的速度。他將莎曼莎的屍體用防水布捲起來，打開下層的置物櫃，藏好她的遺體，關掉暖器，在棚屋門上鎖了兩道鎖，然後叫了計程車。

費迪斯：你的計畫是什麼？你要去搭飛機了，她的屍體還在你的棚屋裡。你在想什麼？

凱斯：我在想的是，外面氣溫零下六度，我沒有什麼好擔心的。

費迪斯：你不擔心被抓到嗎？

凱斯：不會。

費迪斯：為什麼？

凱斯：因為這裡是安克拉治。我最近常常在聽警用無線電，然後就是有一種感覺，等到有人發現到底發生了什麼事，線索早就沒了，就算他們有我的車的照片，他們也不知道車主是誰。他們沒有輪胎痕跡。他們沒有鑑識證據。他們沒有鞋印。他們絕對沒有指紋或DNA或任何東西，所以我不擔心。

真是當頭棒喝，凱斯說得沒錯。

凱斯預測到了警方的反應，又或者應該說是他們的「毫無反應」。

犯下這種程度的重大罪行，開車載著一個失蹤少女兜來兜去三個小時，有眾多目擊證人，卻還不擔心被抓到，「因為這裡是安克拉治」——這是一項對於警察機關的嚴酷指控。諷刺的是，此話不假。詹姆士．柯尼知道，為莎曼莎參加燭光守夜的數百人也知道。如果媒體風聞此事，全阿拉斯加也都會知道。這段自白沒有在法庭上登錄，或是在任何地方建檔。它會有好幾年的時間不見天日。

而此時的詹姆士只知道調查局收押了一名嫌疑犯。

他在臉書上又發了一則貼文：

天氣漸漸暖了、雪也融了，請睜大眼睛注意任何可疑的事物。

留心一下周遭，或許能有線索幫助我們的莎曼莎回家！！

十四

史帝夫·潘恩最在意的是那張勒索字條。凱斯告訴過他們，莎曼莎在他拍照時就已經死了。現在他們得知，在他帶著女兒出遊的同時，她的屍體留在他的棚屋裡長達兩星期。

他怎麼辦到的？

凱斯在二月十八日清晨返回安克拉治。他一直在遠端查看當地的天氣，知道安克拉治的氣溫正逐漸回暖。

他到棚屋確認屍體的情況。

金柏莉到二十二號前都還在美國本土旅行。——他還有點時間。

凱斯一直等到二十一號星期一早上，女兒上學後，開始著手把棚屋裡的櫥櫃、架子、燈具全部拆下來劈毀。

他把莎曼莎的屍體從櫥櫃翻出來，用泡棉墊、睡袋和防水布層層裹住，擺在一片維士昆聚乙烯薄膜上。

包裹莎曼莎屍體的那個睡袋，「幾乎全浸滿了血。」

凱斯取下所有用來包裹莎曼莎的東西，把它們全部切碎，再用兩層黑色垃圾袋裝起來。他當晚穿的衣服和鞋子，要嘛燒毀、要嘛丟到垃圾堆裡。他拿出莎曼莎的錢包，翻了一遍，除了手機和一點零錢以外，其它全扔掉。他把零錢拿進屋裡，和他自己的混在一起，放在一個玻璃瓶裡。

何必如此大費周章？

凱斯：可能我太神經質了吧，但我是想說，上面可能會有些她的DNA。

多爾：你幫她編了頭髮？

凱斯：沒有立刻就編。

女兒放學回來，寫完作業、吃完晚餐、上床睡覺後，凱斯在客廳壁爐點了火。當時大約凌晨一點或兩點，已經是二月二十二號了。他把防水布連同所有莎曼莎碰過的東西都燒了。

凱斯再度回到棚屋裡，拿出大片的塑膠布，鋪在稍早用漂白水刷洗過的地板和牆面上，他把莎曼莎的屍體吊掛起來，雙手高舉著，繩索繫在腰間，並將繩子釘在牆上。

多爾：接下來呢？

凱斯：這個嘛，這個部分你就只能聽精簡版的了。——嗯，我把她解凍——然後——嗯，那時候我在棚屋已經做好一張桌子了。

多爾：你把她解凍以後，她身體沒有很僵硬嗎？

凱斯：沒有。沒有，她很軟呢。

費迪斯：你做了什麼？

凱斯：（嘆氣）唉，我不想跟你們講這段。但你們遲早都會發現——

費迪斯：你為什麼不想剛我們說？如果我們遲早都會——

凱斯：跟你說了這很——

費迪斯：——發現。

凱斯：——私密。這裡人太多了。嗯——我跟她做愛了。她的屍體。而且，嗯——你知道嗎——她很溫暖。然後——我猜我忘了時間。

凱斯：我跟她說我等下就出去。妳先回屋子裡吃早餐。嗯，因為，她（莎曼莎）——那個時候——就在那裡。

早上了。他女兒跑來找他，敲了敲棚屋的門。

他一邊重述，一邊輕聲笑了出來。

凱斯打理了一下，回屋內準備送他女兒上學，他將莎曼莎的屍體在棚屋擱放一整天。金柏莉明天就會返家，他還有很多事要做。

凱斯下午去學校接女兒放學，帶她到當地的目標百貨賣場（Target）買了台拍立得相機。無奈的是店裡沒有賣相應的底片。他等女兒寫完作業、吃完晚餐、入睡後，獨自開了一個小時的車到瓦希拉（Wasilla）的目標百貨去買。

途中，他還到家得寶買了一個大型的泡棉滑雪板和行李包、打字機色帶，還有紙，外加針線包和十磅重的釣魚線。他還到卡爾超市（Carrs），從後方的垃圾桶抽出一份《安克拉治日報》，上頭的日期是二〇一二年二月十三日。

多爾：為什麼選十三號？

凱斯：因為我十三號人不在安克拉治。所以，嗯（清了一下喉嚨）——我東西都準備好之後——我真的想不起來。但我知道那花了我整晚。

多爾：什麼東西花了一整晚？

凱斯：化妝。

除了手機和提款卡，凱斯還留下莎曼莎手提包裡的化妝品。他又在沃爾瑪多買了一些，還拿出金柏莉堆在他車庫裡的化妝品。

「金柏莉那時肯定回到家了，」凱斯告訴他們，「因為我那天晚上真的等到很晚。」

凱斯為了勒索照片花了好幾個小時，努力調整莎曼莎屍體的姿勢，但臉是最困難的。莎曼莎的肌肉變得鬆弛，再厚的妝也沒辦法讓她臉上有表情。她已經死了約莫二十一天。

凱斯：那時候我有點想放棄了，嘴巴之類的地方。呃，決定用膠帶貼住。她的臉好像有點紋路——我貼膠帶——但我還是處理不了她的眼睛——和前額，因為她整個面無表情。然後，嗯，我試了強力膠；不管用。所以我拿我的針——我有一根很大的、弧形的針。我忘記那叫什麼來著，但我用那個東西，還有那款十磅釣魚線，用縫的，把針穿過她額頭，就從眉心到下面——呃，沿著她鼻骨上來，在皮膚底下，拉出來然後照同樣路徑回去，重複一次之後拉緊，看起來好像她緊閉著雙眼一樣。接著我試拍了一張，看效果怎麼樣。然後，在那之後，我又幫她補了點妝，那時候我已經編好她的頭髮了，然後，呃……

潘恩：你給她身上哪裡化了妝？

凱斯：到處。我得打底妝——像你在照片上看到的，每個地方都有兩到三種底妝。

潘恩：這麼做是因為？

凱斯：嗯，她氣色不太好。我是說她的皮膚——她皮膚底下開始瘀血了。嗯，我想說的是，她的樣子還是不錯，可是你知道，她看起來毫無生氣。

凱斯說他花了三到五個小時把妝化完。然後他開始試拍，這比他預期中還要困難——他得撐住莎曼莎的頭。

凱斯：我想我拍了五或六張，才終於拍出我想要的效果。

多爾：你是否把邊緣剪掉了？

凱斯：是啊。我把整張照片的邊緣都剪掉了。本來我打算把拍立得（相片）和字條分開放。後來我想，要是我用印表機掃瞄照片，你們會更難看清楚，你們大概沒辦法確定它是拍立得拍的。所以，我就那樣做了。

多爾：你把邊緣切掉，是因為你手臂的印記露出來了嗎？

凱斯：嗯，是沒有露出來很多啦，但我手上有一些痣，然後我──我仔細檢查過──嗯，我猜可能會露出來，但我想讓我的手臂出現越少越好。

潘恩：為何費了這麼大工夫？你耗了很多心思在上面。

凱斯：嗯，這個嘛，這麼說吧，我這麼做的原因很明顯。我下手──最起碼也要從中賺到錢。

這和凱斯稍早跟他們說的相反，他說他不是為了錢而下手──那只是附加紅利。然而凱斯窮得要請公設辯護人，而他最後幾趟和女兒同行的行程裡，機票和船票都所費不貲。要查詢他的財務資料得花點時間，但他經濟狀況明顯不佳，這場精心策劃的計謀怎麼可能在某個程度上不是為了錢呢？

多爾問他，怎麼想到要勒索三萬元。凱斯說，他開始追蹤莎曼莎失蹤的媒體報導，對於很快就有那麼高的募款金額時，很是詫異。這就是為什麼，凱斯說他只保留莎曼莎的手機和提款卡，好進行勒索和提款。他告訴他們，他不曉得使用卡片會暴露自己的行蹤──這實在令人難以置信。他一直很謹慎行事。他真的不知道提款卡會被追蹤嗎？

凱斯發誓他不曉得。

金柏莉旅行回來之後，她的朋友凱文暫時借住他們家。

凱斯必須儘快移走莎曼莎的屍體，天氣越來越暖，他越來越不可能藏得住愈發滋長的異味，更不能讓野生動物到棚屋搞破壞，他得加快腳步。

凱斯：我記得中間發生了很多事情。其中有一天家裡沒人，我把打字機拿到屋內，打開我買來的那包電腦紙，然後打了勒索字條的草稿，再放到印表機的送紙盤上，連同照片一起按下複印。（停頓）我打字時都戴著橡膠手套，碰也沒碰過紙或其他東西。

盧索：所以你刻意在勒索字條裡打錯字？

凱斯：沒有，我不是，我不是很在乎它的用字。我有大概的想法、我想表達的訊息。

費迪斯：沙漠是怎麼回事？你說她在圖鐸路逃走一次——在圖鐸差點逃走，對吧？然後你說，還有一次在沙漠？

凱斯：那是我腦中估算的結果。拍完照到勒索字條送出之間大概隔了十天。這同樣和凱斯稍早的說法互相矛盾——他說他是在張貼字條前兩天，購買勒索用的相機和底片。但為了讓他保持在興頭上，調查員們讓他繼續說下去。

凱斯：我那時想，就講得像是她被賣到墨西哥哪邊當性奴了。如果十三號上路的話，大概就是開到那麼遠，然後我回安克拉治去。

凱斯戴著橡膠手套，把勒贖字條和照片放進夾鏈袋，再裝進另一個夾鏈袋。早上六點左右，他把袋子釘在愛犬公園的社區布告欄。

凱斯那天早上開的是金柏莉的車，外頭下著點雪，代表會有新的胎痕。他想知道他的作為引起什麼樣的迴響和後續。當天稍晚，他送金柏莉和凱文到一個朋友家之後，發現機會來了。因為這一天大部分安克拉治鎮上的人都去參加冬日毛皮約會節了。整座城將變得如無人之境。

他開車到卡爾超市停車場，走到後面角落，打開莎曼莎的手機。凱斯發完訊息給杜恩後，立刻取出手機電池回家。時間是傍晚七點五十六分。

凱斯不確定中間過了多久，但他用金柏莉的車子開回公園的路上，看到了好幾輛巡邏車和一台犯罪現場調查組的廂型車。警察們的低調反應，讓他「很高興」。

「我立刻就知道了，」凱斯表示，「我的訊息有傳過去。」

回到家後，金柏莉和朋友外出了。凱斯天人交戰，考慮是否要把莎曼莎的屍體搬出棚屋。

他得評估風險。金柏莉不會靠近棚屋；自從她發現他在裡頭種大麻開始，她的怒氣和憎惡愈發顯而易見，但他怪不了她。如今她生活各方面都靠自己，還出門工作賺錢，照顧他們的兩條狗，好讓這個家能正常運作，凱斯則愈來愈心不在此。凱斯曉得他們的關係無可挽回，他對此鬱鬱寡歡了許久。但金柏莉一直都不想要小孩，對他女兒也未曾表現出真正熱絡的態度。他該走了。他打算帶小孩搬到美國本土某處，然後展開他「遠大計畫」的第二階段。

但那是之後的事。他現在必須把莎曼莎搬出棚屋。

凱斯：你知道，她開始有點發臭，但是我——我想留著她。我不想立刻就處理，我想說我可以把她放在後院，埋在雪堆裡然後，呃，晚點再處理。但我後來決定就把事情弄一弄比較好——處理好，然後想些藉口解釋自己那三天都在幹嘛。於是我把她從桌上翻下來，拆掉桌子，切開組裝桌子的合板，把它燒掉，然後拿了一個大的滑輪行李箱——不是很深，大概五、六英寸深。我把她切開裝在裡面。

凱斯前往馬塔那斯卡湖，三天一共去了三次。途中總會取下他手機的電池和SIM卡。挑白天出門，避人耳目，往返各開一小時的車程。

第一天，凱斯往湖中央走了大概兩百碼。他拖著一把鏈鋸、鉛錘、一把雪鏟、一塊十六乘三十吋大小的合板，還有一些組合冰釣棚的材料，他隔天要把棚子蓋在一塊棧板上。

這一切在阿拉斯加的冬日午後再正常不過了。不過，凱斯仍不敢大意。

「我想我那天也有帶釣具，」凱斯說。「就做做樣子。」

他以為鑿洞會很簡單。

「花了超久，」他說。「鏈鋸沒辦法——它一直故障。」冰層厚達二十吋，而凱斯試圖鑿出十三乘二十吋大的洞。

那天有目擊者，凱斯說，有個男的在湖上冰釣，眼神驚訝地看著凱斯。

「你覺得是為什麼？」多爾問。

「嗯，」凱斯說，「他那邊有一個冰鑽。」凱斯沒去跟他借用滿奇怪的。

鑿好洞後，凱斯將魚線纏在兩個鉛錘上，丟下去確認水深。他問凱文哪個湖最適合冰釣，因為他在漁獵部門工作過。凱文推薦馬塔那斯卡湖，那裡的水深最深達八十呎。

「我後來覺得應該是只有四十呎左右，」凱斯說。「但我想那也夠深了。」

事後，他把東西收拾好，用合板蓋住洞口，上頭再蓋上雪，然後離開。

第二天，凱斯把一部分莎曼莎的遺骸裝進行李包裡，一共包了三層防止血液滲出。那天早上，他趁尖峰時間上路，一點也不擔心自己可能被攔檢或捲進車禍事故。

凱斯用湖面上的棚屋作掩護，把莎曼莎的遺骸從行李包拿出來、綁上重物。接著將它們扔進洞裡。

「就像我說過的——棚屋搭好之後，我花了大概五到十分鐘棄屍。」然後他就去參加和他女兒老師的面談。

「你怎麼有辦法保持冷靜去赴約？」費迪斯問。

「我沒有想太多，」凱斯說。那場面談很短，只有他和那位老師，討論他小孩要參加的資優生計畫。

後續又花了兩天，凱斯說，純粹是合理考量。他沒辦法一次搬運莎曼莎全部的屍塊，他也不想讓湖邊的人起疑。他說他後來就沒在那裡遇到其他人了，只有一台車在第二天還是第三天時，停在他的卡車附近。他不確定是哪天，只記得那天他在把屍塊拋進湖裡，無人起疑。

「我從胎痕看得出來，他們剛去越野滑雪之類的，」凱斯說。「嗯，他們甚至一次都沒有下來湖邊。大概根本沒看見我在湖上。」

很有紀律，潘恩心想。非常嚴謹。

莎曼莎的最後一塊遺骸沉入水底後，凱斯坐在洞旁，釣起魚來。

潘恩和他的團隊終於知道莎曼莎一案的細節經過。他們知道她在何處。他們可以帶她回家了。案子結束了。

但潘恩曉得還有更多後續。別的不說，他們得盡可能查證凱斯提供給他們的說法。只有自白，沒有屍體——沒有任何物證——讓人完全開心不了。要是凱斯反悔呢？說他有些地方說謊了？或全部都是假的？聲稱有個不知名同夥？

十四年。

調查局禁不起再出任何差錯。他們得確認莎曼莎是否就在凱斯宣稱的地方——立刻確認。

同樣地，這也比表面上看來更加困難。

十五

凱斯於週五首次自白後，史帝夫．潘恩和傑夫．貝爾駕車前往馬塔那斯卡湖。凱斯在如此有名的冰釣點，花了三天丟棄莎曼莎的屍體，兩人想親自確認這麼離譜的故事是否真有可能屬實。貝爾用他手機上的地圖找到方位，兩人接著往一堆新落的積雪走了約莫五十英尺。貝爾踢開雪堆，就在那裡：冰層被劃開，就像傷口上會結出的新疤痕。他們曉得就是這裡。

回到安克拉治駐地辦公室這頭，特別探員莉茲．歐柏蘭德（Liz Oberlander）正向調查局潛水隊尋求支援。歐柏蘭德曾服務於證據應對小組，直到這次自白以前，她都在柯尼一案扮演較為次要的角色。如今則換她聯繫潛水隊，請求他們破例，否則他們為了世界各地危險的救援任務，通常要花上好幾個月的時間準備。

她猜測自己會收到什麼回覆：你們的受害者已經死了，天氣又冷，急什麼？

歐柏蘭德希望這個案子的嚴重性——莎曼莎的年紀、遭遇、她父親的悲愴、全城人民的恐懼——能說服他們。

週五晚上稍早，巴比．查孔（Bobby Chacon）塞在洛城路上時接到電話。電話另一頭是人稱「巴特」的查爾斯．巴騰菲爾（Charles Bartenfeld）探員。「安克拉治有個孩子被分屍了，」巴特告訴查孔。「他們需要你們立刻過去。」

查孔下了第一個交流道，疾駛回潛水隊的倉庫。他不需要聽更多資訊：小孩總是屬於特例狀況。一到現場後，他拉起大門進去，打開他的電腦，發群組信給他的隊員：即刻歸隊報到。

查孔很慌張。他隊上有六到七名潛水員，但這種任務需要再多兩位：要靠十個人送兩個人下水。他打給匡提科求助，然後打到安克拉治的調查局辦公市確認資訊真偽。

「我們手上有自白，」他們告訴他。「她在湖裡。」

查孔在調查局的潛水隊待了將近二十年。幾乎沒人知道他們在幹嘛，或是知道他們的存在，就連局裡的人都是。然而潛水隊成員見過的死傷數目比一般調查局探員高出數倍，後者在整個職涯中可能只會經手一起凶案。

四十八歲的查孔是全隊的領袖。沒有人比他經驗更豐富、更能勝任指揮此等考驗體能又棘手的潛水工作。查孔在他的隊員歸隊前，和他在北方的同僚一樣，不靠什麼超機密的資料庫、而是靠Google搜尋引擎開始準備工作。他搜尋莎曼莎．柯尼和以瑟烈．凱斯的名字，接著打給安克拉治的歐柏蘭德。

她和查孔說，他們有在現場安排州警。她給他湖的座標、深度和每年此時的平均氣溫。

「你們有堆高機嗎？」他問。

歐柏蘭德向家得寶租了一台堆高機，給查孔團隊使用。但更緊迫的是，莎曼莎遺骸的狀況——

屍塊被加綁了重物以便下沉，但沒有任何包覆，她全身赤裸，遭到支解分屍。──這會使屍塊更難被尋獲。

查孔需要謹慎挑人。隊上誰最能處理這份任務，他再清楚不過。否則那種親眼見到年幼受害者的陰影，將會跟上一輩子。

查孔的人抵達後，開始把裝備裝進兩台U-Haul大貨車：一台鑽冰機、錨、遙控載具、聲納、監視器、上過植物油能而俐落鑿開冰層的鏈鋸。查孔和歐柏蘭德說，他需要四或五個帷幕隔間，兩個給他隊員在冰上換裝，兩個給水下監視器避免太陽直射，一個用來避開媒體放置莎曼莎的殘骸。

查孔在週日下午飛抵安克拉治。他很震驚莎曼莎的臉孔高頻率地出現，商店的窗戶、電線桿、餐廳和咖啡店，還有他租車的地方。他開過莎曼莎生前工作的咖啡鋪，見到標語寫著：

我們為妳祈禱，莎曼莎

查孔很討厭到這種全體都在關切這種大案子的城鎮，因為一旦他和他的團隊出示他們的公務識別證，消息總會立刻傳開：奇怪的聯邦探員過來了。情況肯定不好。

二〇一二年四月二日，典型的阿拉斯加好天氣：清新乾爽、無雪、無風、無雨、十五小時的陽光。馬塔那斯卡湖瑩白如月。

前一天是星期日，查孔到調查局安克拉治駐地辦公室見歐柏蘭德。她帶他去他們的車輛處理小組，他們把凱斯的棚屋用堆高機架來放在那裡。

棚屋不大，但足以供人居住。屋裡到處都是工具、衣物、塑膠袋和備用零件，或塞在多層櫃，或掛在掛勾，或堆在地上。就是這片管理有序的混亂滋長了惡行。這讓查孔想起大學炸彈客的小屋，泰德．卡辛斯基（Ted Kaczynski）在那裡獨居了幾十年，沒有暖氣、熱水或水電，他在蒙大拿的小房子裡製作炸彈，郵寄到全美各地，直到他在一九九六年被逮捕。

卡辛斯基是本土恐怖分子，也是個天才。凱斯的自白若至少有一半為真——而本案的探員大致上都相信——那麼也就意味著，凱斯跟精於製造假線索、消滅所有物證的卡辛斯基一樣嚴謹的恐怖分子。卡辛斯基離群索居、獨自生活，個性偏執，且對美國政府徹底不信任。凱斯會不會也有幾項同樣的特徵？也許。

跟先前一樣，凱特．尼爾森很難在任何公開資料裡找到以瑟烈．凱斯的過去。沒有產權紀錄，沒有父母或手足的資料。沒有地址紀錄、槍枝紀錄、修課紀錄。他沒用臉書、Instagram 或推特，他幾乎沒留下任何數位足跡，沒有紙本記錄——而且這人的名字還不常見。

要不是他現正遭到關押，尼爾森很難相信以瑟烈．凱斯這人真實存在。

目前，調查局已找來一位專門處理受害者家屬的專家。他們來幫詹姆士做心理建設，面對可能的慘況：他的女兒死了——在調查局搜索湖底之前，無從確定。——他只殘存一絲如蜘蛛網般縹緲易碎的希望，就是自白有可能作假。

「真實性很高，」調查局跟詹姆士說，「我們有理由相信這個說法。請盡可能做好心理準備。」

詹姆士在臉書上發文：

請大家禱告一下。謝謝。

潛水隊在中午時開始準備。潘恩、貝爾和尼爾森都在現場，高登因病缺席，多爾有別的任務。但潘恩其實希望他們都能到場。他認為，參與破案的過程很重要，無論情況如何。儘管接下來要發生的事情將會令大家悲傷。一旦找到莎曼莎的殘骸，就證實她的死亡。

查孔選擇讓退役八年的巴特帶領潛水任務。目前匡提科的四支調查局潛水隊都由他管轄；在這次任務裡，他和他的好友兼匡提科前室友喬．艾倫（Joe Allen）搭檔。隊員中有些人只搜過武器，從沒搜過屍體，更別提遭到分屍的年輕女性，巴特不想讓這成為潛水員的第一次。艾倫有兩項特殊證照。他是隊上唯一通過檢定的冰潛員，同時還是高級照護急救員。會選他也是很自然的，因為如他常說的，「什麼最慘的我都見過了。」

雖然凱斯說冰層厚度不到兩英尺，但查孔發現實際接近三英尺。他立刻把鑿冰的任務交給自備工具的調查員手上。白色的帷幕搭了起來，聲納的探頭放下水面測試。整個聲納的準備工作花了近兩小時，但一到湖底，立刻就偵測到五個不同的目標——正如凱斯所描述。

「找到她了，」查孔說。有人一直在現場問能不能打電話通報，興奮得樂不可支。

「不行，」查孔說。在他親眼見到屍塊前，他都不會允許消息向外傳。那些目標可能是任何東西。他和莉茲．歐柏蘭德解釋過這件事——潛水搜救是個過程，所有人都要有耐心。

查孔把注意力轉到特種部隊上。

「過去那邊鑿一個洞，」他說。接著要下水的是會傳送視覺影像的四輪推進遙控載具。再一次地，一到湖底，遙控載具幾乎立刻就探測到東西。是一隻腳——人的腳。就連查孔都嚇呆了。稍早他已經得知殘骸沒有任何包覆物，但他實在從沒想像過那個畫面。然而它就在那兒，在他監視器的右下方，赤裸且腫脹，保存在冰冷的淡水中。

下午四點四十二分，團隊開始工作後將近五小時。查孔準備向歐柏蘭德回覆。這是他又喜歡又厭惡的環節。——團隊的成功，相對就是一個家庭的悲劇。

「我現在能和你確認，我發現了人類遺骸。」查孔說。他看著所有人講起電話。

湖上的氣氛緊張，查孔感到很憂慮。現在更有壓力了，時間緊迫，要立刻把莎曼莎弄上來，好讓警方和調查局斬獲功勞。

這有違查孔的潛水隊所堅守的信念。他的第一場搜救任務是在一九九六年，環球航空（TWA）在長島失事，兩百三十名乘客和機組人員下落不明。雖然耗時足足四個月，但團隊找到了所有罹難者的DNA。查孔找到的第一個人是一名十二歲少女。查孔視他的工作為一份使命。

開始搜索莎曼莎以前，查孔讓他的團隊聚集到其中一個帷幕下，躲避冰上的攝影機和探員的視線。他們靜默了片刻，離開時，他們看見有隻巨大的禿鷹在上方盤旋。查孔把牠當作莎曼莎在看照著他們。潛水員們看向彼此，點點頭，接著默默開始工作。

艾倫把遙控器發給大家後出發整裝。特種部隊開鑿起另一個洞：這個是三角形的，每邊長十呎，讓潛水員能撐在四十五度的邊角上扭擺下潛，進出時方便施力。

艾倫和巴特有一組十人小隊幫他們做準備；潛水員在水底賣命工作，在岸上的一切都由其他人處理。百磅重的裝備要花兩小時著裝，這讓潛水員有很多思考的時間。艾倫把他即將找到的東西從腦中甩開，集中注意在流程推演上：他們會用到什麼工具、會在水底待多久、搜救的順序為何。想任何事情都好，就是不去想水底下的女孩，還有她的遭遇。

巴特也一樣。看看現場的條件，他思忖道。完美極了。冰層厚到坦克車都能開過去。底下的湖水澄澈如鏡。

一小群人聚集在冰層上，遠方也越來越多人。媒體也來了。

巴特首先下水。現在時間晚上七點。

他花了十五分鐘潛到湖底，湖面到湖底深四十一呎。十五分鐘後，艾倫下來。泥沙在他們每個人緩緩落地時揚起，全然遮蔽他們的視線。他們站著不動好幾分鐘，聽著氧氣瓶令人熟悉且心安的嘶嘶聲，眼看這些微小的黑色物質如厚重的布幕般下沉。

巴特落在他希望的位置上，就在屍塊旁。

他跪下來解開扣在他胸前的屍袋，接著在他腿上打開。艾倫走了過來，兩人很努力想讓袋子維持不動，並固定好屍塊。它一直從他們手上滑走，於是決定用滾的把屍塊滾進屍袋裡，結果也只是稍微簡單了一點點。凱斯在莎曼莎的殘骸上綁上重錘，這些證物不能移除。

這還是搜救前期，但巴特和艾倫都對任務的困難度感到訝異。重量在水中不存在——這是個迷思，單單屍塊本身加上錨錘就讓屍袋重得驚人。艾倫留巴特在袋子那頭，往前去取回莎曼莎的手臂，兩隻手就在附近，被綁在一起。艾倫帶著它們走回巴特那邊，途中他的一隻手套被線勾破，讓他一部分的手暴露在冰冷的湖水中。他們還得找回莎曼莎的腳和頭。

查孔從上面和艾倫講話。

「你撐得住嗎？」

「可以，」艾倫說。

幾分鐘後，莎曼莎所有的屍塊全部找到了，彼此位置都很接近。艾倫和巴特把屍袋拖到他們潛入的洞口正下方，一束夜晚的陽光從中穿過。

他們等著洞口上的白色帷幕架好，以遮蔽媒體視線。

指示一下來，巴特和艾倫便將三個尼龍浮力袋繫在屍袋上，看著它浮上去。查孔在湖面上，跪地往下看。首先映入他眼簾的是莎曼莎的臉。她的雙眼睜得斗大。

巴特和艾倫在水底多待了三十分鐘，等待所有必要手續以及要交給調查局的防水物證連續保管單填寫完成。

史帝夫．潘恩和傑夫．貝爾留在現場協助拆除所有設備，直到最後一架帷幕摺起來收好。那是他們唯一幫得上忙的地方。

貝爾直到晚上九點左右，才開車回家。如今，每當他開過莎曼莎的店鋪時，心中不會再有疑惑。他知道她確切的遭遇，內容詳細到他希望自己從不知情。他清楚知道凱斯當晚開車的路線。他知道莎曼莎每個逃生的機會。貝爾自己也身為人父，如今他的那串私人地標裡，又多了幾個令人哀傷的地點：一次逮捕、一起槍殺、一具屍體。

他打給他太太，一邊和她說自己快到家了，一邊流著淚。

湖上都收拾好後，查孔和他的隊員又累又餓，一起去找地方吃晚餐。時間剛過晚上十點。他們全都沖過澡、刮過鬍子，裝扮還一模一樣：平頭、卡其褲、黑外套。查孔開玩笑，說這是他們最接近衣服胸口寫著「調查局」的人的樣子了。

他們找到一間低調的店，裡面只有四個客人。電視裡正在播夜間新聞，莎曼莎的搜救活動依舊是新聞焦點。查孔和他的人靜靜坐到後方的兩桌卡座。餐廳經理走過來，送上第一輪酒給他們，「我們知道你們不能告訴我們你們是誰，」他說，「但我們曉得你們做了什麼。謝謝你們。」

隔天晚上小隊飛離安克拉治。查孔察覺到民眾由希望轉為哀悼。他開車進城時，看見店鋪上的標語，看見整個城市為莎曼莎祈禱。不到三十六個小時後，他看到標語不一樣了。

向柯尼一家人致上最誠摯的哀悼

查孔回到小隊位於洛城的倉庫，把他拍的兩張標語的照片貼在他牆上，就在其他潛水員這些年來繪製的作品旁邊。這些圖像都有一個引人注意的共通點：戴著頭盔的匿名潛水員，跪向小孩或嬰兒，後者伸出他們的小手臂求救。其中一位參與搜救莎曼莎的潛水員將莎曼莎畫成騎在天鵝上的天使，一名潛水員將她抬出水中。

查孔在二〇一四年退休，在餞別派對上，他說有件事他肯定不會懷念，那就是把另一個死掉的小孩拉出水裡。他本意是說笑，卻讓他的同仁們張口結舌。直至今日他都還受創傷後壓力症候群所苦——大概這輩子都擺脫不了——有時候他會想，他跟他老婆之所以嘗試求子這麼多年，看了一個又一個專家都沒有解方，是老天為了讓自己免於經歷為人父母的哀痛。

詹姆士．柯尼整天都在打電話給史帝夫．潘恩，詹姆士想知道他女兒遭遇的一切細節，而潘恩真的很希望他能明白冰上的那些帷幕其實是為了讓詹姆士不必在報紙、夜間新聞、或一輩子在網路上看到莎曼莎的搜救過程。

但怎麼勸阻也沒用。事後回想起來，這會是潘恩這輩子有過最漫長的一段對話，也是他輸掉過最殘酷卻溫和的爭執之一。但對詹姆士而言，他至少、至少能為女兒做的，就是努力見證她生命的最後幾個小時。所有莎曼莎辛苦爭取的希望和前景、她本性中的甜美和善，都被平白奪走了。他的小女兒抵抗到最後一刻。有她在的世界是那麼美好。詹姆士如此深切地渴望向他女兒道別，渴望再見她一面。最後換貝爾和高登擔起這個責任，告訴詹姆士他實在不會想看到他女兒現在的樣子。

第三部
伏擊掠食者

十六

如今，莎曼莎的屍體找到了，她的親朋好友──還有整個安克拉治，可以開始悼念了。現在正是紀念莎莎的時候，凝聚社群的情緒和注意力，撫慰詹姆士及杜恩的悲慟，並且緬懷她太過短暫的生命。對他們來說，這個故事已經來到尾聲。

但對調查員而言，這還只是開始。誠如凱斯自己告訴過他們的，「我還有好多故事能講。」

這番陳述讓潘恩和他的團隊產生了三大疑問。他說的那些是什麼故事？到底有多少？

還有，以瑟烈．凱斯到底是誰？

調查局目前已經對這樁案件握有完全的控制權。米奇．多爾遊說其他人讓她待在小組裡，但她或去或留都有可能。潘恩想要她徹底退出調查，但凱斯喜歡和她說話。

核心四人組維持不變：潘恩、貝爾、高登和尼爾森。這是潘恩打從一開始就深思熟慮地打造出的團隊，如今他覺得自己的判斷沒錯。他曉得要和一群處得來的調查員共事有多難得，也很清楚這對破案非常重要。

潘恩下了新的指示：使盡你們渾身解數，查出所有關於以瑟烈．凱斯的資料，越快越好。

他們絕對不缺資料。他們在金柏莉家查扣了兩台電腦，潘恩把硬碟完整拷貝了一份。尼爾森在找凱斯和金柏莉的財務和旅遊紀錄。他們仔細查過兩人的手機通聯紀錄，並且必須確認凱斯自己的手機在他綁架莎曼莎當晚是否開著。與此同時，潘恩在跟西南部的租車公司聯繫，尋找證據確認凱斯是否在他們不知情的狀況下去過別的州。

潘恩心想，這些就是被《CSI：犯罪現場》演得像黑科技一樣的苦差事：打一串密碼進去，幾秒鐘就出現你的座標，手機通聯記錄跳出來。要是真能這樣就好了。這些資料實際上要花上好幾個星期來整理、歸納。

但他們有了實質的進展。三月十五日，凱斯在德州被捕後的兩天，調查局設立了一支通報熱線，得到不少可靠的線索。

有十七通來自本地的電話，都是曾雇用凱斯來家裡工作的人，給了他一面倒的正面評價。凱斯表現得很棒、他為人可靠又友善，其中一個人稱凱斯有機會碰她的錢和保險箱，但她的財物未曾遭竊。另一個人說，凱斯在工作期間可自由出入他家，房子還是好好的。有一對伴侶，兩人都是律師且擁有數棟地產，經常雇用凱斯，並讓他在無人監督的情況下工作。他們希望這次逮捕是場誤會，因為他們沒有見過或聽過凱斯做出任何一點不得體的行為。

也曾多次雇用過凱斯的海瑟．安德魯斯（Heather Andrews）表示，她和她丈夫是透過共同朋友認識凱斯和金柏莉的。夏天，他工作的時候會帶著女兒，他的女兒「超可愛」。她對他認識不深，只聽他提過自己從小在某種公社長大，然後說什麼「信仰是人類的毒藥」之類的話。他還說他女兒的母親有嚴重的藥物濫用問題，而他取得了完整監護權。他獨自工作，看上去從不需要人幫忙。「他雄壯如牛，」安德魯斯說。「輕輕鬆鬆就能把桁架扛在肩上。他的力量很大，可以優雅地扛重物。好像超人一樣。」

不過，安德魯斯說，近期有發生兩件奇怪的事。有一次——她想不太起來是什麼時候——她發現凱斯用一種責備的表情看著她。安德魯斯感到無比恐懼，但當她把這和她認識的凱斯放在一起看，便說服自己這沒什麼。後來，大概是莎曼莎失蹤前一週，凱斯沒有按時來上工，也不回她電話。她警覺起來，跑去他家敲了好幾分鐘的門。

凱斯在早上九點左右應門。安德魯斯聞得到酒味。他衣衫不整、眼神空洞。她從沒看過他狀況不好，也問了她是否幫得上忙。

「不用，我沒事，」凱斯回答，「只是阿拉斯加的冬天。把我搞慘了。」安德魯斯相信他。

另一名來電者也有類似的經歷。這名女性在二〇一一年二月雇用凱斯。「他人非常好，」她說，「估價時還帶他女兒一起來，」所以她就雇用他了。然而完工之後，再也沒請他來工作。

其他幾則線報也很有價值。有一位來電者是線上偵探，發現凱斯用假名辦了個臉書帳號，上傳了一張軍事照片，上面的男子長得和凱斯很像。另外，某位名叫凱斯的人，在KTVA的CBS新聞網站上，針對莎曼莎失蹤案的報導影片發表了長達五頁的回覆。另一位來電者在猶他州一家地方新聞網上遇過一個僅自稱為凱斯的人，以每把三百五十美元的價格販售克拉克二十七手槍，遠低於市場價格。這則廣告的日期是二〇一二年三月十一日，凱斯當時在——或應該在——德州，那是他被捕前兩天。

這兩則線報都很值得了解一下，特別是關於槍的線報。

另一則值得一提的是匿名來電，對方表示凱斯有一位姊妹住在緬因州的士麥那（Smyna），她是艾米許社區的一員。來電者還說，凱斯年輕時，他的姊妹跟雙親和一個推崇白人至上主義的基督教團體共居在愛達荷州。

另外兩則線報內容跟海蒂的教會有關。第一位來電者來自德州的威爾斯，說該鎮最近被一個邪教團體控制。舉報者說，凱斯是其中一員。

接著，另一位從威爾斯打電話的通報者提供了更多的細節。

「大概三個月前，這個團體的牧師開著一台沃倫貝格（Winnebago）露營車，到德州的威爾斯來，然後開始收購房屋。如今這個團體在威爾斯擁有大約十五棟房屋，其中大多位在小學旁邊或附近。（匿名者）相信該團體是大衛教教徒，就是大衛．考雷什（譯註：avid Koresh，1959-1993，基督教極端教派領袖，於一九八〇年代末將教徒聚集於德州韋科鎮，宣揚末日論，最後因聯邦調查局包圍攻堅，帶領數十名信眾自殺）的信眾。他們干擾其他教會的禮拜活動，喊著『你們都會下地獄！』他們在自家前院清理槍枝，也討論過爆裂物。團體中的男性都是一夫多妻，娶的女孩子很年輕，大多是青少女或前青春期的女童。男性成員會走到別人家前院。（匿名者）見過一名高約六呎的男子，強逼一位女性和三名女童（五到十一歲大）在她家那條街上走過來走過去，從早上七點到晚上七點。（匿名者）和她的鄰居為他們自己和小孩的安危擔驚受怕，不敢讓他們在前院玩，或是獨自走路上學。」來電者說，警方什麼也沒做，某次她還問了員警，她該不該去買把槍。對方回應說買了也沒用。

「他們不會只殺掉妳，」員警說。「他們會殺一堆人。」

威爾斯教會到底是什麼樣的存在？

最後幾位通報者裡，有一位是安克拉治的當地居民，回報說看到一台白色福特貨卡停在瓦希拉和安克拉治，車門上印有凱斯營造的字樣。卡車上貼著三張一模一樣的標語，就是詹姆士在城裡四處張貼的那張。

綁架案，懸賞四萬一千美元：莎曼莎・柯尼。

安市警局在金柏莉家的地下室找到好幾個金屬檔案櫃，但裡頭亂七八糟的，裝有旅遊紀錄、收據和稅務文件。凱斯跟調查員說他兩台電腦都有用：筆電是他的，桌機是金柏莉的。還有另一台、也就是第三台筆電，但就在他綁走莎曼莎那段時間，已經被他用槌子砸碎，丟到垃圾場去了。

那台筆電，調查員們心想，肯定是最有價值的。他們對金柏莉的電腦不抱多大期待，而凱斯行事太謹慎，電腦裡可能什麼都沒有。

但當尼爾森檢查起裡頭都藏了些什麼時，她嚇呆了。

一張又一張的人臉跳了出來。裡頭有好幾百張臉。小孩、女人、男人。有中年人也有老人。白人、黑人或混血。有的清瘦、有的過重。有的看上去優雅富裕。其他看起來像是毒蟲或性工作者。

這些相片大多附在失蹤案的報導文章底下。有些是附在「失蹤人口」的傳單上。其它則是從臉書或其他網站抓來的。

其中有些莎曼莎．柯尼的相片——太多了吧，尼爾森忖道，看起來就像凱斯在跟蹤她一樣。

不可能，她想。這他媽不可能。

潘恩聯繫上阿爾敏．休瓦特（Armin Showalter），他是局裡最頂尖的犯罪側寫專家。連環殺手是休瓦特的專長領域，而潘恩需要他伸出援手。這些照片全放在一台電腦上。這是什麼意思？調查局能怎麼處理？

休瓦特告訴潘恩他不曉得要做何反應，他從沒聽過類似這樣的綁架謀殺案；處理此案的行為分析專家也都有同感。他建議潘恩把這些影像傳到調查局總部，那邊的數位專家會幫每張圖做臉部識別分析。

潘恩一聽都胃痛了——這幫不了多少忙——他們沒有失蹤人口的全國資料庫，法律沒有強制成人失蹤要向警方通報。等於無從判斷這些僅是凱斯單純在蒐集失蹤人口的新聞，還是在為自己殺害的受害者建檔。

休瓦特會盡力做一份側寫報告。但目前來說，他只能建議讓凱斯繼續講。

四月二日上午十一點，潛水隊進行打撈任務的同時，潘恩和多爾在安克拉治矯正中心和凱斯談話。他們向他保證，針對莎曼莎的遭遇，媒體只會得到非常有限的資訊。

「關於尋獲屍體的新聞稿，」多爾說，「預計會是：『我們找到了莎曼莎．柯尼的遺骸，並且相信我們已經拘捕到此案的關係人。』」

凱斯沒有回應。

「這是我們能控制的極限了，」多爾說。「我想說，你也知道，不消幾個小時媒體就會把兩件事連起來，想通潛水隊之所以跑到馬塔那斯卡湖，只會有一個原因。」

多爾再度申明執法機關不會公布任何細節。

凱斯明白。他接受。考量到接下來的發展，這也算公平。

「就像我說的，之後還有很多話能聊，」凱斯說。不過不是現在。他已經在想辦法開除里奇．

科特納了，打算自己替自己辯護。他沒解釋原因，但是他說，他準備告訴他們的其他事情，那些跟莎曼莎無關的事情，都會依他偏好的時間和方式進行。

「我想要的東西很明確，」凱斯說，「在我知道那些要求能達成以前，我什麼都不會講。」

多爾回覆凱斯：「我不怪你，」她說，「我要是你也會這樣做。」她還向凱斯強調，整個指揮鏈的所有人都在費盡心力，讓凱斯不要上新聞。

這說法起了效果。

「這個嘛，我可以說的是，嗯……我還有更多事情要跟妳，還有其他人說，」凱斯說。

「這個案子不是結尾，」他說。

「好的，先生，」多爾說。

「在我看來，我開不開口都沒差，」凱斯說。「我不會單單為講而講。除了我想要的以外，他們不能拿任何東西威脅我、跟我說任何話、從我身上拿走什麼、或是給我什麼東西。」

他還是不肯說他要的什麼。他很清楚要如何製造懸念。

「就像我說的，我很樂意幫忙，」凱斯說。「但要照我的方式。」

潘恩感覺凱斯最關心的還是媒體報導，但凱斯推翻了這個假設。「我知道那無可避免，」他說，「我不是為了被人崇拜才做這些的。我沒有想要上電視。」

貝爾聽到這起審訊的錄音時，「崇拜」這個詞讓他印象很深刻。又一條線索。誰會說姦殺十八歲少女是件值得崇拜的事啊？

潘恩和他的隊員逐漸相信，他們面對的是一位連環殺手。而凱斯這就告訴了多爾及潘恩：你們想的沒錯——而且你們沒有我，永遠也找不到別的屍體。

他們需要第二份自白。

四月五日早晨，潘恩和多爾到安克拉治矯正中心跟凱斯會面，希望能讓他鬆口。

驚訝的是，凱斯給了他們一點籌碼：他需要他們的幫忙——他還沒成功開除他的律師。

「我有一則有時效性的資訊可以給你們，」凱斯說。「你們能怎麼幫我？」

調查局無權干涉律師與委託人的關係，但他們能和凱斯討論其它可能的罪名。因為科特納只在有關莎曼莎．柯尼的案件代理他，凱斯只需要放棄委任律師，然後說他在其它案件上為自己辯護即可。

潘恩把下一次審訊定在四月六日星期五，不到二十四個小時後。

這是好兆頭。凱斯會受到限制，只能談論另一名受害者。這進展甚好，不到一週就將有兩份自白。

隔天早上，潘恩、多爾、盧索和費迪斯坐在美國聯邦檢察官辦公室的會議桌上，凱斯坐在主位。

費迪斯像頭莽撞的野牛一樣開場。他碎念了一堆關於莎曼莎的事，還有調查員目前為止的所有成果，他試圖威脅凱斯，「你現在之所以有談判籌碼，」費迪斯說，「只因為你手上有資訊。但我們要是再找到一具屍體，或是全國哪裡有調查員找到——我們都曉得你多愛跑來跑去——我們就愛莫能助了。我們會沒辦法控制地方警察，也沒辦法控制媒體。你會失去你現在擁有的一切權力。」

凱斯不為所動。「他們找不到足夠的線索，」他說。

「我不知道，」費迪斯說。「這我不知道。我沒在跟你吹牛。」

費迪斯跟凱斯說他有他旅行的地圖。但這對凱斯來說不算什麼。地圖？那又怎樣？他們永遠也想不出他是怎麼移動的。他跟其他人移動的方式不一樣。

但費迪斯繼續說大話。「我絕不會跟你吹牛，好嗎，凱斯？我知道我手上的地圖能扯出其它好幾個州。我掌握到華盛頓、德州、猶他、蒙大拿，還有例如——我沒辦法列舉給你聽。我今天沒把它們全部帶來。」

「我的條件是這樣的。」現在凱斯語帶輕蔑地說。「我知道你們手上有什麼，我知道你們拿到了那台電腦。我只會給你們線索，我知道你們最後都會搞清楚的。而且老實說，要不是我在德州被擱下來，那台電腦現在早在垃圾場了。所以我告訴你——除非我確定我的要求會達成，否則我不會開口。」

「告訴我你的條件，」費迪斯說。「我不曉得你要什麼。」

「死刑執行日。」

房間一片死寂。**這跟凱斯最初的要求不要死刑——完全相反。**片刻之後，費迪斯嘗試想釐清狀況。

「你的？」

「對。我要這整件事越快結束越好。我的意思是，我有可能最後在聯邦超級監獄關上一輩子——如果我的律師成功了，那也是他會希望我去的地方，但我並不想要。」

這樣一切都說得通了。就算不提全國的範圍，科特納也是整個州裡數一數二堅定反對死刑的辯護律師之一。他不可能順委託人希望獲判死刑的意，就算是像凱斯這樣罪證確鑿的委託人也一樣。而凱斯想這件事想得很仔細。他想讓這間房裡的人，連同所有聽眾，都清楚知道他精神狀態正常。

「我要這件事在一年內解決，」他說。「基本上從今天起算，開始到結束。我會全盤托出，我會給你們——認罪或什麼都行，你們想要什麼血淋淋的細節，我都給你們，但我要的就是這個。」

他的理由很簡單。「我想讓我的孩子平安長大，」凱斯說。「她現在在很安全的地方。她不會看到這些事。我希望她有機會長大，不用活在陰影下。我要是被關上不曉得多少年——未來十年、二十年——我曉得這是怎麼一回事。你們會繼續追，你們會一直回來，而我不想要媒體報導我。而且說實話，我已經跟我的律師談過，這世界上沒有——」

「別告訴我！」費迪斯說。負責該案的檢察官，依法不得獲取凱斯及其律師間受憲法保障的對話的任何資訊；費迪斯當下就該出去。但他不肯。他死都不肯。凱斯繼續說下去。

「全世界、或是說全美國，沒有任何陪審團，要是我受審然後判決定讞，全國不會有任何一個陪審團不投票判我死刑的。這我早就知道了。」

「這我能幫忙，」費迪斯說。「給我點資訊開始調查。」他指的是另一具屍體。

「你已經有東西能開始查了。」

費迪斯說莎曼莎不夠，「你給了我一具屍體，我們繼續往前吧。」

「我說過了，我手上有的牌就這麼多。」

「凱斯，跟我說我一些我早晚都會知道的事。屍體，然後呢？別讓這件事拖上好幾年。」

「不會拖好幾年的啦，」凱斯說，他口氣好似在鬧脾氣的青少年。這下潘恩懂了：好戲要上場了。凱斯有籌碼來交換他想要的東西。狗急跳牆在這可行不通。

「火馬上就要燒過來了，凱斯！」潘恩說。他的聲音低沉而粗啞，「上頭的老闆會緊張。他們會拿出他們調查局的劇本——我可以告訴你，真的有這種東西——劇本裡面說，我們要把線索發給所有的分局辦公室，然後他們會去訪問人、發照片給媒體，接著就讓它自生自滅。那樣會削弱我們的控制權。如果我們有籌碼跟這些人談，跟那些高層說，『嘿，我們想控制這件事，處理得低調些，而且他會配合我們——』或許我們就有辦法阻止事情演變成那樣。」

凱斯看著潘恩，然後嘆氣，沒有說話。

拜託這時候不要有人跑出來打破沉默，潘恩想著，拜託。——一分鐘過去了。

「好吧，」凱斯說。「我可以給你們……兩具屍體。兩具屍體和一個名字。」

十七

同一間會議室裡又出現了一張地圖，這次是佛蒙特州伯靈頓（Burlington）的Google地球影像。跟描述莎曼莎的案子時一樣，凱斯希望從結局開始講，。調查局裡最頂尖的犯罪側寫專家全程都在匡提科監聽。每當凱斯說出值得留意的內容，或是有審訊者快要做錯事或講錯話，就會有簡訊過來，低頻、明顯的嗡鳴讓整個房間跟著震動：

吱吱吱吱吱。

高登和尼爾森在另一間房監看及監聽，上網搜尋「失蹤夫妻、佛蒙特州」，找到一張比爾（Bill）和洛琳．科里爾（Lorraine Currier）的相片。照片是在戶外一棵樹下拍的。看起來像野餐或家庭聚會。除了洛琳身上的花飾和比爾的胸花以外，他們穿著輕便，面帶笑容，比爾的手抱著洛琳。

他們把照片傳給費迪斯。

「這是你殺的那兩個人嗎？」費迪斯問。

「沒錯，」凱斯說。

「你在那之前認識他們嗎？」

「沒。」

「你巧遇過他們嗎？」

「沒。」

科里爾夫婦看上去五十幾歲，就是一般年屆退休的中產階級夫妻。兩人的體型都過胖，比爾的個頭還特別大。要綁架並控制其中一個人都不容易了，更別提兩個。

二〇一一年六月二日，凱斯從安克拉治飛往西雅圖，再飛到芝加哥，並在那裡租車往東開去。他說他本來是要去拜訪他在緬因州的兄弟，但在前往最終目的地的途中，他在印第安納州停留了兩天，然後經過他在紐約州北端的老舊農舍，接著是伯靈頓。

他又在另一個州待了兩天？傑夫．貝爾做了註記：失蹤人口，印第安納州，二〇一一年六月。

尼爾森也寫了她自己的註記：需要農舍的地址。

五天後，六月七日，凱斯住進佛蒙特艾薩克斯（Essex）的漢德斯套房酒店（Handy Suites）。他說他以前從沒去過艾薩克斯。

那天下午，他去勞氏五金超市（Lowe's）購物，然後開車晃了一下。他那天跑去釣魚，然後隔天去了國家公園，口袋裡放著三日釣魚許可證。太陽下山時，他在城裡散步閒晃。那是個美好的春季夜晚。

凱斯講到這個部分時，生理上顯得亢奮，雙膝動來動去，腳鐐噹噹作響，他搓揉扶手椅的力道之大得以搓下一整層木片。——這成為他的另一個特徵，他性興奮時的招牌動作。在本質上是手淫的替代品。這會成為調查員的觀察指標，用來判斷他所說的故事——許許多多個故事——是否為真。

在艾薩克斯的最後那天晚上，凱斯等到太陽下山，步行走出飯店。他在安克拉治就幻想過這一刻，但就跟他所有的計畫一樣，臨場發揮是必要的。驅策自己挑戰更高的難度，會讓每次的新體驗更加刺激。

凱斯揹著裝滿物資的背包，有些是從家裡帶來的，有些像是攜帶式露營爐具，是剛從勞氏五金超市買來的。其他則是他在當天下午早些時候從儲物洞挖出來的，他在兩年前把它們埋在佛蒙特。

儲物洞？費迪斯想知道這是什麼意思。

好幾年前，凱斯說，他拿了一個家得寶的五加侖桶子，裝滿束線帶、彈藥、手槍和消音器、封箱膠帶，還有加速人體分解用的通樂水管清潔劑——諸如此類的東西——然後埋在那裡。他在全國各地還埋了更多。那部分他晚點會再談。也許吧。

艾薩克斯現在的時間大約是八、九點，下著雨的夜晚。大部分人都下班回家了。他關掉手機、拿出電池，四處閒晃。

凱斯故事講著講著，又陷入另一次出神的狀態，顫抖的聲音低了兩階。

凱斯：（我）從酒店那邊穿過馬路，監視那邊一棟公寓大樓。然後我在等有人進去。一個人進去。我其實是在等一個男的。外頭傾盆大雨，很大的雷暴雨，然後有個男的走進去。他開著黃色的V-dub金龜車，新款的。我走到後面——沿著那排車走向他的車，他有點像是用跳的跑出來，拿報紙之類的蓋在頭上，然後跑進公寓躲雨。他差點——他那天晚上差點就中標了。他要是慢個五秒下車、進到他的公寓，那天晚上中標的就是他了。

凱斯很失望，但沒因此打退堂鼓。

凱斯：那次沒成功。但我並不擔心。我只是到處走走，我好像回飯店待了一下，一直等到過了午夜。那天外頭四下無人，雨一陣一陣的。我決定我要去找一間房子——裡面住著一對夫妻的房子。

午夜過後不久，大概在他的綁架計畫失敗後三小時，凱斯再次離開漢德斯套房酒店。他步行出門。五分鐘後，他看上寇柏特街（Colbert）八號的房子。

房子本身是簡單的牧場式建築，連著一間車庫。他窺進窗戶，在後院走動。他感覺裡面住在一對上了年紀的夫妻，這很好，因為他的計畫中需要一個女人。後院有一個泳池和烤肉爐，沒有玩具或游泳圈，看不出有小孩或寵物。

凱斯打斷自己的故事。那是他的原則之一，他告訴他們。不能有小孩或是狗。狗很麻煩，但小孩——「只有小孩我不會碰，」凱斯說。

潘恩、貝爾、高登和尼爾森被引起了興趣，但沒有做出反應。

凱斯潛伏在屋子附近，找到電話線，然後切斷，解除警報系統。他從事營造工程業，他說，這讓他輕輕鬆鬆就能猜出房屋結構。他看到只有一扇窗有裝空調，於是推估那間就是主臥室。

它正對街道。

凱斯在後院等待，躲在樹木和黑夜中，隔壁一位鄰居帶著他的狗進進出出，每次都在抽菸。那間房子有感應燈。他不會靠近那裡。

感覺好像等了一輩子，凱斯說，等這傢伙上床睡覺。事實上，凱斯在外面等一小時了，抽著雪茄，每吸一口都冒著被逮著的風險，看著菸頭不斷燒紅後又轉黑，就好像聖誕樹上的燈光閃爍。

凱斯確定自己沒被發現。他戴著皮革打擊手套和一只背包，從頭到腳一身黑，頭上綁了一盞關掉的頭燈。

終於，凌晨兩點的時候，那個抽菸抽個不停的鄰居進屋休息。凱斯多等了一下以防萬一。他離日出前大概還有三個小時。

他繫上布面罩，遮住三分之二的臉，從後方平台拿了一張塑膠陽台椅，搬到屋子側邊。他爬上去椅子，搬開卡在車庫窗戶上的風扇，躍入窗口，進入車庫。車庫裡面停了一台綠色的Saturn轎車。他打開通往後院的車庫大門，他可以從那裡安靜地出入了。他從牆上拿了把鐵撬——有男人住在這裡。

凱斯在做什麼？他想洗劫這間屋子嗎？

不是，凱斯說。「我這麼做主要是為了他們（人）。」

他打開汽車車門，鑽進去撬開置物盒，發現車主名叫洛琳．科里爾。他的直覺沒錯⋯⋯這裡住的是一男一女。他用刀子撬開連往廚房的紗門，「擋風門上的鎖品質很差，」他說。

但凱斯很意外內門也鎖住了。「如果有兩扇門，」他說，「人們通常只會鎖一道。」這扇內門有門鎖，他可以用鐵撬破壞它，但那樣會太吵且過於費時。直接打破門上的一扇窗，從裡面開鎖會更快。

所以他就這麼做了。

凱斯打開他的頭燈，發現自己正在這戶人家的廚房。燈光直接穿過走廊，照進房間。頭燈的光線限制了他的視野。他經過一個蓋著布的鳥籠。

整個過程花了六秒，他說，從他闖進房間，弄醒科里爾夫婦，用束帶綁住他們。他稱之為閃電突襲。

「一開始，」凱斯說，「比爾和洛琳沒搞懂狀況。」他們花了幾秒才完全清醒並意識到⋯⋯這不是噩夢。一名壯碩的蒙面男子拿著手槍，和他們素不相識，在他們房間裡。

凱斯知道他們會怎樣反應。他曉得這會讓他取得優勢。

他把注意力放在洛琳身上，要求知道屋內是否有任何槍枝。「有，」洛琳說，她床頭櫃上有一把裝了子彈的點三八史密斯威森手槍。

凱斯用自己的槍指著她，姿態沉穩自信。他打開她的床頭櫃抽屜，拿出她的點三八手槍。

洛琳穿著T恤和短褲睡覺，凱斯說，但他從她的衣櫃抽屜拿了內衣出來。

他有逼她換衣服嗎？

「我不曉得我想不想講到那部分，」凱斯說。

他確實說過他對科里爾夫婦二人的犯罪動機純屬性慾。這完全違背行為分析小組成員的常識：對科里爾夫婦這類人隨機下手是前所未聞的。因為性動機而下手？同樣極不尋常。

凱斯命令比爾和洛琳在床上翻身，腹部朝下，並用束帶綁住他們的手腕，同時問他們一個又一個的問題：你們有保險箱嗎？有其它手槍嗎？處方藥？你們的珠寶在哪？提款卡？他要了他們的PIN碼，把號碼刮在卡面上，接著拿來兩只行李箱，動身將他們的衣物和珠寶塞進去。他找到幾瓶維可汀和波考賽特（譯註：Vicodin、Percocet，兩者均為常見止痛藥），也一併拿走。

正當凱斯把剛裝好的行李箱從床上卸下來時，洛琳在某個時間點逮到機會。她奮力攻擊，試著滾到地上。凱斯抓住她喉嚨，把她的臉壓進枕頭。他威脅她的方式和莎曼莎一樣：你再試一次，我可不會開心。

那真的讓他很生氣，凱斯說，想到這些人竟然不把他當一回事。

洛琳乖乖不動，凱斯繼續翻箱倒櫃，接著在一間空房裡發現一枚電氣草莓（Electric Strawberry）的軍徽。真巧，比爾．科里爾跟凱斯在同一個單位服役過，陸軍第二十五步兵師。凱斯和比爾提到這件事，他讓比爾以為這有可能改變當晚的結局。

十五分鐘後，他跟他們說，所有人都要離開這間屋子。為了防止踩到廚房地板上的碎玻璃，凱斯讓比爾和洛琳穿上拖鞋。——不留血跡，不留DNA。

他打斷自己的故事自誇了一陣。他從來不留物證，從來都不會。這事關自尊。「我真的很懷疑你們能在哪找到DNA或指紋，」凱斯說。他在處理莎曼莎的時候也戴著皮革打擊手套。

凱斯逼科里爾夫婦來到車庫，讓洛琳坐在副駕駛座，雙手依舊綁在背後，並給她繫上安全帶。他用同樣方式讓比爾坐在後座，接著把車庫風扇放回窗戶，鐵撬擺回掛鉤上。

他坐進駕駛座。車頂燈打開後，他發現他們倆個盯著他看。沒錯，他有戴面罩，但他知道他們能看到他的眼睛，能看出他是白人，還有綁成馬尾的棕色長髮。

他將Saturn緩緩開出車庫。

他們開始哀求，說比爾需要服藥，說他們沒有錢。說他們根本沒看到他的臉。說只要他把他們放走就好，車子可以給他、還有他們僅有的一些現金——全部都給他，他們不會告訴任何人。

喔，別擔心，凱斯告訴他們。這只是綁票勒贖。我要帶你們去一間貨櫃屋。之後其他人會接手。你們會沒事的。

他的背包裡裝了一支筆、幾瓶水、五十呎長捲起來的尼龍繩、封箱膠帶、乳膠手套和那個小卡式爐。

時間大約是凌晨四點，漆黑無聲，看不出街道和天空的分際，凱斯把車子停在一處廢棄農舍，就在十五號公路旁。那就是他當日稍早開車出去的原因，就為了這一刻，物色合適的房子。

他選中一間空屋，棕色草坪上插著待售中的標示。

「我總是會停下來看看空屋，」凱斯說。「特別是有標示待售的。」

這間老舊的雙層農舍，位在遠離主要幹道的一處山坡，一部分被大樹給遮蔽，即使在大白天走進去，穿過年久失修的帶窗門廊，殘破的景象也令人卻步。這裡肯定很久、很久都沒有人了。

沒錯。客廳只擺了一張沙發、一張躺椅和一台用了五十年的老電視機，除此之外，屋內大部分都是空的。室內的門大多被拆下絞鍊，靠在牆上。只剩一間房間有暖爐。地下室除了一把鏟子和一些垃圾外什麼都沒有。樓上有間房間，有兩張沒套床單的床墊，擺在床框上。屋頂一處裂開的洞，從二樓直通到客廳，好像有炸彈從天而降一樣。

這間房子真是完美。

凱斯綁架人的時候，對於受害者原始的反應極其敏銳：強勁猛烈的腎上腺素湧上血管，面部失去血色，瞳孔恐懼地放大。他能從他們的汗水聞出來。他喜歡盡可能延長那種反應。

在今晚的劇本裡，他想像他的受害者被綁在車上，載到漆黑荒涼之處。在好幾英里的車程中，唯一的光源就是車頭燈，越來越接近一個他們永遠離不開的地方。路尾有一台警車，停在百碼之外。凱斯幻想他的俘虜會瞄到那輛警車，並燃起希望。

凱斯關掉車燈和引擎，留下洛琳被綁在前座。他讓比爾穿過地下室的外部出入口然後下樓，不消幾分鐘便將他綁在凳子上。凱斯面無表情地上樓，走到外面。

洛琳就在那裡，在車外，正要站起身。

洛琳看見他。盡其所能狂奔，往十五號公路直衝，但凱斯腳程更快。他扳倒她，將她拉回屋內，推上樓到屋頂和地板破洞的那個房間裡。他難以置信：她差點就跑走了。這讓他更加憤怒。

他用膠帶將洛琳的手腳綁在床上，然後用繩子繞過她的頸部到床墊底下，綁上一個複合式繩結。過程中她都在抵抗。

地下室傳來吼叫聲，在房子裡迴盪。

我太太在哪裡？我太太在哪裡？

凱斯檢查過他打的結：很牢固。他拿起他的刀子——他在德州時用的那把——和他的點四〇口徑左輪手槍和水瓶。他走到地下室。

為什麼要帶水瓶？

「我不太確定我想不想談到那部分，」凱斯說。

比爾掙脫到一半，凳子已經被破壞。唯一的光源來自凱斯的頭燈，比爾在燈下猛烈晃動。你為什麼要這麼做？比爾問他。你不需要這樣。你離開就好，我們死都不會說出去。你還沒幹什麼真的很嚴重的壞事。為什麼不離開就好？

這下凱斯真的火大了。比爾不只是打斷他的計畫。他在激烈反抗。他竟然有辦法推倒凱斯。那苦苦哀求的恐懼跑哪了？凱斯怎會差一點就要失去控制？

「情況演變到要動手……讓我很不爽，」凱斯說。「因為我對事情執行的方式，還有我希望的事情發生的方式，都有非常明確的想像，我全部都計畫好了，該有的東西都有。」

他對比爾的計畫是什麼？

「我不會講我打算對他做什麼。」

調查員不需要聽到答案。——他們心底很清楚：凱斯也打算強暴比爾。

「所以當那個計畫被人打亂——就連我都有些意外，」凱斯說，「我居然自己失控了。」

他用他在地下室找來的鏟子揮打比爾，但比爾沒有馬上倒下，多敲了幾下才昏倒在地。凱斯跑上樓。這時他擺好的卡式爐卻從臥房地板的洞掉下去，這讓他慌了起來。房子是乾木材建造的，星星之火就能讓火勢迅速蔓延。

他衝下樓到客廳，把爐子拿回來，然後回到樓上審視他有哪些「選項」。

他不能用他的點四〇口徑手槍殺比爾，聲音會太大，他說。但樓上有一把裝了十發彈匣和消音器的10/22步槍。他拿了那把槍，飛奔回地下室。但驚人的是，比爾已經站起來大吼大叫了。

凱斯說他好像膝反射一樣，就這麼開始射擊。他開槍打在比爾的手臂、頭部、頸部和胸膛。比爾·科里爾依舊站著直挺挺。這對凱斯來說是前所未見的事。

接著，比爾吐出最後一口氣，倒在地上。雙眼闔上。

凱斯憂慮的在那裡站了一會兒。他拆下手槍的消音器，然後到外頭抽了根雪茄。——今晚真是不如人意。

凱斯如果那麼小心不留任何ＤＮＡ，他怎麼處理抽剩的雪茄——這裡和科里爾家後院都是？

「那從不成問題，」凱斯說。只要你用腳好好踩扁，菸蒂在地上看起來就跟其它樹葉一樣。他那晚也有讓洛琳抽菸，他說，在他對她下手的過程之間。

他怎麼對她下手？

凱斯回到屋內，然後上樓。雨又下了起來，他還記得雨水從那個洞口傾瀉而入。他拿來幾扇拆下的門板，遮住正對街道的臥房窗戶。接著他用卡式爐將水煮開。

那是做什麼用的？

凱斯竊笑。「我不確定我今天想不想講那部分，」他說。

他用刀子劃破洛琳的衣服，她還沒放棄抵抗。他用衛生紙和膠帶堵住她的嘴，強暴她兩次，兩次都有用保險套。強暴第二次的時候，他說，他掐住洛琳直到她失去意識。

但他還沒準備要殺死她，凱斯說。——這些調查員世面見得夠多了，他們曉得凱斯企圖要重建他的主控權。——剛剛比爾重挫了他的銳氣。在這個劇本裡，凱斯認為自己應該是上帝才對。

凱斯沒有說過了多少時間，但等到洛琳醒過來後，他將她鬆綁，帶她到地下室去，讓她坐在一張長椅上，展示他的最後一場戲：她的丈夫，中槍而死，躺在血泊中。

流了好多血，凱斯說。他平常不會犯這種錯。

他戴上他的皮革打擊手套。接著他站到洛琳．科里爾身後，用繩索勒死她。就算他感覺到她的生命流失，他還是得確定她是否真的死了；這對夫妻，雖然年長體衰，卻遠比凱斯想像中來得強悍。他用束線帶繞過洛琳的脖子並拉緊，直到沒有動靜。

凱斯快沒時間了。他把洛琳的屍體拉到比爾身邊，將他們的束縛解開。他把通樂倒在他們的手和臉上，將屍體分別裝進一只五十五加侖大的垃圾袋裡，然後把他們的屍體滾到地下室東南邊的角落，上頭堆著垃圾和木頭。他實在太趕，連彈殼都留在地下室的地板上。

太陽出來了，人們出門上班，行駛在十五號公路上。他原先計畫把屍體留在裡面，燒掉整間屋子，但現在已沒有時間了。但沒什麼大不了——他很確定不管是誰買下這間屋子，都會看在屋況的份上，把它拆毀或放火燒了。大部分好奇的人都會被地下室的氣味臭得避而遠之——再說，一般人都會假設是野生動物跑進來，死在裡面。他並不擔心屍體會被人發現。

凱斯拿起他的物品，開著科里爾夫婦的車子到附近一間來德愛藥局（Rite-Aid）的停車場。前一晚他就把他租來的車子停在那，並且盡可能把那台綠色Saturn停得離監視攝影機越遠越好，然後穿著連帽衫，低著頭走去開他自己那台車。上車後，出了州界，往緬因州開去。

從頭到尾六個小時。

調查員們都嚇呆了。

凱斯為何要這樣？

「我不覺得我跟其它成千上萬的人有多大差別，」他說，看看他們在他電腦上找到的色情內容：綑綁、愉虐、同志、跨性別。真以為全世界只有他喜歡這類玩意？

「我只不過玩得更大，」凱斯說。「這些性幻想、金錢、腎上腺素刺激……一旦試過，沒有別的東西比得上。」

潘恩想起他前幾天晚上看的紀錄片，講的是伏擊掠食者：那些動物捕食時迅雷不及掩耳，離開時亦然。

這傢伙也是這樣，潘恩意會到。貨真價實的伏擊掠食者。

那些令人作嘔的細節讓他們看清另一件事：凱斯對洛琳和莎曼莎做的事情有多相似。兩人頸部都被繩子綁住。兩人被綑綁和堵住嘴巴的方式幾乎如出一轍，包括拿原本用來做清潔用途的紙巾或衛生紙塞住她們的嘴巴。還有他讓洛琳和莎曼莎跟他一起抽菸。他在兩人身上都有動刀，也都強暴了她們兩次，方法一模一樣。

從這個角度看，一個作案手法模式便出現了。在比較微觀的層面，他處理科里爾夫婦的提款卡的方式，也有相似之處。這對夫婦告訴凱斯，他們戶頭裡只有一百美元，他也相信他們。他判斷這不值得他冒險，等於他知道自己可能因此被追蹤。

莎曼莎的情況也是，凱斯讓自己距離犯罪現場幾百英里遠，在幾個小時內殺人藏屍，短時間裡跑過好幾個州。事後發現，他實際的行車路線遠比他們讓他們以為的還要複雜。他永遠都有計畫。依他所述，這趟旅途中，他從安克拉治經過西雅圖再飛到芝加哥，開車到印第安納州拜訪家人，接著到紐約州和佛蒙特州。但在殺死科里爾夫婦後，他還去了新罕布夏州的一個露營地，走到樹林深處，燒掉他大部分的物品。然後他開到緬因州探望他的弟弟，返家途中再回頭經過佛蒙特——經過科里爾家。他看到警方很開心，他們毫無頭緒、暈頭轉向地調查著。

喔，還有一件事：凱斯也知道有目擊者出來，宣稱見到一名蓄長棕髮的白人男子開著科里爾夫婦的車子。他看過警方公布的素描畫像，但不為其所擾。畫像跟他的相似度太低了。

潘恩還沒吸收完如此龐大的資訊，凱斯就又多提供了一些。如果他們想聽，他還有一個故事可以說。那跟他母親向調查員描述過的怪異事件有關：他在德州突然消失的那一次。

十八

那個地方，他想了一下，然後唸出阿、爾、托（Alto）。再一次，一張地圖出現了。

科里爾一案自白後的第五天，凱斯回到美國聯邦檢察官辦公室。他會談德州這件事是有原因的：他曉得調查局已經掌握到一些資訊，他那段時間的狀況，他知道自己鬆懈了：他手機沒有全程關機、他使用了信用卡和提款卡、他租來的車子裡有標記過的錢——很明顯是在搶銀行時被炸開的防盜墨水包染色——在他被逮捕時就被扣押了。凱斯曉得調查局發現，就在他人在德州的同一時間，德州阿佐爾的國家銀行遭人搶劫。貝爾上搶案追蹤網看過，這個網站彙整了眾多銀行搶匪的監視錄影畫面，他發現有一名長得很像凱斯的蒙面男子搶劫了那間銀行。

猜猜看凱斯的筆電上還有什麼？一個又一個搶案追蹤網的連結。

凱斯在一週前的一次對話中，重申他自白的動機。「底線就是，坐在這裡的所有人達成共識。」他說，「你們想要我全盤托出，我也想在合理範圍內全盤托出。你們想要我受罰，我也想被懲罰。我想努力讓這件事發生，因為這樣對所有人都比較輕鬆。我這個人不太有耐性。我想我在任何地方都住不了五、六年以上。我很容易無聊。所以你們能想見，要我年復一年的待在牢裡等事情解決，對我來說有多無趣。」

潘恩和貝爾的提議，到目前為止，都還算有效。凱斯相信在調查局挖出其他東西以前，掌控自己的敘事和建立友好關係，是比較聰明的作法。他想知道處決日期。

「關於德州銀行搶案，你們已經知道很多了，」凱斯說。「你們想要的話，我可以跟你們說德州縱火案。我燒了一間房子。但我想要一根雪茄作交換。」

他大笑。——因為貝爾順勢拿出事先就準備好的Wild'n Mild雪茄。

凱斯在阿拉斯加的娛樂之一，就是在電腦上搜尋小城鎮，那些四散在美國內陸、人煙罕至、約有三到四種出入路線的地方，那些犯罪率極低，警察沒什麼大案件經驗的城鎮。

接著，凱斯會研究該地區有幾間銀行，每間銀行約有幾台監視錄影機。他偏好小銀行，監視系統設備一般來說很有限，編制小，對武裝搶劫毫無準備。他會搜尋最佳停車點，以及這些銀行分別離當地警局多遠，好估算他逃跑的時間，並判斷警鈴響起後，警方最可能從哪個方向趕來。

凱斯在阿拉斯加犯案後，整個人極其亢奮。滿腦子都在想這些事。在自家後院殺死莎曼莎，是他幹過最嚴重、最冒險的事，而他成功脫身了。沒錯，他坦承自己信心倍增，甚至跑到《安克拉治日報》網站上用本名留言，發表他的理論，闡釋警方何以永遠找不到莎曼莎·柯尼。

沒人懷疑他，但他備受注目。這種矛盾的匿名知名度，帶給他的樂趣遠超出他的預期。他很愛在新聞上追蹤調查過程，只有他曉得警方的懷疑和實際發生的情況有多少落差。他全知全能。他感到一股強勁的渴望，渴望立刻去做點別的事情。

他原本希望一家人去搭渡輪能改善緊繃的關係。後來並沒有。

「你帶了『人』去嗎？」貝爾問。

「沒有，」凱斯說。

貝爾不相信。消失兩天只為了搶一間銀行？不大可能。但貝爾沒有表現出來。

「好吧，」他說。「那你做了什麼？」

「開車到處晃。」凱斯說。

「你後來想到可以做什麼？」貝爾再問一次，「你找到你想要燒掉的房子？」

「對，」凱斯說。「我有想過帶人去。」

又一次，貝爾的直覺沒錯。

「我在找廢棄的房屋，」凱斯說，「然後我也在找地點偏僻的提款機。我本來想從提款機那邊抓一個人，帶去那間房子。但德州警察很多，所以我猜我就當下有點害怕。我不知道。」

貝爾感覺凱斯在說謊。他也許不會在提款機那邊抓人，但他還是抓了個人——在某個地方。

儘管此時凱斯堅稱沒有。

「我身上沒帶我的槍，我平常帶的那把。你們可以在紐約找到兩把那種槍。」

又一個謀殺工具包要找。

「連同消音器？」貝爾問。

「沒有消音器。就只有那款10/22步槍，」凱斯說。「通常，如果我要在大白天做這種瘋狂事——好比說，對我來講很正常的那種瘋狂事——我就會用那種槍。基本上那就像槍管鋸短的點二二步槍，可以帶著收在外套底下。我的邏輯是，萬一我真的被逮個正著時可以用……而且我也帶著一把拆開的點二二，射起來很準。我為它們備了總共一百發的彈匣，一般都會放在我的視線或所及範圍內，所以……我從來沒打算要被活捉啊，這樣說吧。」他大笑說。

貝爾還是很狐疑。

「但你在出發時，是想要去找間房子、對某人下手、使用提款機的，最後改成對銀行下手，是因為其它計畫失敗了？還是你本來就計劃要搶銀行？」

「我沒有計劃要在德州做任何事，」凱斯說。「我如果照我離開阿拉斯加時的計畫，應該是要去把槍藏起來。」

「所以你在外物色時，」貝爾說，「沒有找到任何有機會下手的人——」

「這個嘛，」凱斯說，「有點類似那種情況。」

貝爾逐漸攻破他了。

「我到那裡……我們才剛出遊回來——那趟渡輪之旅——我想說那樣會讓我放鬆一些。我有在想銀行的事，我猜啦，有一點吧，但我沒有很認真在想——就是那種，像是，如果我找到理想目標，一個鳥不生蛋的地方，只有一家銀行，幾乎毫無風險，那我就想說我也許會下手。」

但凱斯在德州時，一直忍不住在想莎曼莎。

「我一直在看阿拉斯加的新聞，大概有點興奮過頭了吧，然後我決定要出門，做些什麼。理想上是找個人下手。但……我不知道。」

「你有對誰下手嗎？」

「沒有。」

費迪斯插嘴進來。「為何不？」他問。畢竟，凱斯和他們說，他計畫在一年內回到佛蒙特州，放火燒了他棄置科里爾夫婦屍體的農舍。凱斯如果計劃在那裡縱火滅跡，為何不在德州這麼做？

凱斯轉換話題來輕輕帶過。

「我是想說……它用來掩蓋搶案的物證也很合適，」他說。「我在佛蒙特時，正在找一間教堂來燒。我在德州的時候，也去看了很多間教堂。」

貝爾這裡打住他。為什麼選教堂？

「喔，就……原因有點私人。不是說我很堅持這一點，但……我那時就打算要開始用教堂。」

貝爾對此並不意外。他花了很多時間瀏覽凱斯的電腦，而凱斯花了很多時間在網路上瀏覽兩種房地產物件：閒置屋舍和偏鄉教堂。

「你打算用它們做什麼？」貝爾問。

「這個嘛，如果是偏鄉地區的教堂，一般來說，平日不太會有人。我在佛蒙特找的就是這個，一間教堂。」

「用來殺科里爾夫婦？」貝爾的語調平穩低沉。

「用來殺某個人。」凱斯說。

凱斯考慮要把他的受害者，不管會是誰，關在一間小鎮教堂裡，強姦、折磨這些陌生人，看著他們向不存在的上帝求饒。凱斯也許會把他們的屍體擺在神壇上，等著牧師、修女，或更精彩的，隔天的禮拜到來，發現這幅性與恥辱的造景。或也許他會連他的受害者一起，直接把教堂給燒了。

不過，凱斯說，這兩個計畫都沒成功。

「這樣吧——你說這有點私人，」費迪斯說。「那跟你媽媽參加的那個組織、還是宗教團體有關嗎？」

「沒有關係。」凱斯說。「只是牽涉到我自己——我是說，那跟我從小受的教育有關，但大部分只是跟我對人生和人性的普遍價值觀有關，我想。」

凱斯不肯多談他的童年，而他拒絕談論的態度讓調查團隊相信，特別是高登和尼爾森，這部分能挖的料可多了。對這兩位調查員來說，凱斯何以變成這樣的人，就跟其他受害者同樣引人深究。

時間回到二月十三日早晨。照先前所約，貝爾、高登、盧索和費迪斯想知道他在德州搞失蹤期間的所有細節。海蒂說凱斯偷溜出她在達拉斯的房子，留下一張字條在床上，部分文字寫著，去找地方藏我的槍。

那是真的，凱斯說。他真的是想去埋他的槍。

德州的儲物洞，貝爾寫道。

這有引起他母親的警覺嗎？或是他的姊妹們？

「沒有，」凱斯說，「她們全都有槍。」

總之，他從阿拉斯加搭機南下，帶上他所有的手槍——他不肯說有幾支，或他怎麼騙過安檢的——並找地方藏匿它們。也許在德州，也許在大峽谷附近。

「我那樣做有兩個原因，」凱斯說。「第一是，我打算離開阿拉斯加，而我知道我不能載著槍經過加拿大，所以——」

凱斯行經加拿大過？他曉得哪裡可以或不能持槍旅遊？

「——我打算把槍留在美國本土。」

可是，凱斯說，他沒有立刻就去藏槍。當天及隔天晚上，他跑去找受害者，在當地東北部的小鎮上開來開去，一個是克利本（Cleburne），一個是格倫羅斯（Glen Rose），他跑去看了幾個墓地。這一點貝爾也知情。他們在凱斯的手機上發現他在MapQuest上搜尋過格倫羅斯。

「你去墓地要做什麼？」貝爾問。「那是棄屍地點嗎？或是你要綁架人帶去的地方？」

「不是要綁過去，」凱斯說。「只是個取走人命的地方。」

取走人命在這個語境裡，貝爾意識到，也可以解讀成帶走。

凱斯聲音變得很低沉，雙手用力摩擦他的褲子。

「那種墓地很多都有管理室之類的空間，很容易進出，」他說。還有，待在任何戶外公共空間──露營地、步道、山區、河岸、湖泊、墓地，被問到在那裡做什麼的話，他說：「解釋起來總是容易得多，特別是恰好比較偏遠的地帶。」

教堂和墓地，出生和死亡。慶祝與哀悼。希望與放棄。

接著，凱斯說他去看了幾條河流的步道。他就是在那兒遇上她。

尼爾森上Google搜尋「格倫羅斯、德州、河流步道」。出現兩條結果：帕盧西河（Paluxy River）和恐龍谷州立公園（Dinosaur Valley State Park），考慮到凱斯有多偏愛州立公園和國家公園，後者的可能性還蠻高的。

「當時夜色越來越深，來了個女人，她正要進入步道沿著河流散步，」凱斯說。

「我幾乎是跟在她後面。她有一隻大狗，好像獒犬或什麼的。我本來要開槍射那隻狗。」

他想了一下：要移動一名女子和一隻大狗──太麻煩了。他放他們走。

結果德州的情況比凱斯想得還困難。人們對外地人懷有明顯的戒心。他站在他準備要行搶的銀行對街抽雪茄時，就有人走上前，問他是誰、以及在那裡做什麼。

凱斯沒說他是怎麼回應的，畢竟這不足以勸退他，但德州人確實不枉他們直來直往的牛仔形象。再說，「有槍的人也太多了吧！」他語氣轉嚴肅的說：「我很驚訝那裡的安全系統其實非常嚴格，大部分人的家門都鎖著，我花了好一陣子才找到那個地點。」

他找到房子的那天，他說，是二月十六日。

「最快的搜尋方式大概是上Google搜尋火災、阿爾托、德州，」凱斯說。

凱特．尼爾森沒找到阿爾托有火災，但在二〇一二年二月十六日時，德州的阿利多（Aledo）有一起房屋失火。應該就是阿利多。她傳簡訊給貝爾。高登音調輕柔地開口：「你是怎麼選定那棟房子的？」

「它離城鎮很遠，」凱斯說。「我看不出那裡到底有沒有地方警察，但我想說要是我放火，就能把他們都引出城，緊接著去搶銀行。」

同一天犯下縱火和銀行搶案，貝爾忖道。前一天才出手過。他也自己承認他失控了。如果說這起縱火只是用來毀屍滅跡，就像他在佛蒙特的計畫一樣，這樣的可能性有多高？

縱使凱斯對他的罪行和犯案手法感到自豪，他從一開始就講明：他只會告訴他們那些他們自己終究都會發現的資訊。如果他們不靠他就幸運找到屍體，那算他們贏，他也會自白。否則，他的受害者只屬於他。他對此做出任何交代，感覺都很奇怪。他從沒這麼做過，也從沒想過會這麼做。

他花了這麼多時間，千方百計只想低調行事。他來無影去無蹤，不留任何數位足跡或手機基地台訊號。他隱居在阿拉斯加，在德州的荒郊野外，用助燃劑燒了一間房子，警方會追查屋主是否想詐領保險金。就算有人失蹤，警方會調查受害者的親友。也許他殺害的人甚至不是德州人。也許他們是從別州或別國來旅遊的，但有誰會把他聯想進來？

然而如今，他在籌劃錯綜複雜的犯罪活動，會上新聞的那種——不只是地方新聞，是全國新聞。那就是他選擇教堂的原因。針對教堂下手的連環殺手會引起全國恐慌。

凱斯說他對顯赫惡名的渴望隨著時間增長。有好幾年的時間，他只有在機場、圖書館的公共電腦上，瀏覽過針對他犯行的媒體報導。但隨著他下手愈發肆無忌憚，新聞報導持續的時間不是以天或週計，而是以月或年在計算。凱斯很挫敗。他想告訴全世界：史上所有怪物裡，他是最偉大的。

「我完全被這些關注給沖昏了頭，」凱斯說。

「科里爾夫婦的新聞鬧得很大，」高登說。「在當地鬧得很大。」

「對，確實如此，」凱斯說。「而我想就是從那時開始的。我就一直在留意報導，從中獲得某種快感……因為當然啦，我很清楚事發經過。看到他們的視角跟我之間的差距，再來還有，人們一看到新聞，就個個想發表他們對事情經過的推測。我就也迷上了那種感覺。」

他再也等不及了。「我深夜在家，然後就會想，哇，真好奇有沒有更多報導。喝個幾杯威士忌，然後就要去看一下。我會搜尋，然後閱讀，然後開始對那些東西發表評論。我知道我——我知道我開始走下坡了，我想。但我還是會事先計劃。」

他還是相信他永遠不會被抓。

凱斯說他在開車到處晃的時候找到阿利多那間房子，然後就直接闖進去。「裡頭亂七八糟的，」他說。「每個房間都塞滿東西。那裡失火的風險之驚人——他們屋子裡有兩、三個冷凍櫃在運作，還有連接所有電器的延長線。整個地方看起來基本上就像剛被荒廢了一樣。」

這很有意思。凱斯描述的房子跟他帶科里爾夫婦去的那棟很像。他的工作是蓋房子，但他真正想做的是燒了它們。

他在車庫找到汽油。他打開所有窗戶，連同閣樓的門，接著將衣物和寢具布料綁成一串，從頭到尾全淋上汽油，然後放火燒了它們。

「火勢燒得很快，」凱斯說。他到山坡上一間教堂附近，躲遠遠地看了一會，看得比他預期的要久。這場火引來的關注遠高過他所希望的程度，警察和消防車和圍觀群眾都來了，地方新聞媒體火速趕來，到處都擠得水洩不通。

這是計劃來調虎離山——把所有警消急救人員弄來這裡，好讓他能去搶銀行？

凱斯感到受辱，「我不需要調虎離山。」他說。又一次自相矛盾，幾分鐘前，凱斯才說他考慮過這個可能性。

他趁勢往北開了半小時的車，到阿佐爾一個小鎮上搶銀行，蒙面持槍，成功得手，後帶著一萬美元走出來。「你那次搶銀行拿了很多錢？」貝爾問。

「也還好，」凱斯說。

「你以前拿過更多？」

凱斯大笑。

隨著本次對話開展，調查員注意到凱斯描述了他在二月十三、十四和十六日做了什麼，卻完全跳過了二月十五日。

凱斯就是在那天被找到的，失蹤兩天後，髒兮兮又情緒不穩地站在他的出租車旁。

「你真的被困在哪個泥灘裡嗎？」貝爾問。

「對啊，」凱斯說。「我只是——我離開達拉斯越久，我南下越久，我想得越多就……想做點什麼別的事。」

二月十五日清晨那幾個小時，他在德州發生了什麼事？

照凱斯本人的說法，他腎上腺素飆升，幾近不眠不休地開了幾千英里，看著安克拉治警方，如他所述，「像熱鍋上的螞蟻那樣跑來跑去」地想辦法破案。

他失蹤的那段時間，凱斯說，都只是要去埋他的槍。貝爾繼續持保留態度。他確定至少有一個謀殺工具包被埋在德州，也許更多——凱斯的家人給了他定期訪視的完美藉口。

還有一件事：在搜索金柏莉家時，警方找到一張紙，上面列有幾個隨機的數字：5，79，105，633，1.5，5，5。貝爾查過了，搜尋結果出現「警用頻率，史蒂芬維爾（Stephenville），德州」，他找出一張史蒂芬維爾的地圖——五號是進入此地的高速公路；一〇五號是離開的高速公路。接著貝爾用Google搜尋「1.5-5-5，史蒂芬維爾，德州」，出現了訊號接收頻率。

凱斯和他們坦承：他在四千英里外的安克拉治，就預先計劃了這些逃跑路線。史蒂芬維爾離阿利多和克利本只要一小時的車程，也就是他被家人找到的地點。他在那趟旅程中使用過警用無線電訊號接收器。

「他在德州殺了人，」貝爾說。「肯定有。他停不下來。我就知道。我就知道。」

十九

二〇一二年二月十五日，德州，失蹤人口。

吉米・第德威爾（Jimmy Tidwell）

第德威爾最後一次現身，是在二〇一二年二月十五日，距離達拉斯兩小時車程的長景市（Longview），他是個大夜班的電工，清晨五點半下班正準備要返家。

但自此音訊全無。

幾天後，警方發現第德威爾的白色福特貨卡，停放處距離他住處五英里，靠近三一五號州際公路和九十五號農市道路交叉口。現場沒有強行闖入或凶殺的跡象。除了座椅上放著第德威爾的眼鏡，車內就沒有其他異狀。他的手機、錢包和鑰匙都不見了。沒有留下任何線索或陌生的ＤＮＡ。

第德威爾沒有任何成為高風險被害人的條件。他五十八歲，已婚，有兩位成年子女。他在同一間公司工作了十年。他跟家人關係緊密，他工作準時、可靠，閒暇時他還會做木雕。他沒有與人為敵，沒有從事危險的娛樂活動，沒有犯罪紀錄。

吉米・第德威爾在各方面都是普通的美國人。要說他會突然就把卡車並排停在州際公路上，走進樹林裡，或搭便車到別的地方展開新生活，實在令人難以想像。

「我不相信他會離開他最愛的那台卡車，就這麼一走了之，」第德威爾的姊妹說。

警方也不相信。他們展開連續多日的搜索行動。當地及州級執法機構、騎警和警犬搜遍半徑五英里的樹林深處，親朋好友們也都加入行列。尋人懸賞獎金有三千美元，其中一千元是由第德威爾的雇主提供。

但半點線索都沒有。

這很符合凱斯的犯罪手法。第德威爾在清晨時分開車，路上只有寥寥幾台車。凱斯說他喜歡把人從一個地方帶走，把車子開到另一處，並在第三個地點棄屍以混淆警方，然後消失。

第德威爾經常戴白色安全帽上工。第德威爾失蹤隔天，德州阿佐爾的那位銀行搶匪，被攝影機拍到他戴著白色安全帽，捲曲的栗子色長髮從底下散開。凱斯的頭髮比較短，但第德威爾的頭髮看上去跟銀行搶匪一模一樣。再者，凱斯說溜了一條有趣的線索：他在阿佐爾搶銀行時，沒有戴假髮。貝爾和盧索用他們一派輕鬆的方式，拆穿了凱斯的偽裝。

「你是去哪邊買真髮的？」盧索問。

凱斯知道這問題可不是隨口問問，他沉默了好一會兒。

「不需要買，就可以弄到真髮。」凱斯說完後大笑。

「你直接拿來用了，是唄？」貝爾說。

凱斯再度笑出來。

「頭髮是免費的。如果你要拿，全部都是免費的，」他說。「嗯，但天下總沒有白吃的午餐。」

二十

調查局辦公室這頭，在他們現稱為戰情室的房間裡，傑夫．貝爾將一大張美國地圖釘在牆上。他在上面畫了五個大圈。每個圓圈的周長都是立基於他們對凱斯的行程的理解：他飛往哪個城市、他在哪租車、他在幾天內用那台車開了多少哩程、一個圈畫在阿拉斯加、一個在華盛頓州、另一個在德州、一個在伊利諾州和印第安納州、最後一圈在整個東北部：紐約、紐澤西、康乃迪克、羅德島、賓州、新罕布夏、麻薩諸塞和緬因州。

貝爾從凱斯殺死莎曼莎後緊接著去德州的那次著手。凱斯在休士頓的一家蘇立夫提（Thrifty）租車，十天內就開了二千八百四十七英里（編按：約四千五百八十二公里）。

「最差的情況，」貝爾說，「他如果領車後，儘可能開遠，回來時卻還是兩千八百英里，那——那我們在找什麼？找他可能殺人或搶銀行的區域嗎？」

貝爾從哩程數減半下手。這作法不科學，但仍是個開始：一半是凱斯前往目的地的路程，一半是回程。貝爾用圓規、鉛筆和一條線，繞著凱斯已知的活動範圍往外圈出半徑一千四百二十三點五英里的圓。完成後，他後退一步，看著地圖的全貌。

「這太驚人了，」貝爾說。他畫的圓圈涵蓋了十三個州。

一個理論逐漸成形。凱斯是否曾經移動其中幾位受害者、跨越若干個不同的州？在一個州殺死他們，再到另一個州棄屍？這樣一來，任何當地或州級執法部門都幾乎不可能找到受害者。在自首殺害科里爾夫婦時，凱斯說他沒有特別選定佛蒙特；一切不過水到渠成。「本來也可能是紐約，」他說。「可能是緬因州。可能是新罕布夏。」

他在新罕布夏州燒毀科里爾夫婦的遺留物，並坦承把他使用的槍埋在紐約州最北邊的布萊克瀑布水庫（Blake Falls Reservoir）。

調查員們調出又一張Google地圖，凱斯指引他們到水庫附近兩顆巨石，靠在一塊形成一個三角形，體積較小的石塊堆積在陰影處。

「在那塊石板底下，有一個橘色的家得寶桶子，藏得很好，」凱斯說。他講這個時很興奮，一邊清喉嚨，一邊讓手銬叮噹作響。「有很多，嗯，很多刷子和其他石頭和青苔和別的東西堆起來，擠在周圍。」桶子裡還有一把槍，外加消音器。他用乾燥劑防止槍枝受潮，把桶子封得十分嚴密，他接著把用來殺洛琳·科里爾的槍丟進水庫裡。

如果凱斯為了藏匿及丟棄武器都能這麼大費周章，那是否也有可能用同樣的方式處理受害者？或許這也就能解釋他滿溢的自信。

同一時間，調查局查閱過金柏莉電腦上的幾百張圖片，並成功用臉部識別軟體，比對全國失蹤及不明身份人口系統（NamUS）網站上所有的照片，辨識出四十四個人的身分。其中十一位是青少年、十位是幼童，最小的兩個只有一歲。

只有小孩我不會動。

如今調查員們有理由懷疑這項信條了。其一是，這說法實在是自我中心到可笑的程度：看看我，一位有良心的連環殺手呢！調查員們對每個用字遣詞都精心分析過。就算凱斯所言為真，他女兒的誕生徹底改變了他，這本身也就暗示著，在她出生以前，他有對小孩下手過。不然誰會以閱讀失蹤孩童及幼兒的報導為樂？

儘管任務艱鉅，調查員們必須試著交叉比對美國境內每一位被通報的失蹤者，跟凱斯已知的行程。任何在這段時間消失的人，都必須視為他可能的受害者。

為了維持友好關係，調查員們極其無奈的同意滿足凱斯的要求。

審訊期間的雪茄休息時間是一段非常費力的過程，必須解開本來固定式連接的手銬腳鐐，帶他搭安全且無人的電梯到地下車庫，一邊讓他抽菸，一邊和他閒聊，接著再避人耳目地送他上樓。還有每天送《紐約時報》、美式咖啡、糖果棒到他的牢房，還有讓他可以連線上網。

然後還有其他比較大的要求。截至目前為止，調查員已得知凱斯在全國各地共有九位兄弟姊妹，但他們聽他的話：別把我的兄弟姊妹扯進來。海蒂的情況就不同了。「她如果還想講，」凱斯說，「就讓她講。」她要是不想講了，就別再打擾她。

決定權都握在凱斯手上。他唯一真心關切的只有他女兒，但若想拿她當籌碼，就算只是說說而已，也是想都不用想。

莉茲．歐柏蘭德和她的團隊花了兩天拆解莎曼莎度過人生最後一段時光的那間棚屋，尋找血液、毛髮、指紋、纖維等物證。雖然她的屍體在裡面待了近一個月，還被化妝、編辮子、刮腋毛、拍攝勒贖照片，屍體還遭到強暴後支解，但他們還是找不到任何東西。

他的貨卡也是一樣。查無物證的情況令人皤然驚醒。凱斯在幾次審訊中，給人感覺很自大，而大部分負責本案的探員也都覺得凱斯誇大其詞。

但他們現在改觀了。

局裡最頂尖的犯罪側寫專家都束手無策。他們唯一能告訴團隊的是，凱斯是他們遇過最嚇人的側寫對象之一。過往沒有任何一位連環殺手做得到這種犯罪手法：沒有受害者類型；沒有固定的物色、謀殺、埋屍地點；讓自己跟受害者保持幾千英里的距離；私藏在全美各地的武器。他利用旅行掩人耳目。旅行！想想旅行本身就有多麻煩：訂機票、通過後九一一等級的安檢和搜身、盼望航班沒延誤或取消、填寫租車資料等，然後不用Garmin衛星導航或Google地圖，只靠紙本地圖移動；入住旅館或搭設帳棚；申請狩獵跟釣魚許可證——更別提成功找到一位或多位「目標」下手；同時設法取回幾個月或幾年前偷偷埋下的工具，只靠腦袋記憶埋藏的位置；接著純熟地支解受害者屍體，不留任何物證。凱斯展現出十足的效率與時間管理能力，令人為之震懾。

團隊也沒看過有人把手機拆開，拔除電池的。在凱特．尼爾森看來，他手機斷訊的那幾個小時，那些他活動歷程中不為人知的時刻，可能是個線索。凱斯就是在那時候行動的。

然後還有開車的部分，他能夠不靠藥物輔助，只仰賴美式咖啡和狂飆的腎上腺素來保持清醒，連續多日開車跨越五個州。一直到莎曼莎以前，凱斯都沒留下任何數位足跡，也沒有使用手機或信用卡。一直到莎曼莎以前，他發誓他從未在自家後院動手。數十年的暴行，分布的地理疆域還不知道有多廣。

有了一個以瑟烈．凱斯，就會有更加邪惡的人追隨在後。他們得知道是什麼力量造就了以瑟烈．凱斯——這個二十一世紀獨一無二的連環殺手。

有些探員，比如史帝夫．潘恩，堅守傳統的探案方式：甘納威跟海蒂做的訪談；查閱金融紀錄、電腦、行事曆和筆記本；和凱斯本人做的審訊。對其他探員而言——傑夫．貝爾、喬琳．高登，現在再加上兩位在華盛頓州著手調查凱斯的調查局特別探員，泰德．哈拉（Ted Halla）和柯琳．桑德斯（Colleen Sanders）——凱斯提及的幾位連環殺手引起了他們的興趣，同時他們也期望這能提供一些資訊。這幾位探員開始閱讀、觀賞凱斯看過的每本書、電影和電視劇，在他們各自的駐地辦公室裡打造小型圖書館，並交換彼此的筆記。

凱斯和調查員說過，他仔細研讀過兩本書，作者都是調查局的行為側寫先驅：洛伊．哈茲伍德（Roy Hazelwood）的《幽暗夢魘：性暴力、兇殺和犯罪心理》（Dark Dreams: Sexual Violence, Homicide, and the Criminal Mind），以及約翰．道格拉斯（John Douglas）的《破案神探：FBI首位犯罪剖繪專家緝兇檔案》（Mindhunter: Inside the FBI's Elite Serial Crime Unit），

《沉默的羔羊》（The Silence of the Lambs）中傑克・克勞佛（John Crawford）的原型即出於此。

貝爾之前沒讀過《幽暗夢魘》，如今他從中得到極大的啟示。哈茲伍德探討了性虐待罪犯具體的偏差行為，而凱斯幾乎全中：被捕前毫無犯罪紀錄，看似美滿的居家生活，開車成癮——這引起貝爾的注意。凱斯本來看似特殊案例，但哈茲伍德解釋說，這是心理變態者共有的傾向，目的是滿足他們各式各樣對控制、自由和持續視覺刺激的需求，以對抗他們經常了無生趣的感受。

還有另一段描述也與凱斯精準相符：「性犯罪者永遠不會真正停手，」哈茲伍德寫道。「他或許沒有對具體任一位受害者付諸行動，但他會計劃、選擇新的目標、找其他受害者發洩，或蒐集素材。他不會停手。」

凱斯就像個集束炸彈。調查員們發現到他有些手法是從不同前輩那裡借鑑而來的，再依現代的情況加以改良。

被凱斯稱作大英雄的泰德・邦迪（Ted Bundy），在全國各處行兇。《沉默的羔羊》裡水牛比爾（Buffalo Bill）的原型——詹姆斯・米契爾・「麥可」・迪巴德萊本（James Mitchell "Mike" DeBardeleben），就有至少一個以上的謀殺工具包。約翰・羅伯特・威廉斯（John Robert Williams）是一名長途卡車司機，他會在某個州殺人，再到另一個州棄屍。丹尼斯・雷德

（Dennis Rader）又名BTK（「綁、虐、殺」）殺手，把受害者綁在他教堂的地下室裡，擺成性屈辱的姿勢。

在哈茲伍德於二〇一六年逝世前，他談論過凱斯。哈茲伍德數十年來的工作經驗使他對調查局發言的真實性，普遍抱著不以為然的態度，他也認為陌生人綁架案遠比調查局所堅稱的還要常見。他深信硬核色情的暴增，以及因網路匿名的特性和容易取得的色情內容，是讓性暴力犯罪和謀殺數量飆升的原因。他認為科技、暴力色情的主流化、前所未有的高速交通，還有從政治界到娛樂圈到處蔓延的普遍性厭女文化，只會繼續餵養更多反常、危險的罪犯。他在二〇〇一年就做出了這樣的預言。

哈茲伍德同意，凱斯在犯案方式上是他所見過數一數二嚴謹的人。「但我們不應該誤認凱斯缺乏情感。完全不是如此。」哈茲伍德說。像凱斯這樣心理變態的虐待狂，都是把自己的情感壓抑得很深，只有極端行為才能激起任何一絲情緒。這也是為什麼，他們的犯行就算一開始就已很駭人，都仍必定會升級。一般是從虐待小動物升級到強暴和謀殺，並在計畫與實踐方面越來越精心縝密。只有透過更多的受害者和更強烈的折磨才能獲得具體滿足。

並非所有心理變態都是連環殺手，但所有連環殺手都是心理變態。後者這類受慾望驅使的連環殺手，都有一項共通特質：他們的思考模式。舉例來說，凱斯曾考慮過要當警察，被人問到原因時，凱斯說，還有什麼更方便物色受害者的方式嗎？一名警察在深夜的路邊攔下你的車子……

麥可．迪巴德萊本就是這樣扮成一名警察，殘害並謀殺了不計其數的年輕女性。

然而，哈茲伍德也表示：受性慾驅使的連環殺手非常少見。而凱斯是百分之一中的百分之一。

探員們閱讀的同時，不僅對凱斯有深刻的理解，也意識到自己有多束手無策。

第一次讀約翰．道格拉斯的《破案神探》時，凱斯告訴他們說，他感覺這本書好像在寫他自己。

「把自己擺在獵人的位置上，」道格拉斯寫道。「是我必須做的事。」

道格拉斯用了和潘恩一樣的比喻，凱斯就像是伏擊掠食者。「如果你能在他們專注於潛在受害者時，從他們臉上看到皮膚的抽搐反應，」道格拉斯寫說，「我想你也能從野外的獅子身上觀察到相同的反應。」

凱斯從不曉得——他的心理和生理活動並不獨特。雖然後者是虛構作品，但《幽暗夢魘》和狄恩．昆茲（Dean Koontz）的《驚悚時分》（Intensity），都帶給他相同的啟示，凱斯如此告訴他們。昆茲的小說在連環殺手和被綁架的受害者間交替切換視角，滿足了凱斯的思緒和慾望：強加於自身的對痛苦的熱愛；對人類存在感到極端的毫無意義；對神或其他更高等的存在皆不相信；唯有犯案、施虐及殺戮才能提供的昇華和力量。很諷刺地，這讓他感到更像上帝，儘管他並不相信上帝。

昆茲如是描寫他的連環殺手：「他不相信轉世，或世上那些偉大宗教所鼓吹的，任何有關來生的標準觀念……但他假若要體驗神格化的過程，也會是透過他自己的大膽行徑，而非神聖恩典；他若真的成神，這個轉化也會是因為他已經選擇要活得像個神——無懼無悔，無所不能，所有感官都極其敏銳。」

有一個問題常年困擾著鑑識犯罪心理學界：心理變態是先天還是後天的？此番爭論可溯源到蘇格拉底，他相信人類無能刻意為惡。惡行是出自無知或錯覺。「善者無它，唯有知識，」他說，「惡者無它，唯有無知。」

兩千年後，我們所知的沒有增加多少：為惡者一直存在於我們的群體之中。但為什麼？他們為什麼這麼做？

偉大的作家羅恩．羅森鮑姆（Ron Rosenbaum）曾說，這場「惡的爭論」永無止境，也不再隸屬於心理學、精神醫學或哲學。我們向醫學與科技尋求解釋，縱使科學還不夠先進。沒有任何腦部掃描能判斷出精神變態的傾向。社會精神醫學也同樣派不上用場。雙胞胎研究顯示精神變態較可能是遺傳特徵而非環境使然，但壞父母還是能養出好小孩，反之亦然。

我們的態度和幾千年前差不多，都在論述有些人就只是天性如此。海蒂．凱斯畢竟育有十個子女。只有一位異於常人。

在哈茲伍德所知表現出精神變態行為的人士當中，最年幼的是一位三歲孩童，在自淫性窒息過程中被母親撞見。該名孩童長大後成為一名連環殺手。亦曾有記錄顯示，年僅九歲、生活在穩定家庭、手足正常成長的小孩也會展現此般極端的精神變態行為，令父母害怕自己的小孩可能會殺了他們。有關惡的起源的神話，有著錯綜複雜的古老歷史，最該問「怎麼會這樣？」和「為何會這樣？」的或許正是連環殺手們自己。

調查局的行為分析專家也有同感。行為科學小組在二〇〇八年成立惡人研究博物館（Evil Minds Research Museum），旨在研究連環殺手，還有他們自幼的發展過程。分析專家利用藝術品、日記和其他個人物品，企圖描繪出每位殺手的心理，期盼能建立某種大型檔案庫。他們的核心信念是，每頭怪物都偶有不小心露出真面目的時候。

凱斯的例子就反駁了這個論點。如同他一開始就告訴調查員：「沒有人了解我，沒有人了解過，沒有人對真正的我有半點認識……基本上我就是個雙面人。」

每位有幸參與本案的調查員——在潘恩的團隊中，視凱斯為錯過就要等下輩子的機會——都想破解他的起源故事。他們很難抗拒這個想法，如果他們能具體理解他的一切，還有他的成長過程，他們就有可能找出一個理由。一個「為什麼」。

凱斯不願給調查員任何一點答案。被問到「為什麼」時，他就會說，「為什麼不？」調查員懷疑他小時候被虐待過，那是此類罪犯在成長過程中的特徵，但凱斯否認。再說，他不相信童年創傷會導致任何結果。他覺得那是佛洛伊德式的鬼扯。他一次又一次堅稱這一切都不是他家人的錯。他們是好人，他說，「他們愛他。」

凱斯針對死刑的法律攻防，可能導向一個結果，就是法庭下令執行精神狀態評估。所有調查員都曉得凱斯神智清楚。這種長期的規劃，隱藏的不只是他的罪行，還有他的真面目——這個人明白是非對錯，也明白被抓到有何後果。

但精神狀態評估——高登和尼爾森尤其贊成——能夠針對他的背景提供迄今最多的細節探索。肯定能解釋出些什麼。

對吧？

二十一

四月二十七日，星期五，在安克拉治的庫克灣（Cook Inlet）審前拘留所裡，凱斯的對面坐著羅納德．羅斯奇（Dr. Ronald Roesch）博士，一位來自華盛頓州和加拿大的鑑識心理學家。他們進行六個半小時的談話。

根據羅斯奇的報告，加上探員們持續在阿拉斯加、德州和華盛頓做的訪問，以及從凱斯家中扣押的日記本，調查員們整理出一段生涯史。這就好像發現畫作上的一道修飾痕，底下有一幅原初的肖像畫，被新的一層圖畫蓋過，以變更後的構圖展現於世人眼前。

以瑟烈．凱斯在一九七八年一月七日生於猶他州科夫堡（Cove）的一個小鎮。他的雙親年少時在洛杉磯相識，兩人都是格格不入的異類，受到彼此吸引。海蒂．哈坎史松被一對上了年紀的夫妻領養，他們結婚十七年才開始養兒育女、建立家園。

海蒂有點獨來獨往。但她從不糾結她的親生父母是什麼人、以及他們為何將她出養，至少不會表現出來。她比同齡的人早熟，比起跟朋友去海邊玩，她更喜歡跟大人相處。人稱傑夫（Jeff）的約翰．傑佛瑞．凱斯（John Jeffrey Keyes），也是這種人。他閒暇時都跟家人相處，或學習如何修理故障的東西，或獨自讀著手邊總是有的書本。兩人都是摩門教徒。

結婚時，海蒂二十一歲，傑夫二十二歲。在此之前，影響海蒂這輩子最深的經驗莫過於當了十一年的女童軍。對傑夫而言，則是去德國服役。他們兩人都心地善良、思想健康、信仰虔誠，唯一的渴望就是在大自然的懷抱中養兒育女。海蒂第一次走進森林時，心中暗忖，怎麼會有人想住在城市裡？有哪座人造的大都會，能和上帝的造物相比？

所以他們搬到猶他州。他們的第一個小孩出生於一九七六年，是個名叫亞美利加（America）的女孩。他們在家生產，接下來九胎也是，均由傑夫接生。醫院的規定太多了——他們對外是這樣說的。事實是，傑夫痛恨醫生，也不相信現代醫學，他從未打過疫苗，也不希望他的小孩接種疫苗，海蒂同意，她自己從沒生病過。他們的小孩，都沒有出生證明、社會安全碼，也沒有去上學。沒有人能插手他們養育小孩的方式，特別是政府。

但海蒂和傑夫有鄰居，他們擔心得打了電話給政府機關，通報這個奇怪的小家庭，養著兩個幼兒，鮮少出門見人。海蒂和傑夫因此決定打包搬家到幾百英里外的華盛頓州，那裡房價低廉，也沒有愛管閒事的鄰居。他們用傑夫做修繕工作和海蒂當保姆的積蓄，在科爾維爾（Colville）一座山上靠近國家森林的地方，買了一百六十英畝的地，過著離群索居的生活，隱居在聳立的樹林和海拔五千英尺的山間，自然就是他們的堡壘。或許大部分的小孩會覺得這算是某種監獄。

傑夫和海蒂在華盛頓州租下一間小屋時，次子凱斯才年約三到五歲。接下來七年，成員逐漸增加，一家人居住於此，傑夫靠替人修繕電器來維持家用，每天都要走三英里上下山往返他的店鋪。

他會修別人家的東西，但很少處理自家的東西。沒錯，他正在幫家人蓋一棟房子，但他自己一個人處理，甚至自己砍樹，這工作要花上好幾年。

每天上班前，傑夫會走進樹林好一段時間，獨自禱告。他很重視隱私，就算是對海蒂也一樣。她常常不知道他在想什麼。儘管她自己也十分虔誠，但她還是感覺他有點過頭了。

海蒂和傑夫很愛自己的小孩，但有時也把他們當成某種財產、免費勞力的來源。凱斯家的小孩沒什麼朋友，只有一些貓狗作伴。沒有電視，沒有廣播，沒有電腦或電話，與世隔絕——更別說去迪士尼樂園了。他們不曉得自己錯過了什麼，但他們跟所有小孩一樣，隱約覺得自己有東西被剝奪。他們從來沒有一邊吃著一碗香甜玉米片、一邊看卡通的經驗，也沒聽過流行歌，或是去電影院、保齡球館、購物中心、遊樂場、麥當勞。生長在貧窮家庭裡是一回事，但童年中得不到任何微小的歡樂回憶，又是另一回事。

凱斯家的小孩識字後便被逼著背頌《聖經》。他們穿二手舊衣、尺寸過小的鞋子；凱斯的腳趾因此變形。孩子們要務農、清理廚餘桶、砍柴，還有照顧手足，凱斯尤其成了他們的領袖，傑夫不在時，他成為一家之主。他學會料理和縫紉，學會替姊妹們編頭髮，即使他想要出去，他也會很有耐心地跟每個人相處。他的手足很喜愛他。

海蒂相信她的小孩喜愛這種生活方式。她這樣說服自己。她的低物慾、特立獨行、不符常規讓她有種優越感。看看她，獨自在森林中帶大這幾個孩子，不需要科學或資本主義或政府或任何外部機構的支援。

每隔兩年就又一個孩子出生。然而小屋太過擁擠，以至於凱斯和他的姊妹在每年四月到十一月間要在屋外搭帳篷。冬天時，海蒂帶他們到加州，傑夫的母親讓他們住在她棕櫚泉（Palm Springs）的拖車裡。海蒂準備生第五胎時，她哀求傑夫：「我不能又在帳篷裡生產，」她說，她需要待在真正的房子裡。

傑夫給了他一貫的回應：上帝自有安排。

他們自己種菜、打獵。孩子們從沒看過醫生或牙醫，也沒進過急診室。無論生了什麼病，支氣管發炎或骨折，海蒂都用藥草和油來治療他們。他們家裡甚至沒有止痛藥。但她說，薄荷茶和熱水澡，幾乎什麼病都治得好。

離開猶他州後不久，海蒂跟傑夫雙雙放棄摩門教信仰。兩人都沒說過為什麼，但在科爾維爾時，他們開始參加一間由民兵組成的、白人至上主義的反猶太教會，名叫方舟。此時年約十二歲的凱斯，也對此產生強烈的興趣。

海蒂對這段家庭歷史避而不談，凱斯也是。在調查員看來，這就說明了它的重要性。一家人離開隱居生活到外探索、讓小孩接觸外面世界的這幾年，形塑了凱斯這個人。也就是這個時期，他和住在阿拉丁路（Aladdin Road）半英里外的兩兄弟成為朋友。

切維（Chevie）和切恩．科荷（Cheyne Kehoe）跟凱斯年齡相仿。他們有六個兄弟姊妹，全部都在家自學、遠離人群、參與方舟教會。他們的父親在籌劃一場種族戰爭。科荷兄弟對槍械無所不知：開槍、藏槍、偷槍、在黑市裡運槍。

這讓凱斯興奮不已。他自六歲起就為槍枝著迷。他盡可能的去學習槍枝的廠牌和型號、使用方式、被禁的槍枝類型，以及如何取得。他弄到《槍枝與彈藥》等刊物。他的祖父給了他至少一把槍，還教他怎麼開槍。他的父母對此不太樂見，但他們也束手無策。

「我把槍的所有細節都學起來了，就算我一把槍都還沒看過，」凱斯說。「我一拿到槍就更慘了。我發現偷槍原來有多簡單。」他當時已經會闖空門了，有時候會跟一個朋友一起，雖然他沒指名科荷兄弟，但看起來他們其中一位八成是共犯。有時候凱斯會把偷來的槍在當地處理掉，或是跟人交換。那時候多容易啊。即便他還是個小孩，從不會有人要他出示證件，或者問他怎麼會有這些武器等等的。

除了科荷兄弟外，還有一個人讓他相處起來很自在，就是他的小妹查莉蒂（Charity）。凱斯會帶她到樹林裡，拿BB槍朝房子射，如果沒人出來，他們就會闖進去。他們偶爾會偷東西走，偶爾就只是把東西移來移去，然後躲在外面等屋主回家嚇個半死。

後來他們開始開槍驚嚇動物。「但她太大嘴巴了，」凱斯說。「其他人發現了——比如我父母，還有我其他玩伴的家長。所以我不再跟她一起玩了。」

他的行為升級，也開始意識到自己跟大部分同儕有多麼不同。十四歲的時候，凱斯和一個朋友——和他一起闖空門的那位——到樹林裡去，「我射中了某個東西，」他說。「狗或是貓，不確定。但他受不了。那是他最後一次跟我一起玩。」

凱斯完全不理解他的反應。不久以後，他第一次做出言語威脅。凱斯的妹妹有一隻貓老是跑進垃圾堆裡，凱斯威脅她：「那隻貓要是再跑進垃圾堆一次，我就殺了它。」

一天，凱斯抓起那隻貓，動身前往森林，他的妹妹和兩個朋友跟在他後面。「我拿出一條降落傘繩，把它綁在樹上，」凱斯說。繩子有十呎長，他將另一頭繞在貓咪的頸部。凱斯帶著一把點二二左輪手槍。「然後我朝貓的肚子開槍，牠繞著樹跑啊跑，撞到樹上吐了起來。至於我，我沒什麼反應。其實我好像有點笑出來，因為牠繞著樹跑的樣子，但我看到跟我同齡的那個孩子在吐。有點受創吧，我想。他跟他爸說了這件事，然後想當然，他爸跟我父母講了這件事，之後就再也沒有人要跟我一起去森林裡了。」

凱斯描述的是性虐待者和精神變態者典型的童年發展。

虐殺小動物，特別是寵物，是出於純粹享樂而對其他生命進行控制和殺害的「實驗」，是他們改對活人下手前最後的練習階段。在進行精神狀態評估時，他被問到小時候是否重傷過他人，他回答得輕描淡寫。

「有過幾次小衝突，」他一派嚴肅說，「我幾乎不太和人起衝突。」

雖然和凱斯的說法兩相矛盾，海蒂仍堅稱自己不記得發生過貓咪那件事。她宣稱沒有任何家長告訴過她或傑夫這件事。看起來一部分的她需要相信這件事未曾發生過，但另一方面，她卻也承認它的可能性。這或許是她唯一能讓自己寬心的方法——相信凱斯的童年並沒有造成他長成這樣一個怪物，即便她在內心深處，或曾懷疑過這並不全然屬實。「他受到的教養一直都沒有什麼負面影響，直到最近幾年，」海蒂說。

十五歲時，凱斯在離家約一英里的地方蓋起小木屋。他跟著父親邊看邊學，開始幫忙，從方舟教會的人那兒接過一個建築工程案子。他在十六歲時完工，獨自搬進那間小屋。海蒂並不同意，但也沒嘗試要阻止他。「我感覺他還太年輕，」她說。「我認為跟他的家人待在一塊比較健康。」

當時，傑夫已將新家蓋好，其他人也搬了進去。裡面有發電機、料理用的爐灶和丙烷燈。一家人用壁爐來燒水。但這些凱斯都不在乎。他只想獨處。

「不管什麼東西，我一下就獵得到。」他發現打獵不只攸關耐性，也攸關槍法，所以訓練自己靜止不動好幾個小時，加強自己嗅出動物的感官能力，聆聽最細微的動靜，熟練地偽裝自己。鹿是他主要的射擊對象，他說。他同時也知道怎麼清洗和屠宰肉塊。但打獵求生已經不是重點了，狩獵動物已經不是重點了。

「你在樹林間跟蹤，看到有人在樹林裡，而他們沒看見你……」凱斯說他會躲起來坐著，看別人看上好幾個小時。他會想著，要在這荒郊野外對某人下手、讓他們消失無蹤有多容易。「我記得我打從十三、十四歲就在做這樣的事，」他說。

一九九四年，凱斯十六歲大，他在山下因順手牽羊遭到逮捕。他靠社區服務逃過一劫，但傑夫和海蒂受夠了。他們翻遍他的小屋，找到一堆偷來的槍枝後，逼他搬回家住，把武器都還回去，並且用砍柴來跟他的受害者們賠不是。海蒂和傑夫的態度在凱斯看來有點偽善。獵捕那些動物並不合法，他們也知道，但他們還是鼓勵他這麼做。這對他們有好處。為什麼偷東西就比較嚴重？

海蒂想起，凱斯在那之後就有了明顯的轉變。事後回想，她感覺他可能在試著讓她認識他真正的樣子。她早有察覺他逐漸遠離了信仰，也擔心他在疏遠她。他們有一天開車下山，海蒂坐在他的卡車副駕駛座，凱斯問了她一個問題。

「媽，妳有沒有想過，妳的小孩可能全都不會選擇妳和爸的生活方式嗎？」

「凱斯！」海蒂說，「你曉得自己在說什麼嗎？」

「嗯，這個嘛，」他說，「我們不一定會想要——妳跟爸過的那種生活。」

這讓人心痛不已，海蒂感覺自己和傑夫被孩子否定了，不只是凱斯。有多少孩子這樣覺得？有多少孩子不再信主？有多少孩子會離開？凱斯會離開嗎？她難以想像。

他們會想通的，海蒂暗忖，肯定會的。

不久後，凱斯告訴他的父母，他不再相信組織性宗教。

他的父親在一九九三年韋科慘案後脫離了方舟教會，凱斯以為他能理解，然而傑夫選擇不認他這個兒子。曾經最受寵的兒子，如今成了情感上的棄兒，只有海蒂仍接納他。她在這方面與她丈夫意見相左。海蒂愛她的兒子，就算他不再敬愛或相信神。

「我媽超越了那個層次，」凱斯和醫生說，「她關心我。」

不過，海蒂和她的信仰還是讓他備感壓力，特別是他積極展開戀愛生活的時候。

他當時十八歲，從事營造工作，和老闆的女兒交往。他對自己的性慾感到羞恥，「我今天對我的女友有罪惡的念頭，」他在日記裡如此寫道。那幾頁其他的部分寫滿了一段段聖經文字。海蒂和傑夫得知他們的關係後，禁止凱斯和這個女生碰面，告誡他只能夠寫信給她，而他也這麼做了。

一九九六年的秋天或冬天，海蒂和傑夫決定他們應該再次搬家。凱斯不是家裡唯一惹麻煩的小孩。誠如她之後發表在威爾斯教會網站上的見證文所述，歐彤蘿絲・凱斯（Autumnrose Key）跟另外兩個姊妹一樣有過反抗行為。這篇見證充分闡明了凱斯家的情感張力。

她以《詩篇51:5》的引文起頭。「我在罪孽中為我母親所生，」她寫道，接著羅列她的罪行。「我……愧對我的母親，她對我這麼說過……我讓我的良知化為灰燼。我會看那些我認為『優質』的電影。我受不潔的思想和罪惡所苦。我開始聽當代的『基督』音樂。我會告解自己犯下的罪惡，有時我努力抗拒，卻愈發不可收拾，我也變本加厲地看那些不適當的東西。天主保佑，那時候的我罪孽深重無比。」

凱斯家的小孩似乎認為道德淪喪就是他們的救贖。

歐彤蘿絲開始質疑起《聖經》以及基督信仰本身。她洋洋灑灑寫了六頁的罪行：她稱自己邪惡、讓人避之唯恐不及、成為他人的負擔、眾叛親離。她形容自己擔心受怕、惶恐、迷惘、困惑不已、苦惱不堪，死後毫無疑問要下地獄。「讓我脫離這些黑暗紛擾，」她寫道。她顯然深受痛苦折磨，她的信仰也是，唯一拯救她的是那些隨機巧遇的街頭佈道者，那些人在二〇〇九年十一月來到印第安那州，將他們的休旅車停在海蒂家的私人車道，然後就沒有真的離開過。「我看得出來上帝與他們同在，而且他們與我不同。「他們在侍奉主中得福。」

這次信仰危機，歐彤蘿絲說，促使她父母帶小孩搬離科爾維爾，前往奧勒岡。她在見證裡沒有提到她心愛的哥哥凱斯並未與家人同行，他另外留下來待了至少一個月。背後原因不明，但再次顯示他被排除在外的跡象，凱斯的舉止堪慮，拉開了他和手足的距離。海蒂稍後否定了這個說法。

凱斯表達了他的怨恨之情。他和女友說，他家人過度依賴他，而且他母親力圖要掌控他，各種大大小小的層面上都有跡象。舉個例子：他有一台黃色的貨卡，上頭裝有他自己做的貨盤，在一家人搬到奧勒岡州之前，他急需更換卡車輪胎。但海蒂和他說家裡需要這筆錢，不讓他換。凱斯的女友也認為，海蒂意圖阻止任何他展開自己生活或是離開的機會。海蒂需要凱斯照顧八個年紀較小的子女，做她的後盾——做一個代理伴侶。

凱斯一個月後搬到奧勒岡州，和家人在莫平（Maupin）的一個小鎮團聚。他去幫忙父親蓋新房子，打算賣掉它賺取收入，於是一家人又再度住在帳篷裡。凱斯家的小孩是否對這套講好聽是懲罰、講難聽是虐待的行為發表過意見，甚或是有所意識都還是未知。可以確定的是，在他們父親蓋著大房子——他們只會在裡面待一下子，或甚至根本不會進去——的同時，小孩們穿過帳篷布簾看著，空空的肚子抵在硬地板上，思索著自己為何會過上著這種簡直就是無家可歸的生活。

一九九七年，凱斯一家，不知為何再度舉家搬到美國的另一頭。傑夫在紐約上州的馬隆（Malone）置產，並且將產權掛在凱斯名下。一年後，一家人再次搬家到緬因州的士麥那，並決定和艾米許人一塊生活，以養蜂採蜜維生。

但凱斯除外。他受夠了。他再也不想過這樣四處流浪的生活，這種舉家遷徙在他看來就是在一堆邪教裡挑挑選選。他覺得艾米許人有夠愚蠢。他父母把他們從摩門教拉到基督教基本教義派，後來再投身他所謂的「擁槍的白人神經病派」。

在他一九九七年年底的日記裡，他後悔沒有去過自己的生活。他想念被他留在科爾維爾的那個女孩。他一直掛念著她，也擔心自己永遠走不出初戀的心碎。「我一個人不斷的想，想自己是怎麼了，就不能忘了她嗎？……不行，我沒辦法。」

他寫說自己對離開家人有罪惡感，但最後的結論是他試過了。他累了，不想沒事把自己的生活搞得更加困難。世界即將迎來新的世紀，他的家人則堅持過著原始而偏執的生活。真是夠了。

他留在紐約的住處，一塊十英畝大的地上的小農舍，緊鄰加拿大國界，同樣不宜人居。他獨處在森林裡，樂不可支。他去上了幾門課以取得高中文憑，其中只有數學對他比較棘手。他從小就很愛閱讀，在家自學的他幾乎什麼都能自己學會。

凱斯需要文憑好達成下個階段的目標：從軍。

他自己沒說過，但他前任女友譚米（Tammie），和他的第一任未婚妻都覺得：凱斯從軍也是為了反抗父母。

神奇的是，就算他連出生證明或社會安全碼都沒有，他還是在一九九八年成功說服美國陸軍讓他加入。

「在書面上我根本不存在，真的，」凱斯說。

二十歲時就已經是這麼危險的人。

凱斯不太想談從軍的事。他說之後能提供調查員他同袍的姓名，但他們什麼都不曉得。「好吧，也許有一個人知道。」凱斯在那個朋友身上看到自己的影子，而且還甚至有點後悔跟他分享了太多事。凱斯說自己滿喜歡軍旅生涯的，而且還是個很好的士兵——這讓他自己也很意外。

他先是在德州胡德堡當步兵，後來轉到華盛頓州的路易斯堡，還在埃及待了六個月。他沒有打過仗。凱斯在他從小沒經驗過的制度裡表現驚人，卻在交友方面遇到難關。他不太知道要怎麼跟其他人打交道。他對流行文化毫無概念，他不曉得什麼是足球，也不知道布萊德．彼特（Brad Pitt）和超脫樂團（Nirvana）。其他人瞠目結舌時，凱斯會給他們簡單的解釋。「我是艾米許人，」他會這樣回，「我是說我曾經是。」

他在陸軍的時候嘗試過兩次LSD，但只有出現幻視，從來沒幻聽過。接著他嘗試古柯鹼，他還挺愛的，他曾連續好幾週每天吸掉一百美元的古柯鹼，然後說停就停。——他不喜歡吸食後那種失控的感覺，他想要維持在受控的狀態。

喝酒就不一樣了。凱斯真的喜歡上喝酒，那會讓他放鬆。他不覺得自己有成癮，因為他在訓練時可以好幾週都不喝。但有幾次，他說，他喝到失去意識。從埃及回來後不久，他在隊上值勤時因酒駕被憲兵逮捕。

失控依舊是個問題，凱斯說，但他很快養成了極高的耐受力，並小心不在家人身邊喝酒，以防自己說溜嘴，講出自己做了什麼。

他指的會是他在從軍前做的事嗎？他不曾明說，但從他目前說過的話聽來，他的精神狀態似乎在十四年前就變了。

在營裡的時候，凱斯開始跟其他人看足球賽，盡可能了解比賽和球員的知識。有人帶他去聽他的第一場搖滾演唱會，是嗆辣紅椒（Red Hot Chili Peppers）和石廟嚮導合唱團（Stone Temple Pilots）在西雅圖鑰匙球場（KeyArena）的表演。他跟科爾維爾的那個女生還在交往。事實上，縱使他們談著純潔的遠距離戀愛——他們還沒發生過性關係——，兩人還是在不久前訂婚了。求婚當下那一刻是他們第一次接吻。她是個處女，希望等到婚後再有性行為，凱斯告訴她，他也這麼覺得。

他當時已經很善於說謊。——他的未婚妻不曉得凱斯在外頭找過其他肯和他做愛的女人，也不曉得他至少召妓過一次。

凱斯還隱瞞了她一件事：他是雙性戀。他在精神狀態評估時提過這件事，好像他一直都知道，也欣然接受。只有金柏莉發現過，他說，那是因為他有天晚上喝太多，鬆懈下來上網亂逛。她發現他電腦上的聊天紀錄並質問他，但他不肯針對此事多加著墨。

二〇〇〇年末，他在已有婚約的情況下，透過網路認識了另一個女人，譚米，她比他大十歲，前一段婚姻生的兒子八歲大，他們住的地方距離他在尼亞灣的基地不到十英里，一個位於華盛頓州的迷你保留區。

他們第一次約會是在十二月初，一起用午餐。譚米記得第一次見到凱斯時，她沒什麼好感。她外型美麗豐滿；他瘦瘦長長，臉窄窄的，還有個大鼻子，戴著金邊小眼鏡，活像個書呆子。他說大家都叫他凱斯。他是白人，她則有美洲原住民和黑人各半的血統。他們相處得很融洽，午餐約會後開車兜風，然後是晚餐和電影。

各自童年的受創經驗讓他們產生連結。譚米從小在尼亞灣長大，沒有水電，她很明白那種剝奪和羞辱感，總覺得自己不夠乾淨，擔心其他人嘲笑妳差勁的衛生狀況，而妳還是個小孩，對此也無能為力。她知道在惡劣的環境裡長大，卻同時坐擁這片令人屏息的景色、翠綠樹林和清澈靛藍的水景，是什麼感覺。她知道這同時能療癒心神，也能傷透人心。

家中混亂暴力的狀況使得譚米流離於多個寄養家庭之間，十七歲時，她已經在參加匿名戒酒會了。但譚米並不自憐，十三歲起就在部落工作，立志要為自己打造美好生活。凱斯深受她的樂觀和獨立吸引。他很驚訝能在這世界上，而不是他父母身邊那群瘋子裡，找到一位比他年長的女性，跟他有如此類似的成長背景，他在她面前無須感到羞恥。接下來兩個月裡，他和譚米形影不離。

凱斯從沒和她提起他參加白人至上主義群體的那段過去。他的舉止、言論都沒有讓她起疑。

他們還有其他共通點。他們都喜歡重金屬樂和砍殺電影，但最主要還是在肉慾和酒精這方面。就算是譚米在戒酒療程的期間，她還是會和凱斯喝酒，喝得很多。「性的部分超棒，他絕對是我遇過最棒的愛人，」譚米說。

她在八週後的那個週末懷孕了。她打給人在路易斯堡的凱斯。她知道他只可能有兩種反應。

「我還沒準備好，」凱斯告訴她。「我覺得妳應該墮胎。」

譚米心碎不已。她想生下這個寶寶，也想要他。「我要把他生下來，」她說。你就忘了我，去過你自己的生活吧。但她完全不知道他在科爾維爾還有一個女人。

凱斯在二〇〇〇年九月二十五日的日記裡寫道，離開他父母讓他很有罪惡感，但也感到鬆了口氣。十月一日，他付了訂婚戒指的訂金，並在十月十日取貨。

他沒有提到求婚的事，但科爾維爾的女孩答應了。她最後一次出現在日記裡，是在二〇〇〇年十一月四日。他的前未婚妻在和探員的對談中，補足了那段空白。

二〇〇一年春天，她說，她到路易斯堡見凱斯之後，就感覺情況不大對。他把話講得很白，他不想要她見他軍中的任何同袍。他跟她說他要去參與訓練，好幾天都不能講電話，或是好幾週都毫無音訊，儘管她明明知道他人就在基地裡，因為她曾連絡過他的指揮官，而對方跟她說：「有，他人在這裡。他很好。但我不知道他為什麼不回妳電話。」

他們計畫在八月或九月時完婚，凱斯跟她提過他很焦慮，但就在五月的時候，凱斯對她說，她其實並不認識他的真面目。他跟其他人上過床，而且他也不再信神。

他沒有和她提譚米的事，那時他跟譚米又恢復了交往狀態。他在墮胎一事上改變了想法。他感覺這是他最有可能穩定下來的機會。

凱斯同樣沒有說的是，譚米不像他的未婚妻，她從不質疑他。譚米不曾拆穿他顯而易見的謊話，好比他宣稱自己加班工作，卻醉醺醺地回到家，或是問他為什麼在網路上和其他女人聊天，或是問他消失好幾天時都跑去哪。而他也認真考慮要當爸爸，他覺得自己會表現得不錯，他的弟妹都算是他帶大的，一部分的他生來就很會照顧別人。他喜歡料理和打掃，他喜歡小孩子。這是個打破循環的好機會，給他的小孩他自己不曾得到過的照護與關愛。

於是他離開未婚妻，回到一直愛著他的譚米身邊。當然了，她同樣沒問他那段時間都在想什麼，或最初為何要離開她。

那年七月，凱斯從陸軍榮退後，這對等待孩子出生的情侶在保留區找到住處。公園休憩委員會看在譚米的面子上，給了凱斯這個外來者一份工作。

他們租了一間三房一衛浴的房子，雖破舊不堪，但凱斯花了幾個月的時間用心整修。他得確保她跟前夫所生的兒子基頓（Keaton）不會覺得自己被拋棄——不會感覺被新生的寶寶、或與他母親同居的這名男子所威脅。凱斯對這個小男孩的焦慮很敏感。隨著時間過去，基頓也終於接受了他，把他當成父親般敬愛。

這不是要說他們的家庭生活和諧融洽；差得遠了。他在軍中的那段時間，特別是他在埃及的那六個月，使得凱斯在美國涉外政策和貧富差的話題上表現出令人惱怒的態度。他會威嚇譚米和她的朋友，說他們有多單純、無知、沒見過世面，就像美國最差勁的那群人一樣，別人整個國家都受極度的貧窮所困，他們還沉溺在表象與物質主義上。譚米深知她和凱斯都明白極度貧困是什麼感覺，但他的態度是如此自以為是、高高在上，她乾脆讓他說到夠為止。

譚米開始看出他堅持親自處理所有家務背後的控制慾。凱斯一直都有很強的控制慾——除了在每一天的尾聲。他現在每天晚上都會喝掉一瓶紅酒、五分之一瓶金賓威士忌，還有半打啤酒。有時候他喝醉了，會和她說一些令人費解的話。「我是個壞人，」他會這麼說。「我的心黑透了。」

她拒絕相信。這是他的童年創傷在作祟，她心想。就算他開始在身上標記撒旦的圖樣、胸前烙印一個上下顛倒的十字架、後頸刺青一個五芒星，譚米都會將其解釋成他對兒時宗教環境遲來的反應。他的父母把他逼成這樣，譚米想，特別是他母親。每次海蒂打來，細數著《舊約》的諄諄教誨時，她都能聽出她聲音裡流露出的傲慢和虔誠。

海蒂沒打算要見譚米，譚米也不期待她改變心意，就算在孩子出生後她也沒來看過。

這是凱斯的另一個禁區：他的父母。他幾乎閉口不提他父親，跟他母親的關係顯然也很複雜。他渴望海蒂的認同，雖然他對她的選擇嗤之以鼻。他的童年在譚米眼裡同樣是個謎。他很少提供詳細描述——任何故事、經歷、重要時刻——讓她足以在腦中描繪出他兒時的樣貌，還有讓他存活下來的事物。

只有在某天晚上，兩人看著真實罪案節目特輯時，真相在片刻之間浮現出來。節目的主題是切恩和切維・科荷兩兄弟跟兩名試圖逮捕他們的員警，在高速公路上起了槍戰，在有線新聞台開始不斷重播行車紀錄器的畫面以前，兩個人就早已是逃犯。最終科荷兄弟落網，並在一九九八年獲判二十四年的刑期，切恩將他兄弟捲進奧克拉荷馬市爆炸案，宣稱切維是炸彈客提莫西．麥克維（Timothy McVeigh）的共犯。切維否認此事，並未遭到起訴。

一年後切維被定罪，原因是一九九六年發生在一個年輕家庭的三屍凶殺案，死者中包含一名八歲女童，他一連被判了三次無期徒刑。

「我認識他們，」凱斯說。「我跟他們一起長大。」

譚米嚇傻了。科荷兄弟可怕得要命。她想知道：你們以前是朋友？他們跟你上同一個教會嗎？他們會動粗嗎？你也相信他們的主張？你和他們一起做過壞事嗎？

凱斯只聳聳肩，給譚米模稜兩可的答案。

他講得很清楚：「我不想談這個。」譚米不想起爭執，就讓它過去。

二〇〇二年十月三十一日清晨，譚米和凱斯的女兒出生了。譚米堅持在醫院生產，雖然凱斯說他從小接生過夠多羔羊了，接生小孩不成問題，但他還是順了她的意。

然而，譚米一開始分娩，凱斯整個人就亂成一團。他全程待在她身旁，在他們女兒出生的那一刻，譚米親眼看出來。他整個人都變了。「我看出他的生命在她出生的那刻有了轉變，」譚米說。

兩週後，十一月十三日，凱斯收到他父親過世的消息。整個情況撲朔迷離，就連譚米都不太清楚發生了什麼事，調查局那邊最多能拼湊出來的則是，凱斯一家人當時搭乘火車——飛機有違他們新的艾米許信仰——從緬因州到印第安納州，又一次轉移陣地。傑夫在途中生病，病情迅速惡化。他一直患有甲狀腺疾病，如果就醫的話本該能痊癒，但還是一樣——信仰中藥物是被禁止的——傑夫的病情嚴重到站務員介入，告訴家人說：你們得下車，送這位先生去醫院。

凱斯一家人被請下車，但沒人曉得傑夫是否有去掛急診。可能性不高。他的死亡沒有留下任何紀錄——沒有訃聞，調查局找不到任何死亡證明，沒有下葬地點。譚米只記得凱斯飛去緬因州參加喪禮。

連他是否真的在緬因州舉辦過葬禮，也不得而知。

其實，凱斯從沒和譚米或任何人提過他父親。凱斯在軍中的幾個同袍明顯察覺出，他跟他幾個手足曾經被傑夫虐待。有一個人記得凱斯和他妹妹講到離家出走的事，要她別亂跑，她太仰賴別人照顧了，沒辦法獨自生存。如果狀況繼續惡化，凱斯告訴她，「我再去找妳。」

潘恩和高登也想過同樣的事。弔詭的，凱斯不曾提起傑夫，反倒暗示他對凱斯有非常深遠的影響——很可能是負面的影響。他們總在想凱斯是否被他虐待過。在沒有證據、全憑直覺的情況下，潘恩一直很好奇凱斯跟他父親的早逝是否有任何關係。沒有任何證據顯示凱斯在他父親過世前幾週或前幾月，曾出現在附近，但潘恩曉得這不算什麼。

凱斯結束在東部的行程後，回去找譚米。他看上去狀況不錯，所有心思都放在寶寶身上。他讓譚米睡覺，自己幫女兒換尿布、餵奶，送她到托兒所。譚米和凱斯此時都需要工作，譚米在保留區教育局的工作經常需要加班。

他們的女兒八個月大時，一切開始分崩離析。孩子得了嚴重的呼吸道感染，讓兩人為了治療方法大吵。接著是譚米，她在產後一直受嚴重的腹痛所苦，被診斷患了子宮癌，不得不將子宮切除，也有可能會喪命。曾經一切看上去如此完美，現在卻破碎不堪。三十歲出頭的她就要提早停經，凱斯比她年輕這麼多，會選擇陪在她身邊嗎？

譚米發現，醫生開給她緩解術後疼痛的鴉片類藥物同時能改善焦慮，於是她變得越來越仰賴藥物。而凱斯把女兒照顧得很好，她也更好說服自己，可以去打盹或睡覺沒關係。他真的很喜歡寶寶蹣跚學步的時期，幫他的小女兒挑衣服、編頭髮、準備她的午餐等。譚米當時沒察覺，但她已成了外人——凱斯實際上扮起了單親爸爸的角色。

這對凱斯而言，算是譚米精神呆滯帶來的好處。她現在「真的」完全不曉得他的行蹤和行為。她的狀況越糟，他就越自由。——對他來說是好事，但一個不小心，就會害到寶寶。他小心監控著譚米的狀況。

二〇〇三年，譚米的情況惡化，凱斯決定走人。

二〇〇四年夏天，他帶女兒搬到附近一間在保留區裡的房子。一部分的他永遠都會愛著譚米，但他不肯讓女兒暴露在這亂七八糟的環境中。

凱斯在部落裡很搶手——他工作勤勞，有天分，什麼都會修，又疼小孩。他先在尼亞灣跟至少三位女性交往過，才在二〇〇五年跟金柏莉．安德森在交友網站上認識，她是一位住在安吉利斯港（Port Angeles）的派遣護士。

金柏莉四十一歲，比譚米年長。她經濟能力佳、獨立自主、四處遊歷，強烈威脅到譚米贏回凱斯的機會。譚米亟欲挽回這段關係。凱斯愈像是真的要離開保留區，譚米私自服藥的狀況就愈嚴重，把自己推向她最害怕的情況：她嗑茫之後開車撞進尼亞灣裡。譚米被判坐牢二十五天，外加住院兩個月戒癮。就算她和凱斯曾經有那麼一點復合的機會，也在此刻被她給葬送了。

然而凱斯出於關心或自身利益考量——可能兩者皆有——仍讓譚米相信他們或許還有機會復合。譚米出院後更常來他家，一部分是要看寶寶，同時也是想見凱斯。而儘管她曉得他跟金柏莉還在交往，他們仍再度開始發生性關係。那年秋天，譚米預想他們會一起幫女兒慶生，但在當天晚上，凱斯告訴她說，他和金柏莉已經有約了，讓她措手不及。譚米忍住受傷的情緒說：「你如果想去，就去吧。」

他去了。

出於絕望，譚米上網打探，找到了金柏莉在安吉利斯港的上班地點。一天下午，她開了近兩個小時的車程，在金柏莉車子的擋風玻璃上留下一張揚言公開一切的惡毒字條。金柏莉沒有採取任何行動。譚米一直不曉得實際情況為何，直到二〇〇六年末或二〇〇七年初的某天，凱斯告訴她說，金柏莉要搬到安克拉治，問他要不要跟她一起去。他想去。他對尼亞灣的熱情已燃燒殆盡。他需要換個環境。他跟譚米不可能再有復合的機會了。譚米還有最後一招，她的殺手鐧——他們的小孩。「我不會讓你帶走她，」她說，「所以你得二選一：你在網路上認識的女人？還是你女兒？」

凱斯沒準備要和譚米對簿公堂，但這至少造成了一個好結果：為了證明她是稱職的家長，譚米就真的得保持清醒。她整個人的狀況開始好轉。諷刺的是，這反倒讓凱斯能告訴她：好吧，妳贏了。監護權是妳的。我要去安克拉治和金柏莉在一起。

這是譚米首次見到凱斯的冷血無情。他的計謀打敗了她，她根本沒有還手的餘地。他終究要為所欲為。

譚米心碎不已。

她記得他在二〇〇七年三月一日那天，開車離開她。然而，再怎麼美好的回憶都不是無可取代。唯一能確定的是，以瑟烈．凱斯在二十九歲那年的三月九日搬到了阿拉斯加。移民紀錄顯示他開車經過阿拉斯加高速公路，告訴政府人員說他要搬到該州，這和他當天的日記內容吻合。「拿鑰匙，搬進新家。」他寫道。

顯然，他沒有立刻就到安克拉治和金柏莉定下來。在接下來的三個月裡，凱斯在西岸和墨西哥南來北往。他大多時間待在加州，據他所稱是在奧克蘭（Oakland）、安那翰（Anaheim）、聖地牙哥、馬丁尼茲（Martinez）、凱特爾曼城（Kettleman City）、納帕谷（Napa Valley）、聖塔羅莎（Santa Rosa）、希爾茲堡（Healdsburg）、卡利斯托加（Calistoga）、長灘（Long Beach）和洛杉磯工作。旅途中，他行經西雅圖和華盛頓州的塔克維拉（Tukwila）。他從聖思多羅（San Ysidro）和聖地牙哥入境墨西哥，並頻繁到訪提華納（Tiguana）。

對於這個部分，他說沒有什麼要和醫生或調查局分享的。

二十二

現在，凱斯終於揭露了一部分的自我，調查員則面臨到一項新挑戰：不靠他的幫忙，自行識別並找出受害者。匡提科派了兩名分析師飛來協助尼爾森。他們掌握的時間線變得越來越完整。

他們回頭看看青少年時期的凱斯，在科爾維爾的森林裡訓練自己，幾乎與世隔絕。調查員們在內心不得不問：他有可能在那時候對誰下手嗎？

茱莉．哈里斯（Julie Harris）在一九九六年失蹤。十二歲，身高五呎一吋，體重一百一十五磅，雙腿截肢，穿戴人工義肢。她在特殊奧運拿下高山滑雪項目的金牌，是科爾維爾的頭號名人。三月三日上午，茱莉比平常提早出門，身穿黑裙和粉黑相間的條紋毛衣，而總被她帶來帶去的狗狗絨毛玩偶遺留在家。再也沒有見過她。

嫌疑最初落在她母親的同居男友身上，他坦承自己在前一天晚上，為了叫茱莉把作業寫完而吼她。但她母親堅信他的清白，他並沒有因茱莉的失蹤被起訴。

警方的報告裡，茱莉最後被目擊的時候，身旁有「一位身穿雨衣的男子」。凱斯當時應該有十八歲大了，他在十四歲時身高就將近六呎。

一個月後，茱莉的義肢在科爾維爾河岸被發現。

她剩下的遺骸，後來在一九九七年時，被森林裡嬉戲的小孩發現，距離科爾維爾有三英里遠。

貝爾向凱斯問起茱莉．哈里斯。一個根本沒有能力逃跑的身障兒童，對剛起步的連環殺手來說，是個風險很低——並且膽小——的下手目標。

調查員們對科爾維爾另一位在一九九七年六月底失蹤的小女孩也很感興趣。凱希．愛默森（Cassie Emerson）失蹤時和茱莉一樣十二歲大。她跟母親瑪琳（Marlene）住在一輛拖車裡，她們的拖車被縱火燒毀後，她母親陳屍其中，她則被通報失蹤。

凱斯說過，他會在樹林裡縱火，縱火能掩飾謀殺。和茱莉的情況一樣，警方沒有任何線索，也找不出多少嫌疑犯。

接著在四月時，凱希的殘骸被動物破壞、分解，在水壺瀑布附近的樹林被人找到，那裡離科爾維爾十三分鐘車程。警方相信是凱希和她母親是被同一人所殺。

兩起案件都沒破案。

凱斯在一九九七年搬去奧勒岡的莫平，科爾維爾就沒再出現少女綁架謀殺案。凱斯不可能會承認自己殺了兩個女孩中的任一人，但他後來和調查員說：我第一個燒的東西是一輛拖車。

而他的前未婚妻認真思考過後，憶起他一位親戚在他們分手後，和她說的話：

「妳是他最後的希望了。我不曉得他接下來會發生什麼事。」

當時的她不明白這句話是什麼意思，如今她才意會過來。

訪談結束時，探員們問她有沒有任何問題。「有，」她說，「是他殺了科爾維爾那兩個小女孩嗎？」

二十三

精神評估報告在四月二十九號星期一送到凱文·費迪斯手上。隔天下午，費迪斯連同兩位美國菸酒槍炮管理局的探員秘密審訊凱斯。費迪斯沒有將這次訪談在法庭做登錄，且似乎打算不跟潘恩和他的團隊分享審問內容。沒人知道具體原因為何，但雙方搶地盤的戰況愈發激烈。

凱斯問起佛蒙特的事。他曉得調查局有派探員去那間農舍，他想知道科里爾夫婦的遺骸找到了沒有。——距離他自白犯下該案，已經三個多星期。

調查局當天早上就在考文垂（Coventry）一處垃圾掩埋場展開搜索。潘恩和貝爾想盡可能限縮他們和凱斯分享的有關資訊；要在謀殺過後六個月，從堆了四十萬噸垃圾、佔地一百英畝的地方，找到比爾或洛琳的屍體可能性不高。

「所以說，科里爾夫婦那個案子調查得如何啦？」凱斯問費迪斯。他的語調平常的彷彿只是在詢問天氣。「他們進行到哪了？」

「他們還沒找到屍體。」費迪斯說。

凱斯不相信，「你在開玩笑。」

「沒有。」

「你確定他們沒找錯房子?」
「應該吧。我們可以叫出Google地圖,再確認一遍。」
費迪斯忘了凱斯有辦法上網,而且他有在追蹤這個案件的地方報導。
「因為我看新聞說,他們一個星期前就放棄搜索了,好像是上星期五……」凱斯說。
費迪斯停頓了一下。「我想我的意思是,他們還在找。」
「咦,你剛剛才說他們還沒找到屍體——」
「他們還沒找到屍體。」費迪斯說。「對,所以——他們正繼續在找。」
整個權力平衡再次倒向凱斯。但費迪斯似乎沒意識到。
「那房子也沒多大……」凱斯說。
「嗯,我想問題在於——他們可能已經不在那棟房子裡。那棟房子已經被拆除,東西也運走了。」一陣靜默。若真如此,凱斯曉得屍體現在已經被送到掩埋場去了。
「嗯哼,」凱斯說。「哇。這真是……瘋狂。」
「嗯,你覺得呢?」費迪斯問。「你還有什麼資訊能幫我們處理這個案子,或是……」
凱斯不會再提供他們任何科里爾夫婦或其他受害者的資訊,因為有件事很明顯:即便他的電腦上有一堆關於失蹤案的報導,只要沒有他的自白,調查局永遠沒辦法找出凱斯和科里爾夫婦間的關聯——反正調查局手上也沒有任何跟他有關的證據。

連他都不曉得自己有這麼厲害。

費迪斯只做對了一件事。他暗示說，菸酒槍炮管理局的探員對凱斯打造槍枝和消音器的能力頗為讚賞，這讓凱斯感到很高興。他一直無法和別人聊他打造槍枝的天份，或是給別人看他精湛的工藝。這他就很樂意聊了。

凱斯或許到處汲取靈感，但他一直強調自己的原創性。他把左輪和步槍拆開，依個人的特殊需求加以翻新。他自己做消音器、二手望遠鏡和紅外線瞄準器。他製作了一個移動標靶系統，讓他能在樹林中練習。他槍殺比爾・科里爾時使用的消音器，就是在自家花園裡測試的。「你能在五十碼外往別人腦袋開一槍，輕輕鬆鬆，」他說。「我製作的時候，就在我的棚屋裡開槍，鄰居住在隔壁……我對那把槍有很大的期望。」

凱斯拒絕深談。然而，他願意分享一些其他的計謀和幻想。

其中之一是在深夜時分，監視一條窮鄉僻壤的道路，那種人們「不太預期自己會遇到什麼（事情）」的地方，他說。那裡人煙罕至，五或十分鐘才有一輛車經過，凱斯想像自己在路邊深處，用雙筒望遠鏡看著司機們。「你知道，就像逛街一樣，」他說。「你會把某人的車輪射破，她隻身一人，別無選擇只能停車……大概在離你開槍的地方半英里內的位置。」

這個計畫並非獨創。哈茲伍德在《幽暗夢魘》裡，就寫到有個人講過同樣的事。

但凱斯講著那次的突襲計畫，反讓他意外坦承另一件事。雖然他曾發誓自己在綁架莎曼莎以前，不曾在安克拉治犯案，但實情並非如此。他有試過，且不只一次。誠如他所說，他過去一年左右，一直很難壓抑內心的衝動。他坦承自己在二〇一一年春天，曾多次在夜晚到地震公園監視，想找一對情侶下手，最終發現人車還是太多了。

他說他有天晚上騎腳踏車到一個小公園裡——那是一條廣為人知的情人步道，位於昏暗無光的海角邊——那一帶和其他地方隔開來，靜謐、地勢平坦而開放，唯一的遮蔽點在獨立的公共廁所後方，凱斯定位在此，帶著他的望遠鏡和消音器。

「大概十點還十一點，」凱斯說。他的聲音變得低沉，講話速度也慢了下來。「外頭有一對年輕情侶在車子裡。我實在忍不住想找他們麻煩。」凱斯離他們約五十碼，籠罩在夜色之中，水面和天空完美接合成一片黑暗。

凱斯聽見另外一台車悄悄駛進那條狹窄的道路，進到停車場。是一台巡邏車，但這不成問題。這很刺激。「我當時考慮要朝警察開槍，」凱斯說。「我從小就，可能是……（我被）白人至上主義薰陶還什麼的，會要去襲擊警察。也不知為何，那天晚上我在那坐得夠久了，我就是無聊、亢奮到一個程度，讓我差點就要下手。」

但第一位員警找來支援，這對突襲擅闖民宅的情況來說不太尋常。另一台巡邏車在幾分鐘內抵達。「我差點就要惹上麻煩，」凱斯說「那次有夠危險，因為我——我沒想到幾個坐在公園裡的小孩會找人來支援。我差一點就要開槍了，」凱斯的肢體亢奮，前後晃來晃去，鍊條叮噹作響。

「就算我朝他們開槍，你也不會聽到任何聲音。只會看到前一分鐘還站著，接著直接就倒在地上，連發生了什麼事都不會知道。但另一個警察出現後，我就決定要克制個幾週。」凱斯騎上腳踏車，動身駛入夜色，這四個渾然不覺的人存活至今，只因為當下他選擇「克制。」他決定要去買一個警用無線電，並再也不在安克拉治下手。

「只不過，」他說他在老鷹河（Eagle River）北叉的兩個登山步道附近，埋過一個工具包。他去過那裡幾次，為了看會遇到什麼樣的機會。結果沒有，於是，「我決定回老地方去，」他說，「回東部。」

又一個線索。凱斯在東岸殺的人有比西岸多嗎？他們看得出來，跟調查員講他們不曾聽聞、或從沒想過要害怕的事情，令他很興奮。很難判斷他講的有多少是誇大其辭，但他和他們說的很多都符合事實。他們傾向相信。

「我有好幾百個計畫，」凱斯說，「和一個超大的計畫。」

費迪斯問他的計畫是什麼，但凱斯不會再給他任何資訊了——除非科里爾夫婦被找到，除非他看到照片。費迪斯聽不懂他的意思。

「什麼照片？」他問。

「犯罪現場。」凱斯說。

「哪裡的？」

「他們找到屍體的地方。」

「喔。」費迪斯還是不明白。「解釋一下，我好知道你的意思。」

「我想看照片。」

「屍體的？」費迪斯嚇傻了。

「對啊。」

費迪斯靜默。此刻，他終於意識到自己處於劣勢——科里爾夫婦已經死了快一年。

「你為什麼想看他們？」

凱斯笑了。「這樣我才知道你們找到他們了，」他說。

費迪斯懂了：原因不是這個。凱斯想陶醉在自己的傑作裡。費迪斯現在不只是害怕而已，他驚惶不已，而這一切，凱斯都瞭若指掌。

沒過多久，史蒂夫．潘恩就發現了費迪斯的秘密審問，就在他發現後，雙方終於正面對質。高登的一個朋友是在法院裡第一次聽說有這場審問，高登得知時，起先還不相信。這種事根本不可能發生，特別是這麼重要的嫌犯。高登還得打上好幾通電話才發現：是，這是真的。負責你們案子的檢察官整個失控了。

這可能造成難以估計的傷害。在短程影響上，潘恩的團隊工作得如此辛苦，如此審慎思量、預先佈局，就為了和凱斯打好關係。傑夫．貝爾每天都到監獄一趟，只為了看凱斯肯不肯開口。貝爾每次訪問前，都會徹底搜過他的身，並出席每場審問。凱斯喜歡貝爾，特別是他外放的天性和他直來直往的舉止。大家都很清楚。

他們還小心且成功地把多爾踢出調查團隊。本案一進入聯邦層級，人事去留就轉為潘恩和他上司所決定。貝爾不太樂見多爾離開審訊室，因為凱斯曾特別指名要找她，第二次自白時，多爾的出現也引出了更多細節。凱斯是個控制狂，他若堅持多爾到場，他們就得照做。

不過在多爾離開後，凱斯只問起她一兩次，之後就沒再提過她。他的心思可能更多放在開除自己的律師，和得到死刑執行日期上。

除此之外，潘恩便以穩定情勢為重。他總是在場，負責回應凱斯針對案情進展和調查局協議有關的任何疑問。潘恩和貝爾很早就意識到，如果團隊裡有任何成員不曉得某件事情，他們應該直接承認，因為凱斯無疑能看穿他們。

高登過往的經驗十分寶貴，做為審訊室裡唯一的女性，她同時是他們的秘密武器。握有權力的女性——對凱斯沒有吸引力的女性——讓他很不自在，這方面高登讓他們握有優勢。有幾次他們會要她追問特定某個問題或細節，讓他難堪到不小心說溜嘴。而且，高登非常熟稔何時該、何時該退。她從不大小聲。

為了進一步加強這種穩定感，潘恩的團隊每次都會帶同樣的糖果和雪茄給凱斯，讓他知道就算在小細節上，他都能信賴這些探員，而且他們很清楚自己在做什麼。

假如高登和潘恩不曉得費迪斯和他會談的事，然後凱斯在下次審問時提起——他有什麼理由不會？他如此執迷於檯面下的各種處理過程，以及他們宣稱在嘗試加速死刑執行一事是否為真。他只會看到一片茫然。這些探員，縱然身經磨練，仍然都是凡人。他們不可能藏得住他們錯愕的反應。就在那一刻，他們過去六週如此細心建立起的可信度都將化為泡影，或許再也挽回不了。這也會告訴凱斯：調查團隊內部出現分裂。一派人不知道另一派人在做什麼。他會知道要怎麼利用這個局勢。

長遠來說，他們來到一個全新的領域。凱斯想知道他的處決日期，他們也很努力在對抗固有的體制障礙，好促成此事。即使沒有這項要求，這都是一樁極其複雜、牽扯到全國數個司法單位的案件：州級和地方執法機關必須參與，但不能知情；這同時也是體制內最高層級間秘密協調、獨一無二的談判條件。要是這次審訊沒有讓調查局知道，司法部極有可能也一樣不知情——而司法部握有最終裁決權，他們是決定聯邦死刑案的唯一裁決機構。調查員和檢調人員必須確保一切——所有一切——照程序來，而凱文．費迪斯卻整個胡搞一通。

出事的還不只這一次。有一回費迪斯真的寫了一份稿子，要讓他自己、盧索、潘恩、貝爾和高登在審問過程中照唸，其中還包括他預期凱斯會有的回應。調查團隊極力反抗。這從來都不是審訊中該有的策略。再說，事到如今，大家不是早就知道沒辦法預測凱斯．凱斯會說什麼了嗎？

大家在四十八州都是這樣做的，費迪斯這麼說過。

不，才不是。

費迪斯之所以囂張得起來，純粹是因為其他人顧及他們真正的威脅，也就是以瑟烈．凱斯，才能維持正向的尊重關係。整個團隊的成員和他同處一室時從未配備武器。探員們眼看他雙眸四處張望，注意到某個塑膠器皿或吸管或電源插座，腦袋運轉的樣子清晰可見。他們知道凱斯在想各種逃跑的方法，而且他聰明到可以實際執行。傑夫．貝爾有幾次真的備感恐懼，特別是凱斯開始摩擦自己身體的時候。——這傢伙對我開口和對我動手的速度一樣快，貝爾心想。

費迪斯毫無警覺。

終於，人們對這位聯邦檢察官的不滿順利上達，一直傳到華府的高層耳裡。話傳回費迪斯那裡：你的行為令人難以接受。

然而，神奇的是，凱文．費迪斯仍繼續留在審訊室裡，而且經常負責發號施令。時至今日，都沒人肯說明這種事為什麼還持續不斷的發生。

二十四

本來就已相當複雜的案情，每天都還有新的盤根錯節出現，但最大的問題仍是凱斯要求加速死刑執行。整個四月份，凱斯和調查員談過六次，每次都想知道：死刑安排得如何了？他們可以講上一整天，但除非凱斯拿到行刑日期，他不會透露其他受害者的資訊。

早在四月十二日時，凱斯被捕一個月後，他和費迪斯、盧索、高登和貝爾在一間審訊室裡，針對此事來回攻防，費迪斯則試圖把話題拉回去。「死刑案很花時間，」他說，聯邦死刑案則更加曠日費時。為了避免美國政府誤判死刑，其中牽扯太多程序，難以撼動的程序。各種協議、多方角力和文書流程。沒辦法在一年內拿到處決日。

凱斯嘆了口氣。

「如果需要這麼多文書作業，那聯邦政府應該學會用電子郵件。因為這沒道理要花上一年，不管你要和多少人溝通，或有多少文件要送。這不該花到一年。」

凱斯並沒有把法律想得太美。最近他帶著前所未有的動力，老待在監獄的法律圖書館裡，很清楚自己該問什麼問題。他想知道費迪斯有沒有做過功課，或稱不稱職，或可能就只是在拖時間。

「我想知道歷史上近來，最近十年的聯邦案件，平均的被害死者數目有多少？我要怎麼做才能達到同樣的數字？」

凱斯明白自己的要求史無前例。「提莫西・麥克維在奧克拉荷馬市之後，放棄所有上訴權力，很快就上了死刑台。」

費迪斯承認這部分。「但你要搞清楚，人們看待他的角度非常、非常不一樣——那是恐怖攻擊。」

「在某個程度上，」凱斯說。「但有很多人，和我一起長大的人，都把他看作愛國者。看作英雄。」至於凱斯是否有同感，他沒有說。貝爾把話題帶回麥克維的處決上，死刑也是在麥克維的要求下加速執行的。「你知道為什麼他的這麼快嗎？」貝爾告訴凱斯，「他驚人的犯案數量。講白了，而我們也沒辦法再講得比這更坦白，這樣驚人的數量就能達到你要的目的。」

「但我不想追求數量，」凱斯說。「我認為我提供給你們的資訊已經夠我達到目標，如果不行也罷。我是說，我不太相信你們能辦到——因為你們說了，這件事很多地方不是你們能控制的。」

他將了他們一軍。費迪斯和盧索反覆和凱斯說，最終決定權不在他們手上，而是司法部的死刑案件部門（Capital Case Section）。

「也許我該自己去研究一下，」凱斯說。「我是指，聯邦死刑案其實也沒幾個，是吧？」

費迪斯表現得好像自己第一次聽聞此事。「喔！」他說。「是，有些州的案例比較少，確實如此。」

盧索試圖由此切入，「如果你在哪個州有受害者，我們可以研究一下當地的法律，也許能讓你更快達到目的。」

「我寧願盡可能少牽扯幾州進來，」凱斯說。「我已經讓兩個州介入了……」

盧索轉換策略。「地方警察，老兄——要是他們發現可以嫁禍於你來結案呢？他們可能會那樣做。他們可能會說你做了某些你根本沒做的事。」

凱斯笑出來。「我不覺得他們會這麼超過。他們至少要有屍體。」

貝爾認為這也是個線索。凱斯有可能燒掉或掩埋了他大部分的被害者，或是把他們拋進水裡。就算是被棄屍在陸地上的，比方說科里爾夫婦，也早已腐爛分解。

盧索換了個角度。凱斯身為人父，想必能理解家長想要了卻一樁心事的感受，對吧？

還好，凱斯說。「比起得知孩子被姦殺，想像他們只是人在墨西哥某個海灘上，會讓我感覺比較好。」他笑說。「底線就是，這個房間裡每個人想要的東西都一樣。你們想要我給你們所有我能給的資訊，我想給你們所有我能合理提供的資訊。你們想要我受罰，我也想受罰。所以我說，我們很明顯目標一致，不管我們對達成的手段是否有共識。」

對貝爾來說，這整段對談都是在浪費時間。凱斯劫持了有關其他受害者的訊問，把它變成針對死刑的爭論。「好吧，」貝爾答道。他平時沉穩的音調變得短促，他嫌惡地關掉錄音機。

一切都令人挫折，不只是凱斯控制了情勢，還有譁眾取寵的費迪斯，這全都在削弱他們的氣勢。

他們不靠凱斯辨認出三個可能的受害者也不重要了；除非他自白，否則他們根本結不了那幾個案子，更別提通知家屬。

縱使冒險，他們仍得繼續逼問——他們需要更多屍體。

第四部
未知的骷髏

二十五

調查局傾全力找尋科里爾夫婦的遺體。

每天早上，數百名探員在酷暑中並肩而行，其中有些探員還是放假期間自願來幫忙，他們在甲烷氣體和腐敗物的惡臭中，用耙子翻過上萬噸垃圾，仔細尋找任何可能性。

時間過了好幾週。據潘恩和貝爾所知，這是調查局歷年來最大規模的搜索行動。

猜猜結果如何？

「他們沒找到屍體。」

五月十六日，凱斯坐在調查局辦公室裡，對面坐著費迪斯。費迪斯告訴他這則消息——應該說是用這則消息開場——時，凱斯當面嘲笑他。調查局從他四月第一週做出自白以後，就一直搜索到現在，卻一無所獲。

「看來我太快講這件事了，」凱斯說。「他們為什麼不放狗去找？」

「那裡是垃圾場，」貝爾說。「那不安全……」就連他都接不下話了。如今凱斯一心等著看調查局是否真能找到屍體。

日子一天天過去，貝爾曉得調查局的威望正在流失，好像只有凱斯開口，調查局才有偵查方向。他試圖戳破凱斯自以為是的感覺，「在我們掌握到的調查資訊中，」貝爾說，「查到的失蹤人數大概不會令你意外。我們掌握了你三十次的旅行紀錄，在你所到之處，失蹤人口至少有三十名。」

「是啊，」凱斯說。

又一次，貝爾強調控制場面的重要。目前為止，即便已經在佛蒙特進行大規模搜索行動，潛水隊在布萊克瀑布成功找回犯案凶器，他們仍沒讓凱斯的名字傳到媒體耳中，這絕對是個大新聞。接下來，要讓他的上司們不去聯絡其他執法機關，貝爾說，唯一的辦法就是再多一份自白陳述。畢竟凱斯很想保護他的家人，不是嗎？

「我的家人收到很多來自民眾的威脅，」凱斯說。「這對他們來說很難受，因為他們全都相信我的清白。」

貝爾藏不住自己的驚訝：「你在德州的家人？還是你這裡的家人？」

「這裡的家人」，凱斯說。金柏莉都會來拜訪他，然後說些「我知道不是你做的」之類的話，凱斯通常保持沈默，放任她相信這是真的。凱斯很擔心金柏莉發現事實後，會有什麼反應。

「所有我認識的人，在某種程度上，也都可以說是我的受害者，」凱斯說。「因為接下來好多年，他們都得為此付出代價。」

貝爾把話題繞回如何讓凱斯維持匿名。一部分的凱斯很想表態。對於偵訊室中每個人對他的注視，以及調查局和行為分析專家對他的著迷，他非常享受這種被關注的感覺。他覺得自己令眾人刮目相看。

「嗯……」凱斯說。「我今天有雪茄抽嗎？」

「如果那有幫助的話，」貝爾說。

「有的，」凱斯答。「我能和你們透露一點——我目前不會跟你們談到屍體，也不會講那趟旅程中發生的任何事，但我會讓你們有點線索去確認我提到的時間線。」

太好了！凱斯即將透露另一起案件。

「好吧，」他說。「紐約州。確切年份不記得，但在塔珀湖（Tupper Lake）那裡有一起銀行搶案。那是我幹的，我很確定是當地那段時間裡唯一的銀行搶案，所以你們能有個時間點或什麼的。一個時間範圍。」

在另一個房間裡監聽的凱特．尼爾森馬上上網搜尋「銀行搶案，塔珀湖，紐約」。最熱門的搜尋結果是一則二〇〇九年四月二十一號的新聞報導。她把日期傳給貝爾。

凱斯說他第一次去佛蒙特是要挖幾把槍出來，其中一把在兩年後被用來綁架科里爾夫婦。他在塔珀湖用同一把槍來搶銀行。塔珀湖是個小城鎮，小到一起銀行搶案就能引來全部警力和特種部隊，連帶讓學校全面封鎖。就算不是有史以來，也是近年來最重大的事件了。凱斯在離開塔珀湖前，把作案用的槍枝和搶來的現金分別埋在兩個不同的地方。

在凱斯的被查扣的電腦中發現，他在作案後讀過一兩則相關新聞報導，就沒有再追蹤了。

凱斯認為：他們有新的資訊能和佛蒙特州談條件了。

費迪斯說，這這還不夠，他們需要更大條、更有價值的資訊。「我以為你要告訴我們紐約有一具屍體，」費迪斯說。「那樣我才能跟他們說，『我們有具體線索了。』」

「這個嘛，就像我說的，確實有——」凱斯停頓了一下，接著竊笑。「紐約那邊確實有……更多能聊的，但我現在不打算講任何細節。」

費迪斯再度重申。如果凱斯想保護他的家人，如果他想要維持匿名，他就得給他們一點具體的資訊，不能只是名字或日期，要有一具屍體。或多具屍體，他在紐約州到底總共有幾具屍體？

凱斯在沉默中反覆思量這個問題。四分鐘過去。

「紐約州有一個。」

受害者是紐約人嗎？

凱斯不肯說。

「那個人有上新聞嗎？」費迪斯問。

凱斯沒有回答。

「所以是有一些相關報導的，」貝爾說。

「對，」凱斯說。

「遺骸，」貝爾說。「是被埋起來還是丟進水裡？有可能找得到嗎？」

「好問題。」

「是用埋的？」

凱斯嘟囔一聲。「應該能找到一些。」

他們現在有了第四位受害者。沒有年齡、性別、州籍，但有作案時間範圍，凱特．尼爾森可以回推凱斯在東北部一路南下的動向，接著用他的旅行紀錄比對失蹤人口。如果他們這次可以成功破解、辨認出屍體，或許就能讓凱斯開始覺得自己沒那麼厲害。

二十六

尼爾森同時整合出凱斯和金伯莉雙方的時間線。調查團隊現在相信，凱斯和金柏莉所言不虛，金柏莉對他的犯行和本性真的一無所知。但他們確實頻繁一起出遊，也經常用她的信用卡訂機票和旅館，所以尼爾森得將這對情侶的旅遊史結合起來，然後挑出凱斯拋下金柏莉獨自行動的日期。

調查局公開了他們整理出的其中一條時間線，詳細的版本僅供調查局內部使用。探員們開始對凱斯最常到訪的目的地有了近一步的認識：奧勒岡、加州、懷俄明州、猶他州、紐約州、緬因州、印第安納州。新罕布夏州、麻薩諸塞州、康乃狄克州、佛蒙特州。德州、路易斯安那州、阿拉巴馬州、佛羅里達州。俄亥俄州、明尼蘇達州、亞利桑那州、北達科他州、奧克拉荷馬州。內華達州、科羅拉多州、新墨西哥州。堪薩斯州、伊利諾州。夏威夷。

不單是小城鎮，還有大城市：舊金山、洛杉磯、奧克蘭、沙加緬度、聖地牙哥、波士頓、紐黑文、曼徹斯特、芝加哥、西雅圖、波特蘭、鹽湖城、克里夫蘭、傑克森、墨比爾（Mobile）、奧馬哈（Omaha）、鳳凰城、拉斯維加斯、奧蘭多、紐奧良、丹佛、阿布奎基、休士頓、奧克拉荷馬市。

他也經常越過邊界，入境加拿大。「加拿大不算，」凱斯曾經和他們說過，雖然他試圖當玩笑話帶過，調查員還是很認真看待。他年輕時在蒙特婁待過一陣子，從紐約州最北邊過去蒙特婁很方便，凱斯最後也只承認曾在那裡買春。但調查員知道那是為了：練習，特別是綑綁練習。這是連環殺手很常見的過程，除了能將公眾形象——好丈夫、顧家好男人——和自己的本色區隔開來，如果發生意外，也只有極低的風險，同時間，失蹤的性工作者通常不會被警方重視，因此凱斯經常買春。他在德州被捕時，調查員找到一份路易斯安那的性工作者名單，其中有幾位是跨性別者。凱斯也會在安克拉治買春，和妓女約在地方旅館碰面。但對此，他不願意談論細節，只承認調查員對他的癖好了解得差不多了。畢竟他們已經發現他的色情片收藏。

凱斯同樣經常越過墨西哥邊界，有時候是走路過去的。如同凱特．尼爾森從他的日記獲知的資訊一樣，凱斯曾在兩年中頻繁到訪墨西哥，不只是為了買春或狩獵。

二〇〇六年五月十二日：「進行手術。」，他抵達聖地牙哥的隔天，凱斯記載了一項細節不明的手術，並在一間醫院待了兩天。五月十五日，「返回華盛頓。」

二〇〇六年六月二十一日：「墨西哥術後檢查。」

他們不認為這些文字是在講其他人。凱斯的家人不相信醫生或藥物，他也沒有深交的朋友。甚至他當時還跟譚米同住在尼亞灣，據譚米所說，她的所有醫療需求都在尼亞灣當地處理。凱斯沒有跟任何人講過這些手術的事。為什麼？

二〇〇七年，四月二十四日：「到聖地牙哥看牙齒，還有裝醫療胃束帶。」

二〇〇七年，四月二十七日：「手術和失衡症，上午十一點。」；「十點束帶。」

尼爾森在此處筆記寫著，經上網查證，確認凱斯寫的電話號碼是盧爾德．佩雷斯醫生位於墨西哥提華納的診所。

二〇〇七年，四月二十八日：「束帶。」

這些日記記載的時間點，是在他搬往安克拉治後的兩個月間，如今讀來十分詭異。牙科的部分還可以理解，但胃束帶就令人困惑了。凱斯的身材一直纖細高挑，除了他從軍時的紀錄外，調查員也發現他曾經跑過馬拉松。他第一場有紀錄的比賽是二〇〇六年初在華盛頓州的奧林匹亞（Olympia），後來在安吉利斯港也跑過一次。他從很小的時候開始就從事大量體力勞動。為什麼一位精實體健、年僅二十八歲的青年男子要為了節制食量進行非必要手術？

不僅如此。二〇〇七年四月二十九日，凱斯和提華納康士坆（COSMED）整形診所約診。旅行紀錄顯示當時他人在提華納。調查局手上有幾張凱斯從軍時的相片，外表看起來沒什麼太大不同，他到底哪裡做了整形？

接下來兩天他都在加州納帕谷的卡利斯托加金色天堂溫泉會館（Calistoga Golden Haven Hot Springs Spa and Resort），八成是在休養。

二〇〇七年十月八日，一則日記單單寫著，「術前。」

二〇〇七年十月十日：「手術。」

我們無從得知調查員是否針對這些日記內容或非必要手術詢問過凱斯，或他為何要特別在國外或其他州安排手術，並且隱瞞著金柏莉或他女兒。話說回來：DNA無法改變，但科學卻能盡可能減少一個人在犯案時遺留的痕跡，手術可以改變指紋、雷射可以去除體毛、肉毒桿菌可以抑制汗水排出量。凱斯曾經坦承，他唯一擔心留在科里爾家的DNA就是他那天晚上流的汗。

至於胃束帶手術，不說別的，凱斯完全是個時間管理大師。調查員們只要想想看，凱斯輕輕鬆鬆就能禁食至少十二個小時，他綁走莎曼莎和科里爾夫婦的那幾個晚上，似乎就是如此。但還有一點——不太迫切，卻同樣令人不安——要使否有可能：凱斯改造自己的身體，以期成為完美的連環殺手？

誠如傑夫・貝爾後來所說：「是他的話，什麼都有可能。」

二十七

儘管探員們仔細調查了凱斯，但對他的軍旅生涯只有非常薄弱的了解。為了控制媒體的關注，凱斯依照約定將他同梯將士的名單交給潘恩和他的團隊。說實話，這比等美國陸軍部從某個倉庫的地下室裡挖出一份一九九八年的文件要快多了。

他們設計了一系列問題來詢問他的同袍：

凱斯對人動粗過嗎？
知道他會傷害動物嗎？
他怎麼描述自己的成長過程？
他的宗教信仰為何？
他是白人至上主義者嗎？
你被派駐在哪裡？
凱斯受過哪種訓練？
他有表現出任何特別的天賦過嗎？
他會喝酒嗎？有用藥嗎？

他有收藏色情物嗎？若有，你知道是哪種的嗎？

他們對他的烙印紋身有多少瞭解？

凱斯是同性戀嗎？

凱斯有種族歧視嗎？

他年紀多大？

他退伍後有什麼計畫？

他當時長得怎樣？

最後一個問題是否和那些非必要手術有關？或著，跟他的紋身有關，他在從軍前就有刺青了。

每個人都和調查局表示，凱斯在許多方面與眾不同。

其一是他的體型，凱斯身高介於六呎二到六呎四之間，身上兩百三十磅重的肌肉。他們記得他有個大鼻子，非常大的鼻子。他當時大約二十二歲。凱斯形容自己的家庭是艾米許人，或很像艾米許人。他說自己因為從軍被趕出家門，偶爾會提到他的母親和幾位兄弟姊妹，但沒人聽過他父親的事。他的指揮官和探員們說，凱斯說他的父母是「在『一個邪教接一個邪教接一個邪教』間搬來搬去的『游牧嬉皮』」。那個時候，凱斯說他父母和艾米許人住在愛達荷州——探員們還是第一次聽說這件事。「凱斯和他的姊妹關係緊密，想努力存錢讓她們脫離原本的生活，」指揮官說。「雖然他沒真的開口說過，但我的感覺是，凱斯和他的姊妹都被父親虐待。」

有些人說凱斯一點也不暴力，連挨揍都沒還手；其他人則說他曾經打斷過別人鼻子，還曾把迫擊砲砲管砸向電視。有些人說他至少有一位女友來探親過。其他人則說從沒看過他的女友。有些人對他的印象是有點笨手笨腳；其他人說印象中的他體能優異過人。有些人發誓凱斯不會歧視別人；其他人認為他是恐同的白人至上主義者。他們只有在少數幾件事情上抱持同樣看法：縱使他身強體壯，眾人幾乎立刻就能察覺出凱斯是個「尷尬的傢伙」，八成還是個處男。

其中凱斯特別崇拜一名男子。事實上，有些人常開玩笑說他們比起同袍兄弟，更像是一對情侶。這和二〇〇〇年九月二十二日，帶凱斯去鑰匙球場聽生平第一場演唱會的人或許是同一位。自那晚起，「（另一位士兵）喜歡什麼，凱斯就喜歡什麼。」凱斯對歸屬感有種顯而易見又點迫切難忍的渴望，渴望有人幫助他成為某種他全然陌生的樣子——很酷的樣子——這解釋了很多事情：酒精和藥物濫用、對童年的隱瞞，甚至是紋身。沒有人想過那些紋身不只是在搞叛逆而已。

關於紋身，凱斯就願意和探員們分享。他的紋身起先象徵了他對神的否定，還有他對撒旦信仰的興趣。凱斯一開始覺得，他之所以是這樣的人，一定有更宏觀的解釋——為什麼他著迷於傷害動物跟人類，卻不曾感到罪惡或羞恥。「一開始我對此感到非常矛盾，」凱斯說。「因為我從小受的教育。我自幼和好人一起長大，所有人對彼此都很和善，一切都陽光、美滿，而且，呃——我覺得其他人全都在假裝，他們都跟我一樣，只是沒表現出來。」

凱斯意識到他若不信神的存在，魔鬼也就不存在。所謂的「邪惡」就完全是另一回事了。大約在他二十多歲左右，凱斯說，他終於接受自己就是如此。同時，他也接受了自己或許永遠不會明白背後的原因。

他的同袍們還對一件事情有共識：他飲酒，卻從沒影響過他的表現。凱斯是個「超級士兵」，訓練時表現極其亮眼，他曾經負重超過一百一十磅，行軍十五英里。他會修理任何東西，聰明過人，無所不知。

他在基地附近的軍用品店花了大量的時間和金錢來改良他的裝備，甚至還幫自己製作了吉利服：一種繁複而立體、從頭包到腳的偽裝服。沒人知道凱斯怎麼學會做這個的；就連專家做一件都要好幾個月。而且他要這個做什麼？他是迫擊砲兵。吉利服是狙擊手在穿的。軍中大多數狙擊手都會自己做。凱斯受過狙擊手訓練嗎？這點至今依舊成謎。

陸軍僅僅釋出幾頁有關他的軍事紀錄，充滿疏漏。裡面沒提到他一九九九年在巴拿馬長達一個月的特種訓練，一位同袍和調查局轉述過這一段。上頭也沒有他在二〇〇一年到二〇〇二年間待在埃及和凱斯邊境的紀錄，或是他曾被派駐沙烏地阿拉伯，或是他差一點就要加入陸軍遊騎兵。

回到安克拉治，調查團隊至少能鬆一口氣，凱斯到目前為止都是據實以告。他是隊上表現最優秀的士兵，是眾人的楷模。就連他的指揮官都稱凱斯的表現極為優異。他優秀到他的指揮官在接到調查局來電時，還以為是凱斯要進入政府機關服務，所以得做背景調查。

然而有兩件事指揮官似乎並不知情。其一是凱斯離開埃及，去「放鬆一下」的那個晚上。凱斯在埃及時經常越過邊境，但那天晚上比較特別。隊上一位成員說當時他們幾個人租了一間旅館房間、找了一個妓女。他們全都有喝酒，等女子抵達時，她和凱斯進到另一個獨立的房間裡。半小時後，女子衝出來，凱斯緊跟在後。他試圖拿錢給她，但她不肯收，他站到她前面堵住門口。她在一陣恐慌中往凱斯奮力一踢，逃了出去。

這位士兵宣稱，所有人都嚇呆了。他們不停問：你做了甚麼把她嚇成這樣？沒有啊，凱斯說。「我甩了她幾下，」他後來告訴傑夫．貝爾，「我沒打算讓她主導。」

又是控制的問題。

另外一件是，凱斯在特拉維夫認識一位挪威交換學生，在他們聊天過程中，女孩告訴凱斯她的宿舍在哪，所以他就過去看她。

「我不覺得那樣算是強暴，因為我們有出去約會，」他說。「而我——我差點就——嗯，隨著情況發展，我確實有點失控。我也是在那時候意識到，我如果要繼續幹這種事，從今以後只能找完全不認識的人。」他發現自己在居住地、或是在從軍期間，什麼都不能做。

而他退伍之後，他說，「沒隔多久就繼續了。」

然而，凱斯還是不認為自己有其他異於常人之處。例如，他對動物的態度，他自稱為「厭惡之情」。凱斯很可能覺得自己某些事很了不起，他向同袍講起他在科爾維爾虐殺貓咪，喜歡拿鏈鋸追著松鼠跑，或主動分享最「棒」的宰羊方法，特別著重其中的暴力細節和痛苦慘死的情景，或是像他偶爾會在基地裡玩的遊戲，把兩隻蠍子放在一個火藥罐裡，看著它們互鬥至死，更邀請其他人一起來觀賞。

在很短的時間內，大部分的同袍就意識到以瑟烈．凱斯有多麼不正常。凱斯知道大家對他的評價，他和安克拉治的探員們說過，幾乎所有人都看出來他——照他自己委婉的說法——有「心理問題」，他們開始和他保持距離。

除了一個人以外，他說，一位名叫柏金斯的士兵。凱斯暱稱他為「柏克」；他們當時的關係非常好。這位就是凱斯和調查員提過的，他認為和自己最為相像的人。

調查局找到柏金斯時，他答應談話。他跟凱斯的交情非常好，凱斯還曾跟他高談闊論自己的未來計畫。

柏金斯說，他和凱斯在軍中時，會聊些五四三有的沒的，像是關於犯罪和偷錢的方法，這些計畫會在凱斯退伍後開始執行。凱斯說他計畫要沿著一段鄉間高速公路連續搶劫銀行。他認為，只要他在合適的時機和城鎮下手，就不會被抓到。但他還有個更龐大的計畫。柏金斯說，凱斯「講過他計畫要大規模綁架一群人，挾持他們來勒索。」

柏金斯有把凱斯說的話當真嗎？

他有。

究竟凱斯說的「大規模」是指一次多人，還是他會持續對個別的受害者下手，至今仍不得而知。他完全有可能想像過前者，或意圖朝那個方向邁進。從和柏金斯的對話中，調查局知道以瑟烈．凱斯沒在說大話。他們把調查範圍擴及全美是正確的決定。現在他們得通報埃及、凱斯、沙烏地阿拉伯和巴拿馬，找出符合他時間線的失蹤人口。

柏金斯接著說。凱斯說勒贖金額必須是「人們真的付得起的合理數字」。

然後呢？

這個嘛，凱斯說他當然不能把人放回去，肉票可能會指認出他。

當凱斯說不會「把人放回去」時，探員們問柏金斯是怎麼理解他的意思？

「我的理解是他得殺了他們，」柏金斯說，「或把他們處理掉。」

他們問：你會很驚訝凱斯因為綁架和謀殺罪被逮捕嗎？

「我很驚訝他……被逮到，」柏金斯說。「他應該更聰明的。」

二十八

二〇一二年五月二十三日，星期三，聯邦法庭裡人滿為患的，凱斯戴著腳鐐，雙手銬在綁在腹部的鏈條上，坐在被告席上，身旁有八名武裝警衛，兩側各四個，後方至少有六名美國法警。

他突然跑開，再一次讓大家措手不及。

旁聽席上，傑夫．貝爾坐在史帝夫．潘恩旁邊，他們感覺凱斯心裡在計劃著什麼。貝爾看到凱斯從被告席轉過身子，視線往貝爾右側看去，那兒坐了一位漂亮的年輕女子。他在想什麼？貝爾和潘恩眼看到凱斯板起臉。

貝爾起身往旁邊移動兩個坐位，停在凱斯和那名女子之間，凱斯挫敗地轉身回去面向法官。在他的律師開始對法庭發表演說，凱斯自座位拔腿狂奔，絲毫不受腳鐐和手銬所拘束。

轉瞬間，他翻越旁聽席圍欄，跳過一排排坐椅，從一張椅子跳過一張又一張，警衛試圖阻止，貝爾及潘恩跳起身要抓他，結果跟另外三位警衛跌在一塊，所有人都努力將凱斯壓制住，但他氣力驚人，得靠電擊才能弄倒他。貝爾看著電流竄過他的身體，凱斯雙眼大張，一臉狂喜。

雖然事情只發生在短短幾秒間，但他企圖逃脫且差點成功確實讓執法機關顏面盡失。安克拉治的頭號通緝犯，在調查局和美國法警的監控下，差點就逃出聯邦法庭。從安克拉治監獄、到無標誌廂型車、到聽證會，當日整個移送過程裡，所有經手處理凱斯的人都有責任。

詹姆士・柯尼也坐在法庭裡。一路以來他盡全力陪合調查局的要求，卻見到這樣的情景，對特勤警力大失所望。

至於凱斯，在法庭上試圖逃脫呈現了他一直以來的思維模式：為何不？就算執法機關能用鐵鏈和栓鎖關住他，他一樣會掙脫。他盡情蔑視法庭，但還是可以擔任自己的辯護律師。沒有人可以控制他，就算一天被關二十三小時的禁閉也一樣。

如今，凱斯差點就逃走，他有可能再試一次。

潘恩和貝爾隔天跟和凱斯面談。他們兩位一個處理費迪斯，一個負責使用非正式途徑和監獄溝通。阿拉斯加典型的辦事風格，就是所有相關人士都很清楚：別留下書面紀錄。貝爾和負責安克拉治矯正中心的里克・錢德勒（Rick Chandler）探長認識好幾年了。他刻意每個月都和監獄的員警一塊打牌。在他這一行，交情就是一切。

但就連貝爾都難以保持和善。凱斯是阿拉斯加有史以來最有份量、風險最高的犯人。若能照貝爾所願，凱斯就會被關在聯邦超級監獄裡——要是阿拉斯加有就好了。

這段期間錢德勒都在搞什麼？凱斯自三月底被引渡後，就一直關在安克拉治監獄裡。錢德勒足足有兩個月的時間讓他的警衛們進入狀況：這名犯人與眾不同。

但錢德勒和他的警衛們面對凱斯，依舊顯得準備不全，他們需要反覆訓練再訓練。錢德勒應該打電話給泉溪監獄（Spring Creek）或蘇厄德（Seward）等最高戒備等級的男子監獄，向他們的典獄長和首席監獄警官尋求支援。錢德勒應該要找安全層級最高的尖端科技拘束裝置：有類似電擊棒功能的手銬，或是密碼鎖手銬和腳鐐。或者他可以把凱斯上銬的雙手放在箱子裡鎖起來。

安克拉治監獄為講求交情而對事情睜一隻眼閉一隻眼的風氣，讓貝爾一直不太願意對他們提出正式警告，事實上，他早已經發現過幾次的錯誤，只是沒去追究。

比方說他在移送前替凱斯搜身時，他獨自一人被留在上鎖的小房間裡，和凱斯共處一室，但裡頭沒有派駐任何武裝警衛，外頭站崗的警衛則是心不在焉、自顧自晃走了。貝爾知道凱斯有能力徒手殺了他。他必須把臉湊到窗戶上大叫——希望自己聲音中的威嚴多過於恐慌——要求一名警衛來開門。

貝爾那天是發自內心的害怕。雖然他不覺得凱斯會真的動手傷害他，但如果他真的想的話呢？

然後還有一天在調查局辦公室裡，貝爾注意到凱斯的下巴出現非常微小的動作。這引起貝爾的關注，他逼著凱斯把嘴裡的東西吐出來——是一小片木頭。監獄裡的警衛們一直提供凱斯鉛筆，而他會用牙齒把鉛筆削成開鎖器。

貝爾警告過錢德勒，而錢德勒允諾：絕不會再給他鉛筆。

接著有一天貝爾抓到凱斯戴著一條細細的塑膠手環。貝爾背著凱斯詢問警衛們「那是什麼？」喔，他們答道凱斯帶了一包午餐到法院，那是裝他三明治用的塑膠袋。

貝爾整個被打敗。「你知道，他可以用那個做出什麼東西來嗎？」他們一直給他的牙線也是。貝爾嚴正警告警衛：從今以後，幫他把食物拆封，其他食物外的東西都要丟掉。

貝爾的警告沒被當一回事。事實上，他們根本理都不理，凱斯就是因此才差點就逃走成功的。凱斯在移送和法院聽證期間這三個小時中，拿到一份給犯人的標準午餐餐點：裝有一盒牛奶和一顆蘋果的牛皮紙袋，還有一個塑膠包裝的三明治。凱斯用他蒐集的鉛筆木片替他的手銬和腳鐐解鎖，接著用塑膠袋讓他的腳鐐看起來是完美無缺的。

錢德勒向貝爾保證他們會改進。凱斯被關在地面層的牢房，牢房正門是厚壓克力板，值班警衛的桌子就在十呎外，可以直接、清楚地看到凱斯的一舉一動——除了坐下的時候，但那影響不大。凱斯現在只能穿拖鞋，禁止球鞋和鞋帶。鉛筆掰了，塑膠袋也是。

貝爾不確定這樣的措施是否足夠，但他至少有權決定凱斯的移送過程。從今爾後，雙倍腳鐐。貝爾第一次替凱斯銬上兩組腳鐐的時候，凱斯開了個玩笑。「那會花我六小時，」他的意思是說——解鎖一副只需要三小時。

貝爾忍不住笑了出來，雖然他也很好奇：凱斯去哪學會這種技術的？他下一步會做什麼？

在凱斯企圖脫逃後二十四個小時，潘恩和貝爾在調查局約談他。他們的目標有兩個：其一是讓凱斯知道，是他自己引來媒體關注的，再者是承諾他們有辦法處理好。佛蒙特州會繼續維持他的匿名，檢方仍持續努力幫他跳過審判程序，儘速確定死刑執行日。他們沒有懲罰他企圖逃跑。懲罰也沒有任何意義，這是在場眾人不言自明的共識。沒必要再假裝了。

貝爾想知道，除了顯而易見的原因外，凱斯為什麼這麼做。「昨天發生了什麼事？」他問。

「所有人都曉得我的顧慮是什麼，」凱斯說。「我希望整件事盡早結束。而我昨天坐在法庭上，情況明顯毫無進展。」他認為兩邊的律師都在拖延訴訟過程。他開始跟盧索和費迪斯惡言相向——沒有針對潘恩和貝爾，他信任他們。在一定程度上。對凱斯而言，兩個多月過去了，死刑執行日依舊沒個影子，更別提針對日後自白陳述的總體協議。

「如果有必要這麼做，我會，」凱斯說。「如果我得採取下一步，大鬧一場……結果就不會只是大吵大鬧而已。」

五天後，法蘭克·盧索拿了一封信給凱斯，署名的人是佛蒙特聯邦檢察官，信中保證不會因科里爾兇案起訴凱斯，並且他們會盡其所能，不讓媒體知道凱斯的名字。盧索和凱斯說，他還在處理總體協議，但凱斯的試圖逃跑讓情況變得更為困難。「還是會有協議，」盧索說，但會延期不是他們的錯。

「我覺得這進展挺多的，」盧索說。「我覺得這有助我們往前進。」

「我確實想繼續合作，」凱斯說。「我有幾個想法……但取決於我們能怎樣處理整件事。」

「你有什麼想法？」潘恩問。

凱斯對華盛頓州有個疑問。他或許願意聊某些事情，但除非這些案件有到聯邦層級，否則他不確定這對他是否有幫助。盧索說他能幫上忙，但他問：「華盛頓州有兩個聯邦轄區，東區和西區。舉例來說，西雅圖就屬於東區。」

「埃倫斯堡（Ellensburg），是在西區還東區？」凱斯問。

「東區，」盧索說。

凱斯笑了。「你們兩個區都有得忙了，」他說。他準備了一份賠禮給他們。

華盛頓州有幾具屍體。

二十九

有四具屍體，凱斯說。州內兩區各有兩具。

前兩位受害者是在二〇〇一年七月到二〇〇五年間被他殺害，他們是一起的。另外兩位被他分別綁架棄屍，時間在二〇〇五年的夏天或秋天，他說，也有可能是二〇〇六年。

在其中一個案子，他用他幾年前購買的貝林納快艇——其實是跟譚米的前任男友買的——把至少一具、或兩具屍體，丟入在新月湖（Lake Crescent）。凱斯說他有很多想用那艘船做的事，但不肯多說下去。他選中那座湖，是因為那是華盛頓州數一數二深的湖，最深處可能達到七百呎。凱斯覺得不會有人到湖底。

他綁架了一對男女，而另一對是兩位女性，但他不願解釋他們彼此間的關係。而從今往後，凱斯對這幾位受害者都沒再多談。他提供調查員恰到好處的訊息量，激起他們的興趣。華盛頓州這個地點，有一堆失蹤的登山客、露營者和泛舟客。

紐約和華盛頓是凱斯常去的兩個州。調查員有沒有能力不靠凱斯，獨立破解懸案？他倒想讓他們試試看。

調查員們的確要試，他們得獨力處理華盛頓州的案子，但凱斯表現出的譏諷引出一個可能性：

就像他喜歡把受害者的車輛或腳踏車開到離綁架地很遠的地方，凱斯會不會也挪動了細節跟日期來整調查員？他記得自己每次犯案的細節、所有受害者的名字、殺人的方法、地點和時間、棄屍的地點跟時間、每一個埋藏殺手工具包的地點、他抵達或離開每個城鎮和每個州的方法。

為什麼頭兩個受害者的時間隔得這麼長？為什麼他分別綁架後面兩位受害者，卻又暗示他們在一起？他是擔心調查員有辦法認出他們的身分嗎？很有可能，因為凱特．尼爾森調查他手機紀錄後發現，凱斯曾經非常接近華盛頓州一起雙屍謀殺案的地理位置。那是一樁備受矚目的案子。

二〇〇六年七月十一日早上，有四個人在貝克山──斯諾夸爾米國家森林（Mount Baker-Snoqualmie National Forest）裡，動身走上地處偏僻的尖湖步道（Pinnacle Lake Trail）。那天是溫暖晴朗的夏日，星期二，平靜無風，視線絕佳。其中兩人是一對母女，她們很快就和另一對夫妻相談甚歡。他們一同出發，沿途愉快地聊天，直到他們走到一條丫字岔路。

那對夫婦往右，朝熊湖（Bear Lake）去。

那對母女往左，朝尖湖去。

後來不知何時，那位妻子聽到遠處傳來一聲很大的聲響，好像打雷一樣。但天上晴空萬里，於是這對夫婦繼續上山，直到選定一處停下來野餐，再緩緩走回去。

當時是下午兩點半，但是當這對夫婦再次遇到那對母女時，距離他們出發的時間已經過了四個半小時。那對母女看起來好像蹲坐或坐在地上。她們的屍體就被擺在步道旁。夫妻倆趕忙衝下這條石子路。「回到步道這段路途是我們經歷過最嚇人的半小時，」這對夫妻回憶道。

瑪莉．庫柏（Mary Cooper）當時五十六歲，她的女兒蘇珊娜．史達頓（Susanna Stodden）則是二十七歲。

第一批趕到現場的人——公園職員——看不出蘇珊娜和瑪莉是怎麼被殺死的，沒有肉眼可見的外傷，而且華盛頓州立公園裡顯少有凶殺案發生，大家都是這麼認為的。

這個案子如此怪異、隨機、駭人，成了全國新聞頭條，還被《時人》雜誌報導。兩位女性待人和善，帶有書卷氣，深受鄰里喜愛——不太像典型的謀殺案被害者。就算有調查局的協助，在經過好幾週的調查後，當局仍舊不得不承認：這很可能是一起極為少見、光天化日之下隨機犯案的雙屍謀殺。瑪莉和蘇珊娜的頭部分別被點二二手槍擊中，難以確定槍手是近距離開槍還是在遠處狙擊。

從頭到尾，一條有用的線索都沒有。

尼爾森查出凱斯當時在公園附近活動。他的手機在當天凌晨三點五十三分開始，一直到晚上五點五十四分，訊號出現在尼亞灣和安吉利斯港一帶的塔台。凱斯經常出現在安吉利斯港，那裡距離尖湖步道三小時的車程，但凱斯兩小時就能抵達。另外，他很喜歡點二二手槍。他是狙擊手。他喜歡去國家公園和森林，同時愛死這些天真又缺乏經驗的公園管理人。他喜歡偏遠地區，他喜歡找成雙成對的受害者下手，他曾說他會幫屍體擺姿勢。為了等待完美的被害人，他可以在樹林裡動也不動地待過幾百個小時。

「以前我還很聰明的時候，」凱斯和他們說，「我會讓他們自己送上門來。」

瑪莉和蘇珊娜遇害當天，在下午一點四十八分到四點四十一分這幾個小時之間，尼爾森發現了代表性的指標：凱斯的手機徹底斷訊。

三十

在凱斯企圖逃跑之後——調查局不肯透露確切時間——他的牢房在他外出應訊時被搜查過一次。裡面有一封寫給他一位兄弟的信，「人死了就定不了罪，」凱斯這麼寫著。他同時在另一張紙上，提到至少六位受害者，全部匿名，但有三位能看出來是莎曼莎和科里爾夫婦。調查局必須要花上好幾個月的時間分析這個資訊。

他們還搜出一條是用床單做成的繩索。凱斯一直有自殺的暗示，不過調查局現在肯定凱斯近期確實有此計畫，貝爾的警告還是沒被聽進去。無論是出於不幸、愚蠢還是散漫，安克拉治監獄仍是老樣子，一點也沒變。即使錢德勒發現凱斯違反規定，使用拋棄式刀片刮鬍剃毛，他也只是在凱斯的牢房上貼一張手寫標語。

不要給這傢伙刮鬍刀。

錢德勒買了一支電動刮鬍刀，讓凱斯只能在有人監督時才能使用，但警衛們根本沒在管。貝爾質問錢德勒：他媽的這是在搞什麼？他的警衛是想要凱斯自殺嗎？還是他們當真這麼蠢？

錢德勒嘆氣。他說他能做的只有寫那張標語，然後貼在門上。「如果這些白癡不讀，」錢德勒說，「我也無能為力。」

我也無能為力。

這句話完美描述了調查活動的現狀。貝爾沒辦法讓錢德勒把工作做好。潘恩沒辦法把費迪斯趕出審訊室，凱斯沒辦法開除他的律師或拿到死刑執行日。沒有任何一個主事者、任何人或小組或機構有辦法。

他們甚至沒辦法守住他們核心的調查團隊。潘恩、貝爾和高登，他們到後來都當自己是三劍客——是他們跟凱斯建立出最好的關係，他們會跟彼此分享，包括針對案情的分析假設、辦案帶來的情緒負荷析。但那年夏天，調查局告知潘恩，要將他調離這個案子。他會在十月時正式退出到匡提科報告，準備下一份任務。是時候他該開始淡出，把承辦探員的角色移交給高登。

現在費迪斯就交給她去傷腦筋了。

至於費迪斯，他一直告訴凱斯「一切權責在我」，一直說單靠他就能讓凱斯避開媒體關注並獲得死刑，但凱斯最不信任的就是他。凱斯前陣子還跟費迪斯說：「無意冒犯，但我就是不相信你。」

凱斯甚至開始利用起他們的狗急跳牆，很快地，他討厭的紙拖鞋被換成球鞋和鞋帶，還開始有報紙讀。他甚至還在牢房裡放了一本野外求生指南。驚恐二字都不足以形容貝爾得知此事後的反應。錢德勒難道不曉得泰德・邦迪二度逃獄過嗎？凱斯可是把邦迪當成偶像般崇拜。

錢德勒聽不太下去別人的批評。貝爾也許對他和他的警衛有意見，但在安克拉治監獄裡，所有人都對聯邦探員持保留態度。

到處都在謠傳說，調查局和凱斯已經暗中達成協議，可以提供任何凱斯想要的東西。否則他依法要待在精神病房的時間怎麼突然間就變短了？

貝爾和團隊否認有這回事，但事實如何已經無關緊要。他們顯得無能為力。

情況持續惡化。七月十八日，貝爾、高登和盧索一大早就到調查局和凱斯會談。他們先對他承認最新的敗績。

調查局將停止垃圾場的搜查活動。「舉白旗投降，」盧索氣餒地說出這句老套話。凱斯再度打敗他們。

此刻，盧索知會凱斯，說佛蒙特的檢調人員正在和科里爾家的人碰面。接著他們會對地方媒體發表聲明。那些媒體有幾百個問題，等著問那些聯邦探員為什麼在他們小鎮的垃圾場中翻來翻去，記者們很快就會搞懂狀況，要求檢調人員給說法。佛蒙特州方面，盧索說他們想反悔撤回先前的協議，點名凱斯要為謀殺案負責任，不僅如此──他們還想起訴他。盧索以顫抖的聲音說著。

「我當時真該閉嘴的，」凱斯說。「但首先，他們怎麼有辦法弄到任何我跟科里爾夫婦有關的證據啊？你們手上就只有我的審問內容。」

盧索試圖轉移話題。他說他不確定。可能是東部那邊某個小報記者弄來的消息，他遠在阿拉斯加鞭長莫及？再說，佛蒙特州有權力也有權責要讓大眾放心，同時也要為科里爾家討公道。

「那很不好處理，」盧索說。

不盡然，凱斯回答。「他們在垃圾堆裡沒有找到任何東西。他們愛怎麼跟家屬講都行。」他在自己身上搓揉起來。

盧索繼續講。這或許可以給我們帶來好處，他說。凱斯可以把矛頭轉到他家人身上——說不定還能讓自己看起來像個好人，給痛苦不已的兩家人一個說法。

縱使盧索為了凱斯和調查局的總體協議，已經和他提出各種的計畫，對於佛蒙特州可能有什麼發展，盧索沒有任何打算，他也和凱斯坦承這件事。不過，盧索說，他絕對有辦法想出一個方法來執行。「別擔心，」他接續說。「這種事情進展得很慢。佛蒙特州光是決定要不要點名凱斯，估計就要花上一個月。」

兩天後，國家廣播公司（NBC）旗下一家在佛蒙特州的電視台就點名了凱斯。

貝爾明白他們可能永遠也挽救不了這件事造成的損害。他們花了好幾個月，展示自己為無所不能的聯邦調查局大探員，能壓下案子。他們一次又一次地保證，他們可以指揮其他司法機構在什麼時候做什麼事。

如今他們搞砸了。凱斯整個被惹毛。

「我從一開始就跟你們說了，在我還沒告訴你們他媽的屍體被丟在哪之前，我絕對不要地方媒體牽扯進來。結果你們幹的第一件事就是把事情鬧大，給我大張旗鼓在主要幹道旁他媽的挖古蹟。」

盧索直打哆嗦。

「你們說你們會去把事情處理好。」

「對，」盧索說，語調變得無力，「只要在我們能力範圍內，我們就會。」

「你們什麼都沒處理，」凱斯說。他的總體協議在哪？他的死刑執行日呢？已經四個月過去了。如果調查局還想拿到更多名字和地點，最好動作快點，因為那堆屍體——？「老實說，」凱斯講。「都還在呢。」

貝爾想擺脫凱斯的約束，不靠他的幫助，自己找到被害者。他相信凱斯說的，如果他們能獨自找出一名受害者的身分，他就會全盤托出。在科里爾一案的自白中，凱斯說他去佛蒙特的途中路過印第安納州。貝爾在Google搜尋欄上輸入「二〇一一年六月，印第安納，失蹤人口」。

猜怎麼著：有一起符合條件的失蹤案。又是一個引起高度關注的案子。

二〇一一年六月三號晚上，時年二十歲、就讀印第安納大學二年級的蘿倫．史畢爾（Lauren Spierer），晚上出去喝了幾杯，此後就再沒出現過。

她的身分背景──年輕、白人、貌美、金髮、家境良好、就讀男女合校，沒有理由突然跑路──讓她的案子登上全國新聞，CNN、《時人》、福斯新聞台、《赫芬頓郵報》、《猶太日報前進報》、《今日美國》、《美國通緝犯》、《日界線》和《20/20》都有巨幅報導。

凱特．尼爾森成功查出凱斯在那天晚上，開車經過三個印第安納州的收費站。史畢爾和莎曼莎一樣，年輕貌美，在黑夜中消失無蹤。但就如同科里爾夫婦的案子一樣，他們一點能著手調查的線索都沒有。

貝爾和團隊討論後得到的結論是：何不問他蘿倫的事？如果能讓凱斯知道，他們曉得他當晚出現在布盧明頓（Bloomington）的收費站──蘿倫的最後現身處就是在布盧明頓──也許能用他們媲美《CSI：犯罪現場》的能力嚇嚇他。

於是貝爾拿了一張蘿倫的相片來質問他。

「這是你幹的嗎？」貝爾問。「人們會認為是你幹的。那天晚上你在印第安納。」

凱斯大笑。

「靠你們這些人，」他說，「要查清楚可就難了。」

三十一

調查人員相信，凱斯曾經放過幾位受害者一條生路。就在凱斯的名字在佛蒙特州被公開前幾天，在他決定閉嘴、拒絕和調查員交談長達六週之久的前幾天，他們碰巧運氣好，一時之間有了這個預感。

那是七月的一個星期六。出於無聊或挫敗或單純想整他們，凱斯決定要開口交代一些故事。貝爾、高登和費迪斯和他在調查局辦公室面談。

貝爾的開場很平和。他提醒凱斯自己曾說，他有十四年的時間都在當雙面人，他們對這部分很好奇。當時發生了什麼事？「那差不多是你去從軍的時候，」貝爾說，「對吧？」

「那影響是滿大的，」凱斯說。但他更早就開始下手了，至少在他入伍前兩年開始，他說，「我能犯案然後成功脫身。」

「犯什麼樣的案？」貝爾問。

大概是一九九六年或一九九七年左右，凱斯說，他家人搬到奧勒岡州的那個夏天。他當時十八、十九歲大。他們一家人來到緊鄰德舒特河（Deschutes River）的河灘上。

「這給了我靈感，我猜。」他的聲音變得低沉，每個字都縮了起來，有點含糊不清。「那邊有一些，嗯，類似這種偶爾會在小沙灘上看到的公共廁所。我帶了一個人到其中一間去，但我沒有，你知道的……我沒殺她。」

「在你真的鼓起勇氣下手之前，會花多少時間來計劃綁架？」費迪斯問。

「這一個嗎？」凱斯問。「還是——」

費迪斯打斷他。「這一個，對。」

喔不，這樣不對。凱斯給了他們一個機會，但就這樣被費迪斯給扔了。

「嗯，那一個——」他的聲音在抖。「我春天過去的，然後我想我是在夏末時、夏末時下手但我——我在那之前就想了好幾年。」

貝爾很好奇凱斯計劃了多久，「所以在那時候，你是不是開發出了某種工具組，裡面有繩索和——」

「喔，有，」凱斯說。他聲音壓得好低。「那些東西我都有帶。」

通往河灘的大門被鎖起來了。某天下午，凱斯只穿著泳褲，躲在樹叢裡看著。他等太陽西下，河流上的充氣船如往常般慢慢減少。夜幕逐漸低垂，一群青少年往這裡走過來，一共四、五個人，一個女孩跟在朋友後面跑跑跳跳。

「我就從樹叢裡跳出來，抓住她。」

「你怎麼把她帶到洗手間的？」貝爾問。「我猜你應該不認識她。」

「不，我不認識她，」凱斯說。

「她是白人、黑人、亞洲人？」

「她是白人。」

「年紀跟你差不多？」

「我不曉得……她有可能在十四到十八歲之間。」

十八歲聽起來比十四歲好多了，凱斯很清楚。她很可能還是個小孩。

「金髮，棕髮？」

「呃，有點金棕色。」

「那是你第一次性侵別人嗎？」

「不是，但我是說，那是我第一次做到那個程度。我每個環節都規劃好了。」

凱斯和他們分享了自己陰暗面的形成。那些他認為自己犯下的失誤，那些才剛萌芽、在他日後犯行中反覆出現的模式。而他這就承認了，他在年輕時就就下手過，唯一可能的事發地點是科爾維爾。

「那間廁所很小，」凱斯說。「沒有自來水。大概一年才有人來清理一次。」

又一個汙穢的地點，但貝爾專注在技術細節上。「是固定式的廁所，還是流動廁所？」

「固定式的，就是你在森林裡的營地會看到的那種，底下有大型水泥槽。我一直在等身材嬌小的人，因為我打算把她丟在槽裡。」

就像處理掉排泄物一樣。但凱斯說他純粹只是覺得那裡最適合藏屍體。「那個底槽真的很深，」他說。「屍體放在那裡大概一年左右都不會被發現。」

又是體型較小的受害者，對青年時期的凱斯而言比較容易控制。

凱斯逼著那個女孩到一間牆上有扶桿的殘障廁所，接著把她的脖子綁在一根桿子上，雙臂往外綁，讓她動彈不得，類似他束縛莎曼莎和洛琳的方式。「然後我，就是，把公共廁所外面的門關上，讓她的肚子對著門板，把她綁在上面。」繩結緊到會留下瘀青的程度。他強暴了她，一次，他說。

「你沒有用刀子，」高登問，「割傷她或什麼的？」

「沒有，」凱斯說。「但我刀子和所有東西都帶著。我當初本來要把她勒死。」

「所以是什麼原因讓你沒有繼續下去？」

「她就，嗯……我猜她有過類似的經驗，或想過接下來的反應。她很清楚要說什麼。就，其他所有我綁過的人看起來永遠都很錯愕，毫無預期，好像他們從沒想過自己會身處這樣的情境。」

那個女孩一直在講話，她說他長得很好看，不需要做這種事。她會很樂意和他約會。他現在做的事情沒什麼大不了，她說。他可以把她放走，她誰也不會說。整個侵犯的過程中，她沒展現出太多恐懼。像凱斯這樣的性虐待狂需要貨真價實的恐懼。這嚇到他了。

「我是說，她有害怕，但我感覺她對這件事的態度比我還要冷靜。我一直叫她閉嘴，她不肯。所以我想我改變了我的……我到最後就亂了陣腳。」她成功讓凱斯把她當人看。她甚至告訴他她的名字。「我想，她是叫莉亞（Lea）吧，還是莉娜（Lena）？某個莉開頭的。但她沒跟我說她的姓。我沒問。」

強暴她之後，凱斯說他替她鬆綁，放她離開，讓她坐回充氣船，並推她到河上。

「那很嚴重，」他說。「那對當時的我來說很嚴重，非常嚴重。我不記得我那時有沒有擔心DNA的事，但我深信會有大規模調查，要抓出凶手。然而實際上，事後回過頭來看，她也許真的從沒和任何人說過。

凱斯一放走她，立刻就後悔了。他老盯著地方報紙，等著自己有一天上新聞，等著警察來抓他。幾個月過去，他的名字始終沒出現，沒有人來打電話或敲門，據他所知沒有任何調查活動，他並不覺得自己聰明。反而覺得自己走運。

「後來好幾年，我一直跟自己說，『我應該殺掉她的』。」

「那麼，」貝爾問，「你還有再犯同樣的錯嗎？」

「哈哈！」凱斯往回靠上椅背。「這個嘛……」

三十二

佛羅里達州特別引起傑夫．貝爾的興趣。為什麼？凱斯不曾明確提起，但他在那裡有親戚從事營造工作。那裡有一個連環殺手和凱斯有相同的犯罪手法。

此人被稱為博卡殺手。

二〇〇七年八月七日下午一點左右，一名女子帶著學步期的兒子在時髦的博卡拉頓購物中心（Boca Raton Mall）逛街。幾個小時後，她帶兒子穿過諾德斯特龍百貨公司（Nordstrom）的出口，走向購物中心的停車場，遙控解鎖她的黑色休旅車，並打開車門。她先讓兒子坐進車裡，接著把嬰兒車放進行李廂。

「媽媽！媽媽！」

她往前一靠，看見她兩歲大的兒子旁邊坐著一名男子，他戴著太陽眼鏡和綠色軟呢帽，手裡握著一把槍。她全身都僵住了。她不敢相信這是真的。

「上車，」他告訴她。

她動也不動。

「上車。」他把槍對著她兒子。

她進到車內。

至今，這個女人依舊維持匿名。

男子命令她坐進駕駛座，交出手機，往一台提款機開去。「乖乖照我說的做，」他告訴她，「我就會送妳回購物中心。」他的槍繼續指著她的小孩。

匿名女子全都照著他說的做。她把手機交給他，接著開到一處提款機，領出兩百美金給他，然後再兩百、再兩百、再兩百，最後那一次交易被拒絕。她達到每日額度上限了。

男子要她繼續開車。路上很塞，她從後照鏡能看到她兒子的小臉蛋。他不知怎地睡著了，這讓她知道，某種程度上她應付得還行。她看向窗外，心中暗忖：沒人知道我今天就要死了。

她想過要撞車。接著她想，要是我失敗的話怎麼辦？要是激怒壞人呢？

她繼續開。男子叫她轉進希爾頓飯店（Hilton hotel）的停車場。那裡一片荒涼。他要她下車。她不想丟下她的寶寶。

「拜託別殺我，」她哀求道。「拜託別殺我。」

「我沒這打算，」他說。「我手上麻煩已經夠多了。」

他想換位置，換他開車，她去後座。她接著看到他手上有東西反射著亮閃閃的陽光。是一對銀色手銬。

喔，老天，她心想。完了。她已經給他錢了——他還想要什麼？他是要強姦她嗎？殺了她和她小孩？棄屍在荒郊野外？他把她手腕銬在背後，讓她坐到後座。拿出束帶，先綁住她腳踝，然後把脖子綁在頭枕上，拉得緊緊。他拿出一副深色墨鏡，用膠帶黏在她眼睛上。現在她幾乎看不到了。

匿名女子慌了。她被塑膠束線帶勒住，面部脹紅，滾燙的淚水泉湧而出。她又是作嘔又是哽噎，無法呼吸。就這樣，綁匪鬆開束帶。「這樣有好點嗎？」他問。

「有，」她說。男子回到車流中，開了一陣子。她完全不曉得他們要去哪，但這個善意之舉——這樣想真是太奇怪了——給她帶來希望。

突然間男子停下車。她能聽見他在翻某個東西，好像是塑膠袋。刀子，她看到了。「拜託別傷害我，」她哀求說。「拜託別殺我。」

「我不會，」他說。「別亂動就是了。不要動。」他轉過來，從駕駛座稍微起身好接近她，冰冷的刀子劃過她的臉，再到她的頸部。

他割開束帶並繼續上路，什麼也沒說。她的寶寶現在醒過來，把奶瓶弄掉了，他哭了起來，眼看著奶瓶滾到駕駛座底下。她做好心理準備，這會讓男子失控嗎？

他撿起奶瓶，轉過身把它遞給她兒子。男孩不哭了。

四小時過去。他向展示了兩次善意。也許終究下不了手。接著他說，「我要把妳脖子的束帶綁回去。」下一秒，他保證會放她走——不是她跟她寶寶，就只有她。她不知道要相信什麼。

「我會讓妳打電話給一個人，」他接著說。「妳可以說妳的車故障了，叫對方來接妳。妳想要我打給誰？」

如果他決定要放他們走，為何要重新綁住她脖子？這沒道理，但她沒有問出來，就只是把她兒子父親的名字告訴他。要是她出了什麼事，她的最後一通電話就是打給孩子的父親。他會知道她不可能帶著小孩無故消失。

至此，匿名女子的視力已經調適回來了，她看見他們回到了博卡拉頓購物中心。男子撥了號碼，把手機拿到她臉邊。她的前任男友接起電話，「我的車壞了，」她告訴他。「拜託來接我。」。

「好了，」他說，「等警察來的時候，我要妳跟他們說我身形矮胖、黑皮膚。」這裡他犯了錯：他拿下被他貼在她臉上的太陽眼鏡，她把綁匪的樣子看得清清楚楚。他很高、身形健美、白膚，留著一頭棕色長捲髮，除此之外沒什麼體毛。他仍舊戴著那頂軟呢帽，她現在認出來是橄欖綠色，還有一副太陽眼鏡。

他拿走她的駕照，然後在她臉上戴上一副塗黑的蛙鏡。

「我要是在新聞上看到任何關於我的訊息，」他告訴她，「我的臉或我的相片、外表描述——我一定會回來找妳算帳。」

他關上門後離開。

男子一走，她便想辦法鬆開被綁住的手，扯下蛙鏡，並設法把脖子上的束帶給弄斷。她移到駕駛座，疾駛至購物中心的代客泊車站，求助泊車小弟協助報警。

「我剛剛被綁架，」她說。

「妳在跟我開玩笑嗎？」

最終，泊車小弟還是報警了，警察抵達時，他們也不相信這名匿名女子的話，博卡拉頓不可能發生這種事，沒有任何一個人看到這樣的事發生，她的休旅車上沒有留下任何物證。他們不相信一名年輕女子若真的像她說的那樣被綁住，會有辦法順利逃脫。他們不相信她跟她兒子被綁匪開車載來載去好幾個小時，然後沒半個人發現。她的故事，老實說，太瞎了。

警探們對她進行測謊。她發誓，她沒什麼好隱瞞的。

三個月過去，沒有任何消息。接著在十一月的某天，棕櫚灘縣警長辦公室來電，警長告訴匿名女子，他們正在處理一樁懸案，一名女性於三月份同樣在博卡拉頓購物中心遭人綁架。她同樣開著黑色休旅車，跟匿名女子在差不多的時間，下午一點十五分，從停車場被人綁走。

她名叫蘭迪．葛倫貝（Randi Gorenberg）。她被綁架的三十九分鐘後，有路人打九一一報警，來電者表示看到一台黑色賓士休旅車的副駕車門打開，有一名女子摔下來，倒在地上，看起來好像司機把她推下車然後開走。

來電者靠近女子身旁，「我的老天啊。她——她死了。她頭上中了兩槍，天啊。」

葛倫貝五十二歲大，嫁給一位富有的按摩師，和丈夫與兩個小孩同住在棕櫚灘一間價值兩百萬美金的房子裡。她沒有與人交惡，沒什麼嚴重問題，沒有欠債。她生活周遭沒有人殺害她的動機。她在距離博卡拉頓購物中心五英里外的地方被發現，鞋子和手提包都不見了，但價值不斐的珠寶——鑽石項鍊、戒指和卡地亞手錶——都還在。

葛倫貝的休旅車被棄置在一間家得寶五金行後面。現在，匿名女子是他們唯一的線索。

十二月十二日星期三，將近午夜時分，距離匿名女子和兒子被綁架的四個月後，博卡拉頓購物中心的一名警衛走向一台閒置在西爾斯百貨（Sears）停車場的黑色休旅車。在裡面發現四十七歲的南西．柏姬奇歐（Nancy Bochicchio）和她七歲女兒喬伊（Joey）的屍體。南西的手腕和腳踝都被綁住，脖子被勒在座椅頭枕上，眼睛被塗黑的蛙鏡遮住。喬伊同樣被用束帶綁住。兩個人頭部都有一處槍傷。

負責處理的警察想起匿名女子。

當匿名女子在新聞上看到這則報導時，她嚇壞了。她知道凶手是同一個人。

警方也是這麼覺得。在重建南西和喬伊當天的足跡時，他們發現這和之前兩起綁架案的路線有驚人的相似之處。監視錄影帶顯示這對母女最後被人看到的時候，跟蘭迪．葛倫貝走同一樣的出入口。南西被監視器拍到領錢的提款機，正式之前匿名女子被迫提款的同一個地方。南西的屍體被找到時，手上的手銬也和匿名女子被綁匪威脅要銬上的很像。

匿名女子和警方說過：這個人帶著一組工具，裡頭有束線帶、手銬、封箱膠帶、太陽眼鏡和蛙鏡、刀子、手槍。感覺他完全曉得提款機的監視器安裝在何處、角度如何，並且能夠成功閃躲鏡頭。她感覺他對一切非常熟練。

警方追查柏姬奇歐母女雙屍謀殺案裡用到的束帶和膠帶，成功找到邁阿密一間大型零售超市，購買時間點就在南西和她女兒遭人殺害前不久。但警方沒有找到任何物證或DNA。匿名女子和柏姬奇歐的兩起案子，僅有一模一樣的間接證據，除此之外警方一無所獲。

博卡拉頓專案小組在事發一年後解散了，然而在那之前，匿名女子為警方的素描繪師提供了一份詳細的描述。畫像的外表特徵，特別是嘴部，和凱斯的相似程度高得驚人。

關於本案的已知細節也同樣令人感到不安。凱斯在光天化日下「狩獵」，不消幾秒鐘就能把人綁走，他總是用受害者自己的車子做為犯案工具。在提款機領錢時顯得笨手笨腳，好像綁匪永遠不曉得每日提款額度有上限，還有技巧純熟的避開監視錄影器。匿名女子提到的工具包，以及後來在一位遊民身上找到葛倫貝的手機，這都符合凱斯慣用的手法——他和調查員們說，他有時候會把受害者的手機扔在遊民聚集的地方。作案對象特別鍾意情侶或母子——這是他對自己母親的憤怒嗎？他自白說每次旅行時，他都會「找地方下手」，偏愛挑「體重輕」的人為目標。刀子是他最愛用的武器。他會綁住女人的脖子，指示她們告訴警察綁匪是黑人。

但是沒有任何一個探員相信他宣稱絕對不碰小孩的原則。

根據調查局的形容，柏姬奇歐綁架案中使用的束帶，有其獨特之處，綁匪會在做案同一天於當地的大型零售店購買，凱斯也曾講過自己在綁架科里爾夫婦之前做過一樣的事。

匿名女子說綁架她的人留著棕色捲髮，棕色捲髮綁成馬尾垂在後頸上。為什麼在這麼熱的夏天要這樣？為什麼不綁高一點，壓在帽子裡？是為了要遮住紋身嗎？凱斯的後頸有個五芒星紋身。

在這幾起綁架謀殺發生的期間，凱斯的行蹤不明，但調查局知道他在這幾起案件發生的期間，他都在旅行。

匿名女子和警方說，她遵守綁匪給的每個指示，並持續和他對話。她認為那是她和她兒子存活下來的原因。

州政府和地方政府後來聽聞另一起險些得逞的綁架案，發生在匿名女子遭綁後幾天。那次擄人未遂事件發地點在另一座高級購物中心的停車場，受害者是一名女性，有一名持武器的男子在她往車子走去的途中狹持她，命令她開車載他去一處提款機。她用力把手提包扔得遠遠的，放聲大叫，「滾開！滾開！」

那機智的反應救了她一命。她後來看了警方在匿名女子協助下繪製的素描，她說，犯人看起來跟畫像一模一樣。

此後就沒再出現新的攻擊事件。柏姬奇歐綁架案至今仍是懸案。

在凱斯拒絕溝通的那三個月、以及稍早的一段期間，調查員們成功取得一些進展。他們找到二〇一一年被埋在伊格爾河的東西。

尼亞灣那頭，泰德．哈拉和柯琳．桑德斯搜過被凱斯棄置的貝林納（Bayliner）快艇，但沒找到任何實質證據。探員們現在手上共掌握八名受害者，三名已經確認身分，其餘受害者他們雖然各有推測，仍是身分不明。

團隊對德州的吉米．第德威爾或許還算有把握，但貝爾對紐約州那邊，他們剛確認身分的那具屍體更有信心。

到了十月底，凱斯重回審問桌上，調查局有了新的策略，他們決定施加一些壓力，一點點就好。讓上層長官背黑鍋，用來威脅他。否則每次審訊都被凱斯當成冗長的遊戲，拿可能的受害者來逗弄調查人員。調查員一邊求他再多給一個受害者的資訊，凱斯則是從頭到尾喝著他的美式咖啡，抽著他的雪茄，彷彿是把菸蒂往聯邦政府身上彈，藐視執法單位至極。

他們得到指示，暗示凱斯說他的名字可能會被洩露出去。強調他的名字目前只有在佛蒙特州公開，其他地方都還沒有，而決定要不要公開的權力，掌握在這個房間裡負責該案的探員們。現在是時候讓凱斯知道，探員們正在失去耐性，調查局也是。現在，他們會告訴他，匡提科有了新的時程安排。

「說實話，機會在流失，凱斯，」費迪斯說。除了字面上的意思外，還另有所指。「所以我們沒多少時間可以虛耗了，如果沒有任何具體進展，我們接下來什麼也做不了。」

「那就這樣啊，」凱斯說，「其它我涉入過的案子，天氣都沒影響。」跟他之前說過的一樣，其它屍體都不太會腐壞。

「你現在的情況，也許讓你越來越有耐心，」貝爾說，「但其他人的耐性都快用盡了——至少我們的上司不斷催促我們要取得進展。」

凱斯告訴他們，將他的名字公開已無法對他帶來威脅，因為他正在考慮他所謂「最大曝光度」這個選項。他大可隨便找一間全國性的新聞媒體，揭露聯邦政府拒絕用死刑跟他交換更多受害者資訊的事實。

他滿懷惡意，似乎整個豁出去了。「我要想用我的案例支撐我的論點，媒體很可能會給我超大的發言空間，」他說。「你們已經不能給我什麼了。」

威脅，凱斯說，一樣沒用。「這就是那種你們要說『給我們更多資訊，否則如何如何』的日子，對吧？」他大笑。

這等嘲諷令人憤怒不已。調查員決定要大顯身手，是時候嚇嚇他了。

「黛博拉．費爾德曼（Debra Feldman），」高登把費爾德曼的照片一把拍在桌上。探員們很肯定紐約州的那具屍體就是她。費爾德曼是個毒蟲，也是妓女，她在二〇〇八年四月八日於紐澤西失蹤，根據旅行紀錄，凱斯當天正巧經過紐澤西。

「我們之前就提過她，」高登說。事實上，他們給凱斯看了她的相片，而凱斯的反應——抑鬱、驚訝——讓探員們相信是凱斯是兇手。

「紐澤西和調查局正在深入調查她的案子，」高登說。

凱斯再度在自己身上搓揉起來。「好吧，」他用低沉的語氣說。

「我覺得我們應該可以從這邊開始聊，」貝爾說。

「不要，」凱斯說。

手機震動了，有消息傳進來。

「她的名字出現在你的電腦上，」費迪斯說。

他搓得更用力。「我不會談我電腦上的東西，」凱斯說。給他點利益交換就會改變心意了。

「黛博拉的案子還有更多細節，你現在不想告訴我們？」費迪斯說。

「對，」凱斯說。「我就是不想談這件事。」

十月三十日，哈拉和桑德斯遠從他們在華盛頓州波爾斯波（Poulsbo）的駐地辦公室專程趕來，就為了審問凱斯，聽到這樣的消息，顯然讓凱斯的自尊心大幅膨脹。在德州審訊時，對面坐的只是德州騎警和當地辦公室派來的聯邦探員，這樣的小陣仗讓他很失望。就連貝爾和多爾從安克拉治飛來也激不起他的興趣，如果他要被審訊，凱斯希望能是調查局最頂尖的探員，看到兩位頂尖探員從他老家飛過來讓他非常高興。他好奇了好幾個月，他們是誰？他們知道了什麼？

目前，哈拉和桑德斯取得辦案優勢，他們負責處理尼亞灣轄區已經很久了。他們很妥善地處理了譚米那邊，她女兒的監護權現在在她手上，她每週都會和凱斯通話一次。他們一直在訪問他認識的人，還有跟他過去生活有交集的人。

哈拉和桑德斯的出現帶來純然的新奇感，或許有機會從凱斯口中引出新的資訊。

哈拉在親和力這方面和貝爾很像，儘管他內心感到害怕，語氣還是可以保持輕鬆隨性。但他不認為自己會害怕，他們已經聽過凱斯每一場審訊的內容，他們很清楚知道自己會遇上什麼狀況。

「針對我們目前有的調查內容，你有任何問題想問我們嗎？」他問凱斯。哈拉告訴他，他們也和譚米的母親、以及他從前的雇主兼好友戴夫談過話。

桑德斯坐在凱斯對面，感覺挺有自信的。這讓她自己也很驚訝——她原本以為自己會心生恐懼。她問起凱斯剛搬到尼亞灣的日子。

「你靠什麼維生？」

「我那時在領失業補助，」凱斯說。部落花了幾個月才肯接納他。「立場對調的感覺還滿有趣的，」他說，「我當時在那裡的一棟大樓工作，人們開車經過會大吼說，『滾回家，白人小弟！』但大約一年後，大家看到他的付出，看到他努力美化保留區，才終於接受他。

哈拉把話題轉到科爾維爾。「你九六年的時候在那邊嗎？」

「對啊，」凱斯說。「我九六年的時候在那裡。那是我最後一年待在科爾維爾。」

「你住在科爾維爾的時候，」哈拉說，「你對茱莉·哈里斯有印象嗎？雙腿截肢，失蹤的那位？」

「九六年？」凱斯問。他又開始搓了。

「她住在離你不遠的地方，」哈拉說。

「我確實有印象聽過這件事。我認得那個名字。細節我就沒印象了。」

那些細節十分駭人聽聞。凱斯應該會很樂在其中才是。

「我記得那個案子好像很轟動，有上地方新聞。」凱斯說。「我當時在做工程，所以會聽說一些事。但我自己從沒特別感興趣。就是那種好奇聽聽……聽聽就過去的事情。」

高登說，她以為這麼大的新聞，會對凱斯造成一些衝擊。

「其實還好，」他說。

沒人相信他，但他們決定不糾結在這上面。哈拉把話題轉到華盛頓州的國家公園和森林。凱斯是真的沒在這裡殺過人嗎？

「真的，」凱斯說。但探員們不相信他說的。之前七月時，凱斯和貝爾及費迪斯說過，他的其中一個受害者有被找到，但以死於意外事故結案。貝爾懷疑那個受害者是登山客，屍體被人在峭壁底下找到，或是在水中被發現。

「那是失誤，」凱斯說過。「跟科里爾夫婦的情況類似。我只是不方便立刻把他們處理掉，所以我決定試試看，讓它看起來——我是說，那本來就會推測是某種意外事故了……總之，我很確定我們有一天會再細聊這個部分。」

哈拉試探性地問到位於新月湖的受害者。哈拉問說，為什麼凱斯要買那艘貝林納？是預謀棄屍的計畫之一嗎？還是後來才想到的？

「這個嘛，我一直很喜歡船，」凱斯說。「我從十四歲左右就開始造船。買那艘船單純是臨時起意，那時覺得挺好玩的。」

探員們不曉得凱斯會造船。凱斯很驕傲地說下去，他主要都是造小型手划艇和划艇，偶爾會做蒙皮舟——加上他還會做槍枝、活動式標靶、吊橋、房屋，天曉得他還會什麼。

凱斯說他想要一艘汽艇，像是貝林納那樣，夠他帶上所有露營裝備。

高登和桑德斯說，他們發現凱斯還擁有過其他船隻。凱斯說他另外有一艘出海用的船，但製程太費工，後來被他丟掉了。

「我們的理解是，他很可能有用那艘船將受害者棄屍，」哈拉說。他們懷疑其他受害者可能在奧澤特湖（Lake Ozette）底，凱斯經常到那裡去。

他們知道有受害者被棄屍在華盛頓州，但他們是華盛頓人嗎？

「嗯，我不想要……那部分我還不想講太多細節，」凱斯說。

凱斯說過他的家人和同事曾在不知不覺中幫助過他，那又是怎麼回事？哈拉跟桑德斯知道他對自己的時間線有所隱瞞，凱斯經常以「喪假」為由遠行。不知道為什麼，從沒有人起疑過——一個年輕男子身邊怎麼會有這麼多長輩過世。

凱斯坦承他騙了所有人。

「我要求別人幫忙做事的原因，或是我被問到為何做出這種事時的回答，通常都跟事實相去甚遠，」他說。「我會出發去華盛頓東部，說我要去見老朋友、或是去看看老地方，然後，你知道——」

「去奧勒岡州，」貝爾說。

「不是，不一定，」凱斯說。「我可能會去華盛頓東部，但不是去看老朋友。我在東華盛頓一個認識的人都沒有。」他笑出來，再次搓揉起自己。

哈拉試圖攻其不備。「你會把手機留在別人那邊嗎？」凱斯不肯透露，但承認確實總是把時程排得很滿，讓他看起來不可能涉入任何一起謀殺——就跟他在處理莎曼莎的時候一樣。

哈拉和桑德斯很好奇他在綁架莎曼莎之前的心理狀態。讓自己超時工作是他壓抑欲望的方式嗎？他跟金柏莉見面的時候呢？新戀情帶來的快感夠嗎？

不太夠，凱斯說。「一直以來都不乏讓我分心的事物。我有一個接著一個的興趣可以讓我投入其中，但太陽一下山，就全都……」他暗笑。「你有多少興趣都沒差。一切最終都會回歸到同一個點上。」

這或許是行為分析小組在聽過所有審訊的內容後，唯一肯定的事：凱斯的犯案動機跟金錢、精神異常都無關，只關乎愉悅。因為他想要，所以他動手。就算是他用來嘗試讓自己分心的活動，也總是和他終極的渴望有關。誠如洛伊．哈茲伍德所寫：有些人只是為了享樂而強暴、殺人。而哈茲伍德此言不假，因為凱斯自己也說了：他一旦開始下手，其他任何快感都不能比。而且一旦他對那份快感麻痺後，他別無選擇，只能升級。

「比如說，槍枝一直是我的休閒愛好，」凱斯說。「爆裂物之類的。」

貝爾花了點時間思索這個資訊。

「爆裂物？你會做炸彈？」

「那不是什麼了不起的玩意，但對啊，無聊時我會改裝一下。主要只是在設計一些東西……」

「你都去哪邊引爆？」貝爾問。「你沒辦法在後院炸吧。」

「尼亞灣地方可多了，」哈拉說。一陣緊張的笑聲。

「沒有，」凱斯說。「我搬上來這裡之前，把大部分的炸彈製作工具都送人了。」他說他做的爆裂物主要以黑火藥為基底，他有時候會在犯案子時用到，有時候不會。

「你有用爆裂物來闖入民宅嗎？」哈拉問。他指的是破門——只有受過訓練的軍人或執法人員，在極端條件下才會破門。

有，凱斯說。他十四歲起就開始練習破門。「第一次我是用鐵管炸彈炸開一個鎖。」

「連通小屋或車庫之類的那種鎖？」貝爾問。他還太過驚嚇，沒辦法意識到：他該想得更大膽些。

「不是，」凱斯說。「是森林局的大門，我記得好像是。」政府土地。他承認炸了森林局大門，讓這起案子就此改寫。

幾分鐘內，全美東西兩岸的拆彈小組即刻出動了：一組去安克拉治的住宅，一組到紐約州的房子。調查局怎麼會沒注意到這件事？他們和凱斯少數軍中好友的審訊結果都指向炸彈。凱斯曾經跟他們提過：他在紐約北端的那塊地埋了九千發的黑爪彈藥，這種俗稱警察殺手的子彈，也經常被用在大規模槍擊案裡。另一邊，探員們在安克拉治的房子裡搜出好幾扇門板，鉸鏈被拆下，用噴漆噴上雅靈頓教會（Church of Arlington）和你必得重生教會（YouMustBeBornAgain.org）的字樣。兩者都是威爾斯教會的舊名。

凱斯在計劃什麼？他曾和探員們說過他許多的計畫，還有他的偉大計畫。他有在計畫要燒毀教堂嗎？或是以炸彈炸毀教堂也是有可能。他曾跟探員說他幻想過要殺害員警，也承認自己在情人小徑時差點殺了安克拉治市警局的員警。他和他軍中好友柏金斯提過大規模綁架。雖然他否認自己是白人至上主義者，卻曾談起他白人至上主義的成長背景。他曾是切維及切恩．科荷的好友，他們其中一人涉嫌參與奧克拉荷馬市爆炸案。凱斯自幼就被灌輸反政府思想。他自己就和探員說過，和他一起長大的人視提莫西．麥克維為英雄。他自己不否認有這種看法。

調查局不肯說明他們那天在紐約搜到了什麼。然而他們對凱斯的案子新增了一條分類：恐怖攻擊。

三十三

凱斯最終的計畫是什麼，或他犯過什麼更嚴重的罪行，我們將永遠不得而知。

二〇一二年十二月一日，晚上十點過後，凱斯．凱斯用一片剃刀和一條繩索在他的牢房裡自殺。他在牆上用自己的鮮血畫出十二個骷髏頭，下面寫著「**合而為一（WE ARE ONE）**」。

他還留了最後一條線索給調查團隊，一樣是用鮮血草草寫下：

貝里斯（Belize）

貝爾和潘恩堅信凱斯殺害了十一個人，第十二顆骷髏頭應該是他自己的。

他們相信凱斯說他最終殺害的人數「少於一打」。對潘恩來說，「一打」是一個很怪異的單位；大多人會以五或十的倍數來算。少於一打，在他聽來代表十一。

不過其他參與本案的探員，包括甘納威和查孔在內，都認為凱斯殺害的人數遠遠高過這個數字。

尾聲

我們任何人都可能成為凱斯．凱斯的受害者。

調查局公開本案後，從阿帕拉契小徑（Appalachian Trail）到加州、到麻州的蒙特奇（Montague）、到德州的聖帕德雷島（San Padre Island），再到紐約市的聯合廣場，到處都有人宣稱自己曾經見到或遇過凱斯。

值得探問的是：在後九一一時代裡，這樣一位收入低於平均標準的自雇營造工人，買了這麼多次的單程機票，為何不曾引起國土安全部的注意？凱斯是種族刻板印象的受惠者嗎？他有時會帶著槍枝旅行，把槍拆解開來，藏在手提行李裡，卻也未曾被運輸安全管理局問過一次話。

不只一人和調查局表示，他們相信曾經接觸過凱斯，不管是在海灘、國家公園、步道和營地——甚至是他們自己家，凱斯會直接走到他們家門口或門廊或車道，他會試著與人談話。許多人都回報了同樣的情況，說他們看過凱斯，有時旁邊還有另一名男子，出現在全國各處，拿著鏟子從樹林或墓地走出。

德州一名女子確信自己在開車時曾被凱斯跟蹤。另一人相信她在二〇〇一年或二〇〇二年時，在安吉利斯港一一二號州際公路一段漆黑荒涼的路段上，被凱斯跟蹤，且差點就被綁走。在她寄給調查局的長篇電子郵件裡，她仔細敘述自己在殼牌加油站加油之後發生的事，她注意到有一名男子在中型卡車裡注視著她。

「接下來四十英里的路程中，」她寫道，「他不時超我車，然後又故意放慢速度……放得非常慢。慢到時速五英里，並且透過他的後照鏡看我。他在那條車道停了好幾次。最後一次停在我前面之後，他走出卡車，站在駕駛座車門旁，然後看向我……那時天色非常暗，下著雨，而且很冷。他舉起手，好像在揮手讓我停車，還往我車子走來。」

她手機沒有訊號，但她還是將螢幕亮著的手機舉起來。男子轉身開走。

她相信這名男子就是以瑟烈．凱斯。調查局無法排除這個可能。

其他受害者或許還會被尋獲並確認身分，要是凱斯在華盛頓州新月湖的屍體一事上沒有撒謊——調查員也相信他沒有——屍體必定還在那。調查局一位專家告訴高登，新月湖是座清澈見底的淡水湖，幾乎沒有海生動物，湖底下的條件非常有利保存屍體。他說，因為他有負重幫助屍體下沉，找起來也比較容易。

哈拉和桑德斯申請進行搜索，但調查局告訴他們，他們不想花那個錢。

至於凱斯和調查員說，他當了長達十四年的雙面人，潘恩是相信這個說法的。他的理論是，凱斯直到退伍前都沒殺過人，海蒂．凱斯也是這麼認為。她忍住沒說自己確實知道，而是很確信凱斯是在離開胡德堡後，大概是在那年夏天，才第一次殺死他的受害者。關於一九九六年的茱莉．哈里斯謀殺案，或是一九九七年發生在他老家科爾維爾，凱希・愛默森和她母親瑪琳的謀殺案，凱斯都尚未被排除嫌疑。

二〇一三年一月九日，自殺事件後一個多月，譚米和調查局說她心裡有個揮之不去的猜測。早在二〇〇〇年或二〇〇一年初時，她鄰居的丈夫在登山途中失蹤。她那天白天或晚上都沒看到凱斯，現在想起來讓她感覺很奇怪。後來屍體被找到，並判定為意外死亡。

凱斯自殺後，有一場針對安克拉治矯正中心程序處理不當的閉門聽證會。根據少數釋出的資訊，該報告認定凱斯在晚上十點十二分到十點二十四分之間割傷並勒死自己，血流得滿地都是。一直到早上六點，日班獄警抵達後，才發現凱斯已經自殺身亡。

報告上是這麼寫的，儘管報告上的內容大多都讓人難以置信，仲裁員把整件事怪罪於兩個因素：「一或多人——」我們不知道是誰——「將他移出自殺監控牢房並……給了他刀片。」安克拉治監獄、阿拉斯加矯正署和州律師腐敗的程度之深，以至於那些律師在二〇一六年時，建議監獄不要保留紀錄，也不要紀錄犯人死亡的原因或情況。二〇一八年一月，《安克拉治日報》報導了安市監獄秘密監聽了凱斯使用的訪視室，且那幾個房間後來一直都維持監聽狀態，非法紀錄律師與客戶間的對話。

縱使媒體多次要求，監獄仍未公開所有和凱斯自殺有關的資訊。當晚的錄影和錄音，還有法醫驗屍報告都不見天日。但透過《資訊自由法案》取得的矯正署特別事故報告，提供了些許細節。

當晚七點，凱斯連續三天被人護送至監獄的法律圖書館。兩小時後，戒護送回他的牢房中。凱斯所在的B區，當晚值班獄警宣稱他盡責地完成安檢程序及文書作業，值班期間有兩次半小時的休息時間。他說他在凌晨五點半時做了最後一次安檢，並在十分鐘後下班。「我沒有一次看到以瑟烈．凱斯所在的三號牢房有任何異狀，」他說。「和我值班的每天晚上一樣，凱斯縮在他的毯子裡，全身包得緊緊。」

凌晨五點五十七分，在另一名警衛執行安檢和點名時，他在凱斯的牢房裡「看到像是血的東西」。他請求支援，朝凱斯大吼，發現對方沒反應後，碰觸了被包裹住的屍體。凱斯面部朝下，頭轉向右側，雙手交叉在胸前，身上沾滿了鮮血。

「他的身體僵硬，」該名警衛表示。護理人員抵達後，警衛扯開床單。「犯人凱斯用肉眼判斷就明顯過世了。他沒有心跳，皮膚也沒有血色。」護理人員在她的陳述報告中表示，屍體冰冷僵直，面容蒼白，表示凱斯已經死亡至少三到四小時。她說，大量血液將他的被子浸濕一大半，地上更流了更大一灘血。

監獄被緊急封鎖。

急救人員在上午六點十分抵達時，他們發現一個神祕的景象。

血液不只流遍臥鋪，還裝在兩個大小不明的杯子、以及兩個牛奶盒裡。等到八點二十五分，阿拉斯加州警、美國法警和聯邦探員都趕來現場，傑夫．貝爾也是其中之一。

貝爾最後一次和凱斯說話是兩天前，正是感恩節前。

「你有意和我們全盤托出，對吧？」貝爾問。

「對。」凱斯說。

他拿了一片剃刀刀片，插在鉛筆上，用來劃開左手腕——這是貝爾最害怕的事。凱斯把床單捆成一圈，繞過他的脖子，綁在左腳上，把自己勒死。他留下一份浸滿血水、洋洋灑灑好幾頁的遺書，從調查局釋出的部分來看，看不出多少線索。一名法醫精神科醫生認為凱斯使用特定的冗詞——稱一或多位受害者為「我的黑蛾公主」、「我受到禁錮的美麗蝴蝶」——是想讓自己永遠跟《沉默的羔羊》的小說和改編電影連結，書中和片中充斥著這樣的視覺意象。

對於他一輩子都懷以恨意的美國，凱斯同樣表示控訴。「自由國度，謊言國度，美化陰謀的國度！」他寫道，這段重複了兩次。「不必要的消費，被崇拜的偶像，自知虛幻的追求，接著就是美國之死。」

本案促使調查局向大眾尋求協助——但他們接著立刻就決定，讓大眾對案情和以瑟烈．凱斯的瞭解越少越好。至今司法部仍以國家安全為由拒絕公開凱斯的相關資料，約有四萬五千頁的書面文件。調查局在凱斯死後不久，發布了官方版的凱斯旅遊時間表，但這也是被大量編修過的，任何跟恐怖活動或可能計畫有關的資訊都未曾公布。

在凱斯自殺三天前，他在他最後一次審訊裡公開鄙視調查員們，「抱歉，只給你們科里爾夫婦的線索」，還說自己沒能殺掉更多人。

傑夫．貝爾相信凱斯結束自己的生命，是為了譴責在他看來無比荒唐的美國司法體系。凱斯更可能把自殺當作控制與殘暴的終極展現——終極的施虐行為。

如果他活下來，我們對他會有更多理解嗎？很可能不會。調查局花了好幾個月，才意識到凱斯比起自白，更熱衷於玩弄他們於股掌間，阻撓他們辦案。或許他會指認其他受害者的身分，但要說他會全部揭露就讓人很難相信了。就算他死了，就像他說的，他的受害者都會屬於他。

關於他的童年，大部分的資訊都出自精神狀態評估，而就算在評估中，凱斯也只說了必要的資訊。除此之外，探員們對他的生活、家庭或內心世界所知甚少——事實上，他越是感覺他們想認識他，他就越不願開口。凱斯懂得說故事，在長達二十年的時間裡，他也懂得如何生存：研究《CSI：犯罪現場》、調查局側寫專家、和其他跟他一樣的惡徒，好在數位時代裡當個低科技的殺手。他因此成為更優秀的怪物。

他崇拜泰德．邦迪和H．H．荷姆斯（譯註：H.H. Holmes，活躍於芝加哥世界博覽會期間的連環殺手，自承殺害了二十七人，於一八九六年被處決。謠傳他建造了一座咸稱「謀殺旅館」的大樓，在其中虐殺受害者。《白城魔鬼：奇蹟與謀殺交織的博覽會》一書稱他為美國都市連續殺人犯最早的原型）的精明創意，凱斯希望自己也能因此受到肯定。他和探員說過他準備展開的計畫：離開阿拉斯加，當個四處流浪的木工。有什麼比極端的氣候變化，更能掩飾頻繁大量的旅行呢？還有什麼地方比災區更適合下手，反正失蹤人口都會被推測為死亡？他後來計畫要蓋一棟有地窖的房子，就像荷姆斯那樣，讓受害者活得更久一些。

他還計劃了什麼，我們將永遠不得而知，就像我們永遠不會曉得他真正的受害者人數。但誠如凱斯倒著講述他的故事——從結尾開始——他生命的尾聲或許只是另一個開端。他做好萬全準備，拋出一個又一個線索，然後自殺，他確知自己會造成的結果：他犯下的罪案將永遠懸而未解。

致謝

我深深感激為了這本書而與我談話的調查局特別探員以及其他調查人員。史蒂夫．潘恩尤其堅定且誠心，在超過一年的時間訪談時間中，每個星期撥空配合。傑夫．貝爾不但同樣撥空配合，還為我導覽了安克拉治市區與凱斯有關的恐怖地標。潘恩和貝爾都是才智優異、性格慷慨的人，也都值得我永遠的銘記在心。

謝謝喬琳．高登、凱特．尼爾森和莉茲．歐柏蘭德。巴比．查孔不但分享了技術性的專業內容，還有他的工作帶來的沉重情感負擔——此舉何其英勇。也謝謝綽號巴特的查爾斯．巴騰菲爾、喬．艾倫，以及好幾個不同州份的探員與執法人員，他們協助破解了這個案子，也在此書中將過程重現：德州騎警史帝夫．雷伯恩、黛比．甘納威、凱文．伯藍；佛蒙特州的喬治．穆提警長；克里斯．伊伯；紐約州奧爾巴尼（Albany）調查局駐地辦工室的蜜雪兒．戴法（雖然她沒有在書中登場，但她的見解惠我良多）；泰德．哈拉和柯琳．桑德斯，他們也為我導覽了華盛頓州西北部與此案相關的地點。

偉大的調查局側寫專家暨作家洛伊．哈茲伍德在二〇一六年三月為了這本書與我談話。他花了大半輩子面對人性中最險惡的一面，卻是我所遇過最友善樂天的人之一。

感謝海蒂・凱絲與我談論凱斯的童年、他們在科爾維爾的生活，以及她口中他的邪惡面。我希望她助人的意願也能擴及其他的案件調查工作。

這本書得到許多才華洋溢之人的引導：艾蜜莉・莫鐸・貝克（Emily Murdock Baker），維京出版社（Viking）簽下本書的編輯；梅蘭妮・托特羅利（Melanie Tortoroli）之後接手，提供了慷慨而寶貴的修改意見；蘿拉・提斯德（Laura Tisdel）執行了這項重任，以敏銳和關切確保任務圓滿達成。艾美・蘇恩（Amy Sun）、珍・卡佛利納（Jane Cavolina），還有維京出版社的所有人——我對你們深懷感恩。

大大感謝的經紀人妮可・托德洛（Nicole Tourtelot）。每個作者都應該像我一樣幸運——妮可就是永遠和你站在同一陣線的人。

也謝謝大衛・庫恩（David Kuhn）最初的鼓勵，還有丹娜・史佩克特（Dana Specto）看出這本書的潛力。

專精憲法第一修正案的律師、無與倫比的凱特・柏格（Kate Bolger）與她的團隊代表我和司法部展開了一場漫長的資訊自由法案（FOIA；Freedom of Information Act）攻防戰，幾乎是無償公益性質，只因為他們相信這樣做是正確的。永遠感謝凱特與派崔克・凱巴（Patrick Kabat）、馬修・L・薛弗（Matthew L. Schafer）、馬修・E・凱利（Matthew E. Kelley）等律師搜遍案件卷宗、調查局證人訪談紀錄、以及未曾公開的無數份文件，為我補齊了原本無比巨大的知識漏洞。

安克拉治方面，傑佛瑞・W・羅賓森（Jeffrey W. Robinson）律師和他的團隊完成了乍看之下絕無可能的任務，在聯邦法庭上獲得勝利，取得了凱斯數年來未見天日的審訊訪談。傑佛瑞也以佛心的費用接下我的案件，更額外提供給我許多意見。凱特和傑夫，你們真是我的英雄。

感謝J.T.杭特（J.T. Hunter），即《黑暗中的惡魔：連環殺手以瑟烈・凱斯的真實故事》（Devil in the Darkness: The True Story of Serial Killer Israel Keyes）一書的作者，對於案件研究方面的協助。他與譚米的訪談特別讓故事中的一個關鍵部分更有血有肉。蜜雪兒・瑟利奧・布茲（Michelle Theriault Boots）和凱西・葛洛佛（Casey Grove）兩位記者曾在安克拉治報導這起案件，並與我分享了她們的回憶與建言，只要我開口，她們總是伸出援手——在競爭激烈的記者圈，這並不是常有的事。

我也要向《紐約郵報》（New York Post）幾位厲害且聰慧的編輯致敬。史蒂夫・林區（Steve Lynch）首先允許我為《紐約郵報》追蹤這起事件，並在日後寫成專書。他以銳利的眼光初步閱讀，幫助我鎖定焦點，我深深地感謝他的支持。保羅・麥波林（Paul McPolin）擁有我所見過數一數二敏銳的心智，他提出的問題使得本書更具深度、也更豐富。瑪姬・康克林（Margi Conklin）不顧時間限制，主動為我仔細校閱，在關鍵時刻為這本書的最末幾章設定了新的方向。

我的摯友蘇珊娜・卡哈蘭（Susannah Cahalan）讀過好幾版草稿，為我編輯修改，當時她不但懷著一對雙胞胎，還在寫她自己的書。還要向我在《紐約郵報》的前同事、阿拉斯加土生土長的喬許．撒爾（Josh Saul）與他的家人致意，謝謝他們在安克拉治關照我。

最後，我所有的家人與朋友，在我最需要的時候，給予我支持、關注、鼓勵與樂觀的態度——尤其是我爸，他不顧醫囑（以及其他考量！），還是讀了這本書——我對你們致上愛與感激。

參考書目

Cleckley, Hervey. The Mask of Sanity: An Attempt to Clarify Some Issues about the So-Called Psychopathic Personality, Eastford, CT: Martino Books, 2nd Edition, 2015.

《破案神探：FBI首位犯罪剖繪專家緝兇檔案》，約翰．道格拉斯、馬克．歐爾薛克合著，時報出版，二〇一七年

Geberth, Vernon J. Practical Homicide Investigation: Tactics, Procedures and Forensic Techniques, Fifth Edition, CRC Press, 2015

Hazelwood, Roy, and Stephen G. Michaud. Dark Dreams: Sexual Violence, Homicide and the Criminal Mind, New York, Macmillan, 2001.

Hunter, J.T. Devil in the Darkness: The True Story of Serial Killer Israel Keyes, Toronto: RJ Parker Publishing Inc., 2016.

Kahn, Jennifer. "Can You Call a 9- Year- Old a Psychopath?" The New York Times Magazine, May 11, 2012.

Koontz, Dean. Intensity: A Novel, New York: Knopf, 1996.

Michener, James. Alaska: A Novel, New York: Random House, 1988.

Rosenbaum, Ron. Explaining Hitler: The Search for the Origins of His Evil, Boston: Da Capo Press, 1998.

《犯罪人格剖繪檔案》，史丹頓．沙門諾著，商周出版，二〇一七年

Smith, Sonia. "Sinners in the Hands: When is a Church a Cult?" Texas Monthly, February 2014.

《反社會人格者的告白：善於操控人心、剝削弱點的天才》，M.E.湯瑪士著，智富出版，二〇一五年

資料來源說明

這本書寫作的根據，是長達數百小時的原始訪談，以及上千份未曾公開的文件。其中包括由匿名資料來源提供針對莎曼莎．柯尼一案的供述；喬治．穆提警長在科里爾夫婦命案偵辦過程中的私人日記，以及他與凱斯進行的電話訊問的紀錄；聯邦調查局內部根據凱斯的手札建立的時間線、證人陳述、實驗室報告、宣誓書、搜索票、電子郵件、法庭文書、近期新聞報導、凱斯的被捕紀錄與軍中紀錄、以及安克拉治市警局大量的原始案件檔案。

莫妮克．多爾婉拒受訪。她在調查中的角色描寫乃是根據安克拉治市警局案件檔案、一份未發表的訪談、先前已刊登的其他訪談、凱斯的審訊內容謄錄，以及和她一起緊密合作偵辦此案的其他調查人員的回憶。詹姆斯．柯尼同樣婉拒受訪，我根據他先前接受過的訪談、市警局檔案，以及潘恩、貝爾與高登的回顧尋找資料。

我曾在二〇一二年撰寫的原始報導中訪問過凱文．費迪斯，但他決定不參與這本專書的訪談。我在二〇一八年十二月再度致電，想詢問身為聯邦檢察官的他，為何在凱斯大部分的審訊中，不僅僅是在場旁聽，而是時常主導審訊方向。他無可奉告。

凱斯有幾段總時長十三小時的祕密審訊，秘密審訊資料在二〇一八年，代表我的律師於阿拉斯加聯邦法庭要求召開聽證會之後終於公開。這些審訊內容未曾在法庭登錄或摘記，也就表示外人無從得知它們的存在。（在此之前釋出的審訊，以及藉助於《資訊自由法案》解密的文件，讓我得以拼湊出訊問內容缺漏的線索。我於是了解到，這種擾亂資訊的作法比我們所知的還要常見。）審訊內容釋出之後，我的律師多次詢問檢察官辦公室，是否還有其他資料仍遭隱匿。我們尚未收到答覆。

同樣經由聯邦法庭下令解封的精神評估報告，是目前所知針對以瑟烈・凱斯的童年與成長最重要的自述。也許調查局會擇期公開他的手札，不論是完整或部分內容。

凱斯在安克拉治矯正中心接受監禁的期間、以及他自殺當晚所發生的種種，資料來自特殊事件報告、新聞報導，以及匿名來源直接提供的消息。不過，事發當時的實情、以及究竟誰應該為凱斯取得刀片一事負責，仍然是個未解之謎。有一消息來源表示，當天晚上在警衛例行巡視的同時，凱斯溢流到牢房外面的血跡明顯可見。

凱斯自殺之後，調查局終於得以和美國各地及其他國家的執法機關展開溝通。在許多案例中，是地方員警和受害者家屬先主動聯絡調查局，懷疑凱斯是否涉及某些特定的失蹤和謀殺懸案。本書中重提的陳年舊案，是探員或執法人員強烈懷疑凱斯涉嫌的。博卡殺手是此處的例外，是由於以下理由而被考慮進來：傑夫・貝爾對佛羅里達州的調查興趣、高度雷同的作案手法，以及凱斯的長相與警方嫌犯素描的明顯相似。

目前，調查局僅願意指明黛博拉·費爾德曼（她的屍體在紐約州尋獲）為凱斯·凱斯的另一名受害者。

掠殺/莫琳．卡拉漢(Maureen Callahan)著；葉旻臻
譯．-- 初版．-- 臺北市：遠流出版事業股份有限公司，
2020.12
　面；　公分
譯　自：American predator : the hunt for the
most meticulous serial killer of the 21st century

ISBN 978-957-32-8932-6(平裝)

874.57　　　　　　　　　　　　　　　　109020721

掠殺

American Predator:
The Hunt for the Most Meticulous Serial Killer of the 21st Century
美國連環殺手追蹤調查

作　　者── 莫琳・卡拉漢（Maureen Callahan）
譯　　者── 葉旻臻

主　　編── 許玲瑋
責任編輯── 林　茜
校　　對── 黃倩茹
封面設計── 口米設計

發 行 人── 王榮文
出版發行── 遠流出版事業股份有限公司
地　　址── 100 臺北市南昌路二段 81 號 6 樓
電　　話──（02）2392-6899
著作權顧問── 蕭雄淋律師

定價：新台幣 399 元（如有缺頁或破損，請寄回更換）

ISBN 978-957-32-8932-6 （平裝）
2021 年 1 月 1 日初版一刷發行